新时代文学批评丛书

吴义勤 主编

关 切

阎晶明 著

山东文艺出版社

图书在版编目（CIP）数据

关切 / 阎晶明著. -- 济南：山东文艺出版社，2024.10
（新时代文学批评丛书 / 吴义勤主编）
ISBN 978-7-5329-7159-6

Ⅰ．①关… Ⅱ．①阎… Ⅲ．①中国文学－当代文学－文学评论－文集 Ⅳ．①I206.7-53

中国国家版本馆 CIP 数据核字(2024)第 071317 号

关切
GUANQIE

阎晶明　著

主管单位	山东出版传媒股份有限公司
出版发行	山东文艺出版社
社　　址	山东省济南市英雄山路 189 号
邮　　编	250002
网　　址	www.sdwypress.com
读者服务	0531-82098776（总编室）
	0531-82098775（市场营销部）
电子邮箱	sdwy@sdpress.com.cn
印　　刷	山东华立印务有限公司
开　　本	710 毫米×1000 毫米　1/16
印　　张	17.75
字　　数	193 千
版　　次	2024 年 10 月第 1 版
印　　次	2024 年 10 月第 1 次印刷
书　　号	ISBN 978-7-5329-7159-6
定　　价	72.00 元

版权专有，侵权必究。如有图书质量问题，请与出版社联系调换。

开辟文学批评的新时代

——"新时代文学批评丛书"总序

吴义勤

党的十八大以来,中国特色社会主义进入新时代,中国文学也翻开了崭新的一页。置身新时代新征程,面对丰富的史诗性伟大实践,广大作家胸怀"国之大者",牢记初心使命,深入生活,扎根人民,与时代共振,与人民共情,用心用情用功书写新时代的中国故事,展现中国人民昂扬的精神风貌,谱写了新时代文学的辉煌篇章。

文学批评与文学创作是文学发展的车之两轮、鸟之两翼,一个时代的文学发展既需要广大作家的笔耕不辍、创新创造,也需要批评家的积极呼应、理论引领。在新时代文学不断攀登高峰的历史进程中,新时代文学批评也发挥了至关重要的作用,取得了丰硕的发展成果,形成了独特的新时代文学批评景观。习近平总书记高度重视文学批评工作,近年来就繁荣新时代文学批评发表了一系列重要讲话,做出了一系列重要指示批示。我们策划这套"新时代文学批评丛书",就是要全面学习贯彻落实总书记关于文学批评的讲话与指示批示精神,一方面旨在呈现新时代文学批评的基本样貌、发展成果,另一方面也希望从中获得推动文学批评发展的经验和启示,为推动新时代文学理论批评建设和新时代文学繁荣提供有益的镜鉴。

本丛书遴选的作者都是长期持续坚守在新时代文学批评现场并卓有成就的优秀批评家。从年龄结构上，他们涵盖了"60后""70后""80后"，这也是当下文学批评的主力军；从批评对象的文学门类上，覆盖了小说、诗歌、散文等多个当下最具影响力的艺术门类，可以说是对新时代文学的全面阐释和研究。通过这套批评丛书，读者一方面可以深入了解新时代文学批评的丰富实践，同时可以通过文学批评了解新时代文学发展的基本风貌和历史特征。

在内容上，本丛书侧重于遴选研究新时代文学的评论文章，以对新时代十年来具有代表性的作家作品、有广泛影响的新文学现象、引人关注的文学热点事件以及文学发展中存在的症候性问题为主要研究对象，是对围绕新时代文学展开的文学批评成果的一次全面梳理和集中展示。我们希望以出版批评丛书的方式，深入总结文学批评发展的历史经验，同时吸引更多研究力量来增强对新时代文学研究的力度和深度。

本丛书的出版要感谢山东出版传媒股份有限公司副总经理李运才、山东文艺出版社社长徐迪南，他们提供了非常多的支持和帮助，也提出了许多富有建设性的意见和建议。新世纪之初，我曾和山东文艺出版社共同策划出版了一套"e批评丛书"，在学术界产生了良好的反响。今年，又再次在山东文艺出版社出版这套"新时代文学批评丛书"，可谓是一种极为特殊也极为难得的缘分，也体现了山东文艺出版社多年来一直积极参与、支持中国当代文学批评事业发展的出版精神。在此，我代表丛书编委会向山东文艺出版社表示衷心的感谢并致以崇高的敬意。

两套丛书虽然出版时间不同，但在内容上又有着一种延续性和整体性。"e批评丛书"着力呈现的是二十世纪九十年代文学批评的发展成果，也是当时年轻的"60后"批评家的一次集体亮相。"新时代文学批评丛书"更侧重于展现新世纪尤其是新时代以来的文学批评成果，参与作者既包括了"e批评丛书"中的部分作者，又吸纳了"70后""80后"等新生批评力量。两套丛书虽然侧重点不同，但形成了一种巧妙的呼应，构成了一种互补关系，具有了批评史意义上的"整体性"，某种意义上，它们就是一种特殊形态的近三十年来中国文学批评的发展史。

当然，对于新时代文学批评成果的总结展示并不意味着我们回避当下文学批评存在的问题。新时代以来，随着时代语境和文学生态的不断变化，文学批评面临着更为复杂严峻的形势和挑战，文学批评如何更好地发挥作用，真正成为助推文学发展的"磨刀石"和"利器"？这是所有文学批评者面临的共同课题和任务。出版这套丛书，我们一方面意在梳理总结这一时段文学批评发展的成果和经验，同时也希望能够从中析出当下文学批评发展存在的一些问题，以史为镜，为未来更好地推动中国文学批评发展，更好地发挥文学批评引导创作、推出精品、提高审美、引领风尚的作用提供启示和帮助。

新征程是充满光荣与梦想的远征，新时代文学正在我们面前浩浩荡荡地展开，作为文学发展的重要一翼，中国文学批评也正在砥砺前行，积极开辟一个文学批评的新时代。

是为序。

关切

目 录

第一辑　思考与感悟

- 002　期待内部的、立体的批评
- 010　文学还能否"高于生活"
- 016　文学的功用与传播
- 020　植根于文艺实践的土壤
    ——纪念《在延安文艺座谈会上的讲话》发表八十周年
- 025　一脉相承中的理论创新
- 028　《山花》与路遥：一种文学现象孕育一种文学精神
- 031　是呼唤，是关切，更是作家的使命
    ——关于第十一届茅盾文学奖的对话
- 038　时代呼唤大作品
- 042　在文学与影视之间
    ——《人世间》带来的启示

047　第二辑　综述与评论

048　融合：2018中国长篇小说创作关键词

051　当代文学发展三大新动向

054　带着艺术气质感受烟火人间
　　　　——2020年长篇小说创作印象

059　故事的强化与故乡的寓言化
　　　　——2021年长篇小说印象

066　地方叙事、精神故乡与时代变迁
　　　　——2022年中国长篇小说创作综述

071　让文学闪烁出更加多彩的光泽
　　　　——"太阳鸟文学年选"丛书总序

074　风雅传承中的时代脉动
　　　　——江苏新时期小说掠影

078　穿行历史　照亮现实
　　　　——刘醒龙近来创作概观兼论长篇小说《黄冈秘卷》

081　传统小说观念与现代小说叙事共存
　　　　——从刘亮程的长篇小说《捎话》说起

085　让荒漠成为小说情境
　　　　——董立勃小说述评

091　"抵达更深的生命层次"
　　　　——张悦然长篇小说《茧》解读

097	《去年天气旧亭台》的"北京"表达
104	塔楼小说
	——关于李洱《应物兄》的读解
118	悲喜剧中的人间美好
	——读鲁敏长篇小说《金色河流》
122	艺术与时代的互相映照
	——读冯骥才长篇小说《艺术家们》
127	中国故事的讲法
	——关于葛亮长篇小说《燕食记》
131	小人物与大时代的直接对话
	——读魏微《烟霞里》
138	关于王跃文《家山》的读解
144	地方性如何成就现代性
	——读乔叶《宝水》所思
150	小说让庸常变得不庸俗
	——张哲小说读解
155	喜感之外，喜感之上
	——对张者小说风格的解析
162	最先锋的新拓展
	——孙甘露《千里江山图》读札
173	一部好剧的诞生
	——从小说到电视剧的《装台》

180　集合优势力量的小说总攻
　　　　——关于陈彦长篇新作《星空与半棵树》

193　"飞蛾扑火"者的精神磨砺
　　　　——读李向东、王增如《丁玲传》

198　深圳作为一个文学意象
　　　　——由三位广东作家的小说引发的感想

203　**第三辑　简论与短评**

204　"批评的批评"需要活跃

207　赵树理的文学实践说明了什么

209　新时代中国文学的盛景

211　用创新的艺术描绘创造的时代

213　文学的期许

215　诗人与诗的断想

217　王干著作《说不尽的现实主义》

220　舒晋瑜随笔集《风骨：当代学人的追忆与思索》

223　龙平平长篇小说《觉醒年代》

226　崔正来长篇小说《傅作义》

229　陈仓长篇小说《后土寺》

232　陈仓长篇小说《止痛药》

235　熊育群长篇小说《己卯年雨雪》

237　张平长篇小说《生死守护》

240　阿莹长篇小说《长安》

243　杨少衡长篇小说《新世界》

246　池莉长篇小说《大树小虫》

248　范小青长篇小说《灭籍记》

250　范小青纪实文学《家在古城》

252　谢华良儿童小说《陈土豆的红灯笼》

255　艾平散文集《隐于辽阔的时光》

257　梁鸿纪实文学《出梁庄记》

259　聂还贵报告文学《中国,有一座古都叫大同》

262　黄传会报告文学《仰望星空:共和国功勋孙家栋》

265　李春雷报告文学《县委书记》

268　苏沧桑散文集《纸上》

关 切

第一辑

思考与感悟

期待内部的、立体的批评

一、我们需要批评的批评

有一种学问叫作批评学,也被称为批评的批评。它不同于文艺理论,也不等于文学概论。它针对文学批评这一行为,探讨在文学现场,针对作家作品的评论到底应该如何展开,批评家和作家之间究竟是什么关系,文学批评如何才能有效,文学批评在具备及时性的同时是否有必要以及如何确定作家作品在文学史上的位置。还可以进一步探讨文学批评的理想文体是什么样的,它是科学还是艺术,是论文还是散文,批评家算不算作家中的一员,批评文章算不算文学创作。这些问题非常值得讨论,而且常常十分有趣。批评学往往可以触及许多实质性的文学问题。批评学在欧美、俄国似乎一直都有研究,而且形成了文学理论研究和兼顾研究与创作的两大类。前者的名单太长了,就我个人读到并产生盎然兴趣的,有《批评的解剖》(弗莱)、《六说文学批评》(蒂博代)、《影响的焦虑》(布鲁姆)等,我从中领悟了一些批评的真谛。而兼为作家和批评家的人似乎更能发现释读的意趣。典型的如罗兰·巴特、苏珊·桑塔格、米兰·昆德拉、奥尔罕·帕慕克等人,他们离创作的现场更近,感受更直接,因此撰文更具有文学批评的本色质地。

中国当代文学界也曾针对诸如批评是什么、批评何为等问题有过热烈讨论。三十多年前,我还是一名文学理论批评刊物的编辑,当时刊物上就开过一个栏目,叫作"我的批评观",约请了一些活跃的批评家来谈自己对文学批评（不仅是作为一种理论，更是作为一种实践）的认识。这一栏目在一些其他刊物上延续了下来，并且做得风生水起，其中以《南方文坛》最引人关注。我个人曾经就从事文学批评的一些感受写过一些文章，今年年初还将这些文章结集出版。尽管每次读后总觉得太过幼稚，不足以为批评学提供什么独特的见解，但仍然感慨自己曾能够如此不间断地思考批评的批评。人们现在动不动就回忆、怀念20世纪80年代的文学，而在我看来，80年代特别值得怀念的一点，就是那时的批评家一方面在评论作家作品上十分活跃，另一方面，也不断对批评本身发表个人看法，其思考常常迸现出智慧的火花和文学的才情。那是一个文学批评与文学创作一样活跃的时代，二者真可以比作车之两轮、鸟之两翼，一时涌现出很多有思想、有才情的批评家。当下的批评界看似更加整齐，拥有更多高学历、高职称的学者，但批评学的建设、有关批评的讨论却稀薄到几乎可以忽略，这真是一件值得担忧的事。从批评家自身的需要和强调批评独立性的需要，从批评家对作家创作、读者阅读的影响上来看，对批评自身的思考都是不可或缺的。

二、少谈点外围，多深入批评内部

我并没有用20世纪80年代鄙薄今天的用意，作为当代文学三十多年来的见证者，只是对于这一问题有些感慨而已。我自己也曾说过，我们今天的人喜欢用80年代的文学鄙薄自己，而80年代呢？我仍然记得我们当年是多么不满于现状，总会用外国文学自我鄙薄。外国文学是80年代文学的阴影，80年代文学是今天文学的阴影。也许若干年后，人们又会怀念今天，说那时多好啊，先锋作家、专业作家、网络作家千帆竞发，文学期刊、文学出版、网络发布同舟共济，不像"今天"，只剩网络文学一家独大了。但就批评而言，我还是愿意谈一下当下存在的明显不足。从事文学批评的人很少从学术的角度讨论关于批评本身的话题。围绕文学批评，主要讨论的是一些外围性问题。比如批评界屡禁不止的吹捧之风，捧到极致就成为捧杀。由此还派生出很多特有的批评概念，如红包批评、人情批评，等等。于是就进一步讨论批评的诚信，再进一步，就讨论批评的锐气、勇气。由此又派生出一些相关的批评概念：酷评、骂派批评。而酷评和骂派批评与批评的勇气、锐气是否可以等同呢？真正关注批评的人应该不会给出肯定的答案。这些讨论非常必要，也非常重要。把握好"捧"和"骂"的分寸，这对批评家而言也是一种职业操守和技巧要求上的考验。但讨论这些问题不能成为批评学理论的全部，或者说，仅依靠这些话题不大可能建立起一套行之有效的批评学理论，不大可能实质性增进对批评本身之研究。

批评家和作家到底是什么关系，他们之间应该怎样对话才能既体现对创作的尊重，又体现对艺术的执着，值得探究。在文学界，批评家似乎不太受欢迎，而且还常常是被诟病的角色。批评的不易不但在于其寂寞，而且还在于时常不太会被人理解。当然，讨论批评家和作家的关系，实际是讨论一个真正属于文学批评内部的问题。鲁迅在世时，对中国现代批评界常表不满。这些不满主要集中在几个方面。一是承认作家与批评家是一对天生矛盾的存在。"创作家大抵憎恶批评家的七嘴八舌。""作家和批评家的关系，颇有些像厨司和食客。"① 有这种看法的不独是鲁迅，也不只在中国，西方文学史上，作家对批评家表示不屑的言论只多不少。二是批评家总不能做到客观，偏见仿佛是他们让人生厌的品质。"我每当写作，一律抹杀各种的批评。因为那时中国的创作界固然幼稚，批评界更幼稚，不是举之上天，就是按之入地，倘将这些放在眼里，就是自命不凡，或觉得非自杀不足以谢天下的。"② "批评家的错处，是在乱骂与乱捧。"③ 鲁迅慎用"客观""公正"等词语来谈批评的正途，但他直指现实中所见的"捧"和"骂"的批评，就足以见出他对批评现状的失望。这一点构成了诟病批评家的致命武器。而对于批评家呢，若始终追求客观，可能就没

---

① 鲁迅：《看书琐记（三）》，见《鲁迅全集》（第五卷），人民文学出版社2005年版，第579页。

② 鲁迅：《我怎么做起小说来》，见《鲁迅全集》（第四卷），人民文学出版社2005年版，第528页。

③ 鲁迅：《骂杀与捧杀》，见《鲁迅全集》（第五卷），人民文学出版社2005年版，第615页。

人留意；强调公正，也不大会被人相信。所以，直到当代，也有批评家我行我素，亮出"批评即选择""片面的深刻"等主张，以强调自己的独立和自信。三是中国批评界缺乏创造的致命伤。"中国文艺界上可怕的现象，是在尽先输入名词，而并不绍介这名词的函义。"① "独有靠了一两本'西方'的旧批评论，或则捞一点头脑板滞的先生们的唾余，或则仗着中国固有的什么天经地义之类的，也到文坛上来践踏，则我以为委实太滥用了批评的权威。"② 这里实际上论及了批评的标准、尺度及边界等问题。

鲁迅不满批评的现状，但他对批评本身的作用却从不轻视，他常以理想中的批评来表达自己的批评观。关于创作与批评，他说过："文艺必须有批评；批评如果不对了，就得用批评来抗争，这才能够使文艺和批评一同前进，如果一律掩住嘴，算是文坛已经干净，那所得的结果倒是要相反的。"③ 关于批评家的素质，他又道："我们所需要的，就只得还是几个坚实的，明白的，真懂得社会科学及其文艺理论的批评家。"④ 关于批评本身，他认为："批评必须坏处说坏，好处说好，才于作者有益。"⑤

"坏处说坏，好处说好"，事实上就是强调批评应当秉持讲道理、说真话的原则。我们是要讲真话，但真话必须可以讲出道理。尤其在今天，这一点似乎特别重要。在数据时代，读者往往通过评奖信息、排行榜、网络打分、网购评价，直接对阅读什么作品做出判断。创作者也习惯和喜欢用排行榜、评分、网络留言选摘来证明自己作品的影响力，仿佛这一切都比真正的批评还有效果和说服力。这让批评陷入某种尴尬。批评家要么加

---

① 鲁迅：《扁》，见《鲁迅全集》（第四卷），人民文学出版社2005年版，第88页。
② 鲁迅：《对于批评家的希望》，见《鲁迅全集》（第一卷），人民文学出版社2005年版，第423页。
③ 鲁迅：《看书琐记（三）》，见《鲁迅全集》（第五卷），人民文学出版社2005年版，第580页。
④ 鲁迅：《我们要批评家》，见《鲁迅全集》（第四卷），人民文学出版社2005年版，第245页。
⑤ 鲁迅：《我怎么做起小说来》，见《鲁迅全集》（第四卷），人民文学出版社2005年版，第528页。

入这场游戏,利用传统的声誉在新的评价体系里占得某个席位,要么就不得不接受自说自话的现实。批评是批评家和作家之间的对话,但现在的问题可能变成,批评只是批评家与特定作家之间的对话,他们互为读者,批评文章可以成为下一次评奖、出书、活动时的筹码或推荐语,却很难发挥独立的作用与价值。

由于批评家的行为很难有效地影响读者的阅读,他的真知灼见对作家的影响也就淡化了很多。由于无原则吹捧的泛滥,人们对批评家的正常推荐和真实感受也产生了怀疑,似乎只有酷评和骂派批评才能见出真诚。难道批评的第一要义不是欣赏吗?批评家的初衷如果不是向读者推荐好的作家作品,而是像法官一样板着脸等作家出错,然后义愤填膺、不可辩驳地加以批评甚至嘲笑,那批评存在的理由、它传承的历史怎么可能成立。鲁迅曾经把批评家的工作比喻为"剜烂苹果",但他不是强调批评家面对的作品是毫不足取的烂苹果,而是强调,要从别人不屑的烂苹果中剜掉坏的,留下好的。"倘没有(好的——引者注),则较好的也可以。"①事实上,批评家应该最大限度地肯定作品的价值,而不是为了显示果敢,把棒喝视作良药。

欣赏是取得作家信任的前提,也是向读者推荐作品的理由,更可以以此为出发点,给作家指出仍然存在的不足和局限。这种不足也许只是作者为营造独特风格带来的,但批评家要有勇气指出作品仍然可以提升的地方,指出未来创作理想的发展方向。这才是一位优秀的批评家应该做的。前几日,正逢文学界纪念陀思妥耶夫斯基诞辰二百周年,我在手机里听了一场翻译家刘文飞先生的专题讲座,受益良多。其中谈到的批评家和作家的关系让人颇为感慨。当陀氏将小说《穷人》投给《现代人》杂志后,编辑涅克拉索夫读后大为惊叹,急不可耐地跑去敲批评大师别林斯基的门,说:"快来看吧,我们又发现了一个果戈理!"别林斯基有点不以为然,说:"果戈理几百年才会有一个,怎么可能像土豆一样说有就有呢。"然而,

---

① 鲁迅:《关于翻译(下)》,见《鲁迅全集》(第五卷),人民文学出版社2005年版,第316页。

他读过《穷人》后的感受却和涅克拉索夫完全一样。刘文飞说，普希金去世后，别林斯基等批评家捧红了果戈理，让他成为普希金的传人、俄罗斯文学界的偶像。当他们又开始寻找一位新的标杆人物时，陀思妥耶夫斯基闯入了视野。在那个时代，批评家可以在世界文坛呼风唤雨，今天的中国批评家哪里敢说有这样的自信？其实，批评家的职责就在于发现，要从漫无边际的大量作品中发现好的、较好的作品，从烂苹果中剜出仍然可以留下的部分。在网络时代，信息太过发达，文学创作、生产、传播的渠道和手段发生了根本性变化。不但人们曾经担忧的文学消亡没有出现，文学反而以超乎人们想象的体量出现在我们的生活中，中国更是成为网络文学第一大国。同时，传统文学也依然以强劲的势头保持着活力。就今天的文学而言，创作者和接受者的数量都是以几何级数增长的。文学批评何为？我以为它最主要的功能，就是要从海量的作品中向读者推荐好的、优秀的、风格突出的、题材独特的、叙述特别的佳作。

批评是一种阐释。在批评家眼里，作家作品有如一枚枚硬币。硬币都有两面，批评家应当坦然地甚至是兴奋地欣赏那好的一面，也有权利和自信评价仍然存在不足的另一面。而这两面有时并不能彼此剥离，它们经常是一体的，是作家作品风格的组成原理。批评的难点正在这里。

总之，文学批评不应该纠缠于一些外围性问题重复表态，比如如何制止虚假的吹捧，如何看待无边界的酷评。我们在这些问题上花费了太多的精力和笔墨，而真正属于文学批评内部的问题得到的探讨却越来越少。批评家面对作家作品时，既要显示出真诚的态度和对创作者的必要尊重，又要坚持自己的原则，可以、敢于说出自己的独特见地，以和作家形成真正的交流与对话。我们应该有属于自己的批评学，融古今中外于一体，将感性化的艺术感受与理论化的批评原则结合起来，创造并发展出一种具有中国作风、中国气派的文学批评学。

三、理想的批评应该是立体的、多维度的

研究和评论一部作品，既要重视文本，也要留心并知悉作家创作的背景、环境、情感状态，还要适度了解作品的发表、出版、改编以及读者接

受等传播史。如果能够做到这种立体的观察，一定会有助于提高文学评论与研究的说服力和可信度。现在我们面对的作品越来越多，通过精短的快评直接陈述对作品的评价很必要，而且也不容易。过去总认为批评是更高一级的评价，"读后感"则是粗浅的。现在我们要说，能做到"读后"再来谈"感"已经十分难得。很多时候，批评家在评价一部作品时并没有做到完整阅读；有些时候，一些为科研项目而设立的宏大课题里，鲜活的作家作品不过是一份序列名单，还经常被切分到不同的话题下，缺少深入的分析和阐释。这种情形使得文学研究和文学批评与文学创作的实际渐行渐远。在文学批评里，能够比较充分体现批评家的能力，对作家创作也颇有帮助的，我认为是关于作家创作的综合论述，即通常所说的"作家论"。能够在一篇文章里将某一作家的创作历程、背景、成就、特点、风格系统地梳理论述，又能够指出其创作风格中存在的局限、不足和上升的可能空间与路径，那是批评之责，也是作家之幸。

　　考察一部作品，尤其是具有广泛影响力甚至具有经典品质的作品，需要做立体式的研究与剖析，只有这样，才能真正说清楚有关一部作品的林林总总。强调立体地考察作家作品，是我去年在写作《箭正离弦——〈野草〉全景观》（人民文学出版社2020年版）时得到的体会。我的写作缘起是想为《野草》的创作寻找现实的依据，但写作的过程中逐渐形成了另一主题，即《野草》的发表和出版史。我以为，了解《野草》发表、出版等传播背景，对理解作品之所以成为如此形态、理解《野草》里各篇的主题内涵，都具有十分重要的作用与意义。

　　这里不妨仅以发表这一环节为例。《野草》的发表是很奇特的，最大的奇特之处在于跟周作人的关系非常玄妙。因为父亲死得早，鲁迅对自己家的两个兄弟从来都关爱有加，给予颇多关照，这是一种长子如父的担当。但是，到了1923年的时候，鲁迅与周作人变得水火不容，即所谓的"兄弟失和"。

　　《野草》的写作是从1924年9月开始，那时鲁迅已经搬到了新居，与周作人不再见面。《野草》的发表也是从那时开始，所有篇目都发表在《语丝》上，历时近两年。而《语丝》的实际主编却是周作人，虽然鲁迅的稿件多是交给孙伏园的，但发稿权在周作人手里。兄弟二人曾经那样相濡以沫，最后竟发展到互不往来的地步。《语丝》有过很多次聚会，但鲁迅一次也没去过，主要就是为了避免见到周作人。但他又不停地给《语丝》写文章，周作人也就不停地编他的文章。无疑，周作人是《野草》一篇不落的忠实读者。《野草》是最能够反映、代表、体现、传达鲁迅思想和感情的，我认为最能读懂《野草》的应该是周作人。但是，周作人对《野草》一句也没有评价过。1936年10月19日鲁迅逝世，周作人在当月发表了一篇文章，谈鲁迅的创作。他说鲁迅的创作成就主要体现在两个方面：一是小说，代表作是《呐喊》《彷徨》；二是散文《朝花夕拾》。这里没有提到《野草》。然而新中国成立后，周作人对这篇文章做了修订重新发表。在那篇修订后的文章里，散文成就中却分明列上了《野草》。面对《野草》，周作人心态之复杂可见一斑。总之，关于《野草》的发表、出版包括翻译，都有很多值得玩味的故事。了解这些创作背后的故事，让我打开了一扇窗户，仿佛走进了作家创作时的环境、氛围之中。在这一基础上评说《野草》，就不是对过往文学史的研究，而是身处现场的观察和阐释。

批评永远是正在发生的事，它新鲜活跃有时也生吞活剥，它变动不居有时也自有定力和规律，它是理论也是艺术，它考验智慧也讲究文采，它是论文也是创作，它的代表人物既有学富五车的学者，也有成就卓著的作家。中国现代文学史上的批评大家如鲁迅、周作人、茅盾、李健吾、周扬、胡风等，其实多半以创作闻名，同时又在批评领域产生了广泛而深刻的影响。

只要有文学就必须有文学批评，批评的重振必须依靠批评家在实践中不断创造、升华，并对作家创作和读者接受产生内在的影响与引导。

《文艺研究》2022年第2期

文学还能否"高于生活"

今年是改革开放四十周年,中国新时期文学也走过了同样的历史,而且它的开始甚至更早。新时期文学以最新的证据证明,在社会时代转型期,文学总是可以领风气之先。改革开放四十年,中国经济、政治、科技、文化全方位发展,巨大的变革,迅猛的发展,开放的姿态,从最初的努力融入,到后来的全力追赶,到现在的全面超越,我们都是参与者、见证者,更是书写者。但我们现在越来越感到,文学与现实之间,内容更加丰富,情形也更加复杂,人们又重新开始思考现实主义以及与之相关的问题。

一、社会主要矛盾和文学创作的反映

党的十九大报告对我国社会主要矛盾做了新的表述:"我国社会主要矛盾已经转化为人民日益增长的美好生活需要和不平衡不充分的发展之间的矛盾。"这是判断我国社会发展阶段的重要依据,是中国特色社会主义进入新时代的重要特征。

1956年,党的八大明确提出:"我们国内的主要矛盾,已经是人民对建立先进的工业国的要求同落后的农业国的现实之间的矛盾,已经是人民对经济文化迅速发展的需要同当前经济文化不能满足人民需要的状况之间的矛盾。"

1981年,党的十一届六中全会通过的《关于建国以来党的若干历史问题的决议》,对社会主要矛盾做了又一次概括:"社会主义改造基本完成以后,我国所要解决的主要矛盾,是人民日益增长的物质文化需要同落后的社会生产之间的矛盾。"

如果我们说，我国社会主要矛盾的变化是我们认识当代中国发展进程的一个重要依据，如果我们同时又认为优秀的文艺创作是作家、艺术家对自己时代的真实反映，是时代生活的一面镜子，那么，借用这样的概括去回看当代文学的发展，也可得出一些认识上的结论。

　　我个人以为，中华人民共和国成立初期的社会主要矛盾概括中反映的中国现实，在同时代的文学作品中得到了印证。如20世纪50年代，新中国成立，百废待兴。人们很快产生了迅速改变现实的要求，即把一个落后的农业国迅速转变为先进的工业国。"楼上楼下，电灯电话"成了人们的理想。而这些，在当时的文学作品中也都得到了充分的表现和反映。如马烽的《我们村里的年轻人》、赵树理的《三里湾》，直到1959年柳青的《创业史》问世，达到了集大成的地步。同时期其他代表作家的作品，都是表现当代中国农民特别是优秀农村青年，表现他们如何带领大家建设新农村，标志就是传统农村能够出现工业化的因素等。

　　可以说，柳青、赵树理等作家的创作形象生动地诠释了新中国成立之初我国社会主要矛盾，反映了人民群众对国家现状的认识和对未来前景的展望，这是现实主义创作方法的集中体现。但我们同时还应看到，柳青、赵树理的小说之所以成为经典，这些作品的生命力之所以在今天还依然存在，还在于他们的作品并非只是简单地图解政策。他们真实反映社会矛盾，反映人们观念上存在的偏差以及因此引起的斗争，表现了个人的爱情婚姻在新的社会环境中上演的悲喜剧，这是现实主义精神的体现。

　　改革开放新时期，社会主要矛盾发生了变化，开放成了一个时代的新主题。简单的"工业化"已经不是目标，"物质+文化"的需要成了方向和潮流。于是，描写这种社会发展趋势，表现人们因此在观念上、情感上发生的变化成了新的文学潮流。应该说，新时期文学从开始到后来很长时间，都是朝着这个目标努力的。不是说作家按照《关于建国以来党的若干历史问题的决议》创作，而是说文学创作所表现的主题和形象与社会主要矛盾发生的变化，在基本面上，于根本处发生了呼应。

　　今天回过头来看，新时期文学为我们留下了很多弥足珍贵的作品，也留下了很多值得继续讨论的文学话题。在异常活跃、日新月异的文学思潮中，现实主义这个概念引来不少讨论。种种思潮中，也有作家把目光放在了有关国家发展与人民命运的重大主题上,路遥就是其中一位。

关于路遥的创作成就,他作品的价值,我个人以为将来还会讨论下去。他在西北小城,思考着远不属于他认知范围的问题。而他思考的问题,又与他个人及其周围的世界密切关联。1980年,在给自己的老师曹谷溪的信中,路遥为自己弟弟参加招工担忧而写道:"国家现在对农民的政策有严重的两重性,在经济上扶助,在文化上抑制(广义的文化——即精神文明)。最起码可以说顾不得关切农村户口对于目前更高文明的追求。这造成了千百万苦恼的年轻人,从长远的观点看,这构成了国家潜在的危险。这些苦恼的人,同时也是愤愤不平的人。大量有文化的人将限制在土地上,这是不平衡中的最大不平衡。"此后不久,路遥就在《收获》杂志上发表了中篇小说《人生》。我以为路遥信中的自述,就是对小说最好的评论。当然更可以说,路遥的小说就是他对现实人生思考的结果,就是他对个人与国家、个人命运与时代发展之间关系的文学表达。他写了一个与自己、与自己的弟弟命运相似的人,同时也写出了当时的"千百万"中国农村青年的命运。《平凡的世界》是一部更大的创造,他写得很真切,写的是努力走出去与现实中却走不出去,走不出去也要抗争的主题。这个问题在今天应该说早就"过时"了,高考、打工、参军,农村青年想走出去已不是本质问题,农村空心化倒成了问题。但《平凡的世界》里的文学形象,却不会因时事改变而褪色。

路遥的创作,特别是《人生》和《平凡的世界》,在一定程度上回应了当时即改革开放初期社会主要矛盾的变化。即"人民日益增长的物质文化需要同落后的社会生产之间的矛盾"。路遥把"文化"广义地定义为"精神文明",是一种准确的把握。无论是高加林还是孙少平兄弟,不正是有着"物质"之上还要"文化"(文化意味着走向更大世界)的现实诉求吗。柳青、赵树理小说里的青年把理想放在了合作化道路上,乐于在土地上奋斗,到了改革开放新时期,农村青年已不能满足于此。孙少平是留在土地上的青年,但他的内心还有更高的理想和追求。

今天,我们面对新的社会主要矛盾,它们其实就发生在我们周围,产生在我们自己的现实生活中。面对一个更加复杂的中国,我们的文学做了什么?这是一个一个的真问题,同时也是创作者面临的文学问题。我们今天强调现实主义,面临的复杂性和可能性,面对的考验(创作时)和检验(作品问世后)比以往要艰巨得多,复杂得多,难以"服众"得多。任何一个时代的文学,其代表性作家作品的地位和价值,可能都需要一定的历史间隔期来验证,就像柳青、路遥的作品在今天焕发生机,赵树理的创作成为文学史家愿意反复讨论的问题一样,这些作品后来的影响仿佛比当时还大,或者说专业的研究者开始为他们正名。我们对今天作家作品的判断一样有一个同时代下眼光受限制的问题,但我们至少可以说,中国文学在繁荣发展的大格局中,亟待出现大作品,出现可以全景式展现一个时代的生活画卷、反映一个时代的发展趋势、书写一个时代人们的情感和观念变迁的大作品。我们也同样需要从文学作品中读到足以感动"千百万"人的文学形象。至少,在文学形象的塑造上,在建构足以代表一个时代的人物画廊上,今天的文学还是很不够的、不解渴的。

我不会去制造一种结论,认为今天的文学比不上从前。历史的条件,文学的环境、生态,甚至连发表出版的渠道都发生了根本改变。不过,如果说对于前两个历史时期的社会主要矛盾,我们都可以找到足以表现它们的作家作品,甚至可以举出代表性的文学形象,那么今天,至少我们在寻找时还存在一定困难,还不能举出大家共同认可的文学形象。在对社会主要矛盾的认识上,在对时代精神的把握上,在对现实题材的理解、化用和鲜活人物形象的塑造上,总体上似乎并没有体现出时代优势。

二、没有文化上的优势就无法实现"高于生活"的目标

我们今天所处的时代,气象万千,包罗万象。创作的题材无比丰富,无论是一条大江还是一条小溪,甚至是一滴水,都可以是作家表现的对象;无论是哪一种题材,都能找到一定数量的读者。关键的问题是,作家还能不能在文化上代表一个时代的高度,在思想上体现出特殊的深度,在观察上表现出职业的敏锐,在艺术上展现出专业的魅力。创作中所表达出的观念、思想,抒发出的情感,对于"千百万"读者,这些已经在专业上自有一套,审美上严重分化的"千百万",如何产生集中的或者说更广泛的吸引力?当我们用"分众化"来概括今天的审美潮流的时候,似乎也为我们

的作品影响力受限找到了一点可供慰藉甚至心安理得的理由。

我以为，今天，我们仍然需要强调生活对作家创作的重要性，同时还要强调作家对生活的认识能力、把握能力、概括能力和表现能力。

随着经济社会的巨大变革，改革开放的不断深入，国民素质的整体提高，社会公众国际往来的日益频繁，人们对文化生活的多方面要求，人们审美观念、审美要求的分化，同时，也伴随着科学技术的迅猛发展，人口流动的加速进行，网络通信的日新月异，专业分工的不断细化，社会生产和生活各个领域专业化程度的急速提高，作家了解、认识、把握、表现生活遇到了前所未有的挑战和太多的难题。没有文化上的充分准备，想要表现出任一领域的生活，都会变成一个难题。今年是纪念徐迟报告文学《哥德巴赫猜想》发表四十周年，我们在纪念这部作品的同时，更应该从中寻找启示。新时期之初，"知识就是力量"是全社会共同的口号。当一个作家去写一个数学家的时候，集中去写他在学术上苦苦追索，把生命奉献给自己的事业，合乎当时时代的呼声。历史发展到今天，如果我再去写一个科学家，想要在自己的作品中写出比新闻报道更丰富、更具吸引力和感染力的内容，单纯的道义歌赞已不能满足读者的要求。如果一个作家可以理解专业领域的深层次内涵，可以把科学精神贯注其中，甚至可以用专业的口吻去讨论专业的问题，又能使深奥的专业知识因此变得大众化、社会化、文学化，才能写出具有当代气魄的作品来。

我们认识一个时代的社会生活，同样需要通过学习、理解和掌握政治的、经济的、文化的种种理论。我们提倡向柳青、赵树理、路遥学习，学习他们深入生活的坚持和诚意，其实，他们都是自己时代时事政治的学习者，最后也成了其生动的解释者，而且还拥有超越时事的能力，从中更体现出一个作家的自觉担当。根据厚夫《路遥传》里的记述，路遥为创作长篇小说所做的阅读准备几乎是学术式的。为了掌握长篇小说的创作规律和艺术特点，他集中阅读了上百部中外长篇小说，分析它们的主题，研究它们的结构，其中《红楼梦》读了三遍，《创业史》读了七遍。通过集中阅读，他明白了长篇小说是结构的艺术，真切体会到创作长篇小说"要求作家既敢恣意汪洋又能绵针密线，以使作品最终借助一砖一瓦而造成磅礴之势"。为了让笔下的生活能够入情入理，他同时阅读了大量社科著作，甚至包括工农商科、林牧财税等领域的书籍。为了让自己塑造的小人物能够真正融入大时代，体现时代精神，他找来近十年内从中央到省到地区一级的报纸合订本，逐年逐月逐日逐页地翻阅。最终，这种"非文学"的阅读让他达到了"任何时候，我都能很快查找到某日某月世界、中国、一个省、一个地区（地区又直接反映了当时基层各方面的情况）发生了什么"的境界。正是这种从中外小说到百科读物，再到各类时事报纸的阅读，为他做一个时代"记录官"的创作理想打下了文学的、文化的、知识的坚实基础。

　　现实题材不意味着题材越大越好，关键是小中能不能见大，大中能不能保持鲜活。源于生活本身就很难做到，高于生活更难做好。如何实现，如何突破，这是我们共同的责任，需要我们在理论上深入思考，更需要在实践中不断地去给出精彩回答。

《中国政协》2018年第13期

文学的功用与传播

自从人类社会形成以来,就有了文学。它在劳动中产生,为劳动服务,逐渐演变成一个独立的世界,当然它永远也离不开人类的生产和生活。文学太久远了,几千年来的中国古代社会,上百年来的中国现当代社会,改革开放四十多年来的新时期中国社会,文学一直是我们文化生活重要的载体。

文学是社会生活的一面镜子,恩格斯从巴尔扎克那里得到的,比从所有历史学家、统计学家那里得到的还要多。如今,时代变了,连电视都快成传统媒体了,纸质媒体与网络、手机之间的距离,甚至都要大于线装书与现代印刷书之间的距离。

人们的文化生活以及接受艺术欣赏的方式、途径发生了改变,连游戏都要成为"艺术"的一部分了。王蒙先生不久前曾感慨道,上网一搜,搜《红楼梦》,多指电视连续剧,搜《三国演义》,首页推的都是游戏。这就是文学新处境的一种表征。

然而人们需要文学。社会需要,读者需要,一切其他艺术形式也都需要文学。

文学创作者不能一味地抱怨,我们还要自问一下,我们提供的是不是当下公众最需要的文学,我们创作时是否有考虑当代读者变化了的审美需求?我们创作、发表、出版了那么多作品,不说质量,仅就数量而言,有没有过剩之嫌?在网络和手机引来全民写作的背景下,作家创作和无意于经营此道者的写作之间,究竟用什么标准来划分和区别?思想性?艺术性?谁来制定那个标准?

正是这些让我想到，如今的文学就像中秋的月饼一样，不能没有，坚持拥有是一种文化责任和文化情怀，但怎样拥有，拥有多少，在供需间寻找适度的平衡，或许才是需要认真思考和讨论的。月饼和文学，它们都是传统的，都有极悠久的历史。它们传递着美好的情感，包含着人们的期望，寄托着人们对世界的瞻望，蕴涵着人生理想。它们都是甜美的，超出我们平常的获得和需求。因为在一个特殊的时刻，人们愿意享受超出日常的甜蜜。它们都逐渐成为人们交流的媒介，人们各自制作或者分别订购，通过各种途径来获得，然后积极相赠、四处推广。它们的背后都有很多故事，上接天上的月亮，下接人间的期许。它们是现实的，同时又是浪漫的；它们是物质的，同时又是精神的。

在这个物质、信息、形式都极大丰富甚至过剩的时代，文学也在努力增添、强化着自己的标识。赠人一本"大作"，多半只是等人夸一句"印得真漂亮啊"，然后也就没有下文了。这背后，出版机构有多少苦不堪言，应该是一言难尽吧。中国每年仅出版长篇小说就达万部左右，网络文学中，十万字的作品算短篇小说，千万字一部的长篇小说也不在少数，而且不少还转印成了纸质书。我们以文学的神圣之名硬塞给读者的，果真是读者需要的吗？作品无人问津就说世风日下，我们完全正确吗？

我相信，就月饼而言，一个中秋节，一个人有两三个足矣。而且，一方水土养一种风味的月饼，名字虽然一样，其实很多时候并非指同一种食物。就跟文学一样，严肃文学和通俗文学，纸质文学和网络文学，网络文学和手机写作，经常是泛文学概念下的名称统一体，每个概念所包含的作品差异远比共同性要大得多。而且总体上，明显有过剩之嫌。

人的饮食口味大不相同，阅读口味自然也大不相同。同质化是我们面临的一个问题。文学满足不了越来越多样和挑剔的口味，这或许也是最近几年世界经典名著出版略显泛滥的一个原因，因为当下的文学生产确实相对落后于急剧扩张的读者需求。

最后，我想谈一点作家与出版之间的关系。文学出版自然要信赖作家，同理，作家也要依靠出版社才能实现成长。双方应该保持良好的合作关系，而不是一方漫天要价，或一方刻意克扣。现在图书高度市场化了，好作家、名作家的资源就那么多，版税意识、起印数，一定程度上也成了敏感的话题。作者漫天要价，出版社不堪重负，但作品的市场效应其实远没有那么大。然而如果不参与这种竞争，出版社就始终做不出品牌，所以咬牙也要上。因为有了这层压力，出版机构就得想办法去做各种宣传，举办各种活动。作品的影响力变成了宣传攻势强度的比拼，正常的文学批评作用很小。

当然，出版机构也应充分尊重作者的权益，真正以诚相待，以长期合作的态度密切往来，不计较一时之得失，方有可能孵化出想要的果实。过度的商业化和利益追求会限制艺术的发展。比如一部电影，一旦决定投拍，导演、编剧、演员的要价总和，恐怕不是一般人可以想象到的。出书虽然不能这么比，但类似的情形也不少。

在这一点上，我们应当向"五四"以来的现代作家学习。比如鲁迅，他并非只埋头写作，不抬头问世事。当年为了版税，他曾经和自己一路扶持起来的出版人、北新书局老板李小峰打了一场官司。但他维护的是自己的基本权益，不但没有狮子大开口，而且打完官司之后仍然把书稿交给李小峰出版。因为他认为无论如何，李小峰都是个想做事的有一点"傻气"的青年。他也曾就有人要将《阿Q正传》改编成电影做过回复。意思有两点，一是认为《阿Q正传》若改编成电影，恐怕也只留下滑稽而丢了主题；二是自己对改编权的转让并不十分在意。

1930年10月13日，鲁迅致信王乔南，谈到《阿Q正传》的剧本改编问题时说："我的意见，以为《阿Q正传》，实无改编剧本及电影的要素，因为一上演台，将只剩了滑稽，而我之作此篇，实不以滑稽或哀怜为目的，其中情景，恐中国此刻的'明星'是无法表现的。"

11月4日又致信王乔南称，自己并"无要保护阿Q，或一定不许先生编制印行的意思，先生既然要做，请任便就是了"，"至于表演摄制权，那是西洋——尤其是美国——作家所看作宝贝的东西，我还没有欧化到这步田地"。

我以为，当代作家既要有为自己争取权益的法律意识和专业知识，也要有虚怀若谷、淡定从容的胸襟。斤斤计较于利益，恐怕也写不出什么大作品。

  归纳起来,我的不是结论的结论是:作家应当朝着自己理想的目标掘进,勤于创作,更要精益求精。出版人也应有文化理想和文学情怀,大家合力营造良好的文学氛围,共同朝着从"高原"向"高峰"迈进的目标努力。

《人民政协报》2021 年 1 月 4 日

植根于文艺实践的土壤

——纪念《在延安文艺座谈会上的讲话》发表八十周年

  1942年5月的延安文艺座谈会上，毛泽东同志发表重要讲话。从此，中国革命文艺和社会主义文艺有了自己的理论指南。该讲话是奠定党的文艺方针政策的基石，成为马克思主义文艺理论中国化的典范。毛泽东同志《在延安文艺座谈会上的讲话》（以下简称《讲话》）发表至今已经过去了八十年，我们今天重温《讲话》，再一次感受《讲话》对中国革命文艺、社会主义文艺所发挥的指导作用，领悟《讲话》精神对新时代文艺事业的启示，总结《讲话》在文艺理论上的卓识对中国现当代文艺发展史研究、文艺理论研究所具有的价值，意义深远。

一、从分析、总结文艺现实问题的过程中寻求理论上的升华

  《讲话》带来的启示是多方面的。其中很重要的一点在于，它昭示了一个道理，即理论的生命力来自同实践的联系，只有针对实践发问，总结实践中积累的经验，解决实践中出现的问题、产生的矛盾，并且把目标面向未来更加丰富的实践，理论才能常新。许多与创作实践脱节的抽象的理论，对当时的文艺实践益处不大，对未来也少有启示。

  《讲话》中指出："我们讨论问题，应当从实际出发，不是从定义出发。"时间过去了八十年，中国社会发生的巨变可谓改天换地、翻天覆地，中国文艺发展的局面可谓繁花盛景、五彩缤纷。历史条件发生根本性变化，但为什么《讲话》的理论精髓、精神实质，仍然常说常新？恰恰就在于它

的实践性。正是因为面对当时的文艺实践，思考和探讨了文艺与时代、社会、人民的要求之间的关系，《讲话》的精神才得以深深地植根于文艺实践的土壤，从而使得理论结论可以到实践中去检验，验证其生命力之有无以及是否强劲。

毛泽东深谙文艺之道，但他不是以文艺研究者、创作者的姿态去谈文艺，而是以一个政治家的远见卓识来看待文艺与革命、时代、社会、人民的关系，由此讨论究竟应当"为什么人"和"怎样为"的问题。延安文艺是中国共产党领导的革命中的一个重要组成部分，文艺问题也是毛泽东在思考中国革命时面对的重要问题。当时的延安，是许多有理想、有抱负的青年向往的神圣之地，延安也聚集了一大批文艺人才。但正像《讲话》中指出的："抗日战争爆发以后，革命的文艺工作者来到延安和各个抗日根据地的多起来了，这是很好的事。但是到了根据地，并不是说就已经和根据地的人民群众完全结合了。我们要把革命工作向前推进，就要使这两者完全结合起来。我们今天开会，就是要使文艺很好地成为整个革命机器的一个组成部分，作为团结人民、教育人民、打击敌人、消灭敌人的有力的武器，帮助人民同心同德地和敌人作斗争。"强烈的问题意识，深入的调查研究，在调研中发现问题，从分析、总结文艺现实问题的过程中寻求理论上的升华，这是《讲话》重要的前提。

二、以历史唯物主义和辩证唯物主义寻找正确的文艺发展方向

为解决战时文艺的实践问题，寻找正确的文艺发展方向，《讲话》以历史唯物主义和辩证唯物主义的态度进行了分析和阐释。这篇文献在很大程度上是毛泽东那一时期对党内一系列问题系统性思考的组成部分。1942年5月21日，中共中央政治局会议，专门讨论了延安文艺座谈会的结论问题。此时正是毛泽东第二次讲话之前，他在会上强调必须整顿文风，必须使文艺与群众结合，要注意普及与提高，并以普及为基础，同时要注意吸收外国的东西。这些方面的问题，包括歌颂光明与暴露黑暗、文艺界内部的团结等，毛泽东早有思考，并且与其他领域的问题作为整体来观察、思考。

1942年1月以来，毛泽东多次就纠正党内作风、改进新闻舆论发表重要讲话，其中的观点与他对文艺问题的思考具有系统性和一致性。毛泽东认为很多干部"急切需要解决文化基础问题"，提出希望革命干部要能看能写。他指出报纸言论"题材应切实，文字应通俗"，"所谓文风不正，就是说有党八股的毛病"，"从历史来看，党八股是对五四运动的一个反动"。同时又指出"五四运动本身是有缺点的"，"所以，党八股也是五四运动的消极因素的继承、继续或发展"。此外还指出现实中"对文化水平低的工农老干部没有以文化教育为主，今后应强调文化教育"。这些论点，事实上已经指向了文艺如何与人民群众相结合、如何适应革命需要等问题。

文艺"为什么人"的问题，文艺如何反映现实，如何评价现实中发生的事，文艺家如何才能本着对时代和社会负责任的态度去表现题材、揭示主题，这是一个思想认识上的重大问题。1942年2月17日，毛泽东参观延安美协举办的讽刺画展览。事后某日，专门邀请三位参展画家华君武、蔡若虹、张谔谈话。毛泽东对华君武的画作《1939年所植的树林》提问，说："那是延安的植树吗？我看是清凉山的植树，延安植的树许多地方是长得好的，也有长得不好的。你这幅画，把延安的植树都说成是不好的，这就把局部的东西画成全局的东西，个别的东西画成全体的东西了。漫画是不是也可以画对比画呢？比方植树，一幅画画长得好的，欣欣向荣的，叫人学的；另一幅画画长得不好的，树叶都被啃光的，或者甚至枯死了，叫人不要学的。把两幅画画在一起，或者是左右，或者是上下。这样画，是不是使你们为难呢？"①华君武说，两幅画对比是可以画的，但是不是每幅漫画都那样画。都那样画讽刺就不突出了。他还说，有一次桥儿沟发大水，山洪把西瓜地里的西瓜冲到河里。鲁艺有些人下河捞西瓜，但是，他们捞上来不是交还给种西瓜的农民，而是自己带回去吃了。这样的漫画可不可以画呢？②

---

① 韩劲松：《艺术为人民——延安美术史》，江西美术出版社2021年版，第214页。
② 韩劲松：《艺术为人民——延安美术史》，江西美术出版社2021年版，第214—215页。

应该说，华君武从一个艺术家的角度提出的问题也很有道理。的确，歌颂和批判各占百分之五十，讽刺的意味如何表达，是个需要探讨的问题。对此，毛泽东指出：这样的漫画在鲁艺内部是可以画的，也可以展出，而且可以画得尖锐一些。如果发表在全国性的报上，那就要慎重，因为影响更大。对人民的缺点不要老是讽刺，对人民要鼓励。这里，毛泽东深刻地指出了作品的社会效益问题。为了改进工作，延安内部的批评可以严厉些，再严厉些。但如果是在全国性的报纸上发表，任何一种表达都会被人看成是延安的代表，甚至授人以柄。慎之又慎的要求应该说是符合当时实际的。

从3月开始，毛泽东就文艺问题开展调查研究。3月31日，即已召开座谈会，讨论《解放日报》改版问题。指出"批评应该是严正的、尖锐的，但又应该是诚恳的、坦白的、与人为善的。只有这种态度，才对团结有利。冷嘲暗箭，则是一种销蚀剂，是对团结不利的"。他邀请作家萧军、欧阳山、草明、舒群等人搜集文艺界情况，包括"反面的意见"，并与作家们深入讨论党的文艺方针政策等问题。在实践中发现问题，同时又要深入调查，以求做到实事求是、有的放矢，为延安文艺座谈会的召开做好了充分准备。

在毛泽东的认识中，文艺"为什么人"和"如何为"，以及文艺的普及与提高、歌颂与批判，都是互相关联的问题，是既属于文艺又超出文艺的问题。4月下旬，他召集鲁迅艺术文学院的何其芳、周立波等谈话。参加座谈者中有人问，当时反映抗日战争的作品感人的比较少，是不是由于生活要经过沉淀，经过一段时间的隔离，然后才能够写出很好的作品？对此，毛泽东说："写当前的斗争也可以写得很好。《解放日报》上最近有一篇黄钢的作品，叫《雨》，写得很好，就是写当前敌后的抗日战争的。"[①] 如何对待延安，如何通过文学反映现实斗争，文学要不要及时反映现实，毛泽东以辩证的态度给予了回答和解释。

---

① 陈微主编：《毛泽东与文化界名流》，人民出版社2003年版，第110—111页。

三、没有先进的理论指引，文艺必定要走脱离时代与脱离大众的弯路

《讲话》既是毛泽东个人对文艺问题的系统思考和完整表述，同时也包含了党中央的集体智慧和共同意见。5月21日，中共中央政治局会议专门讨论了延安文艺座谈会的结论问题。会议同意毛泽东指出的延安文艺界存在着的偏向，党的文艺政策的基本方针是为群众和如何为群众的问题。应当说，毛泽东5月23日的第二次讲话所指出的问题和强调的方向，是代表党中央向文艺家们提出来的。之所以站在这样的高度讨论文艺问题，正是因为中国共产党对文艺发挥作用的深刻认识和高度重视。正像《讲话》开宗明义指出的："在我们为中国人民解放的斗争中，有各种的战线，就中也可以说有文武两个战线，这就是文化战线和军事战线。"

《讲话》站在中国革命需要的政治立场观察和思考问题，在发现问题后，又经过了广泛深入细致的调查研究，在集体讨论的基础上很慎重地提出结论。这些理论结论和要求，对于当时的延安文艺和革命文艺都发挥了重要的引领作用。《讲话》是面向现实的，目的是解决实践中的问题。它从现实的土壤里生长而出，保持着强大的生命力。

今天，我们身处新时代，开启新征程，中国当代文艺的繁荣发展呈现出许多新景象，也面临许多新课题。八十年沧桑巨变，《讲话》的精神和思想内涵仍然常说常新。这是因为，面对实践，使文艺承担起不负时代、不负人民的使命是一切先进理论的根本追求。我们要以《讲话》的精神来学习《讲话》。《讲话》带给我们的最大启示就是，没有先进的理论指引，文艺必定走脱离时代与脱离大众的弯路；同时，只有面向实践，从解决实践问题出发，由历史检验并证明其正确性，理论才能保有长久的生命力。

《光明日报》2022年5月23日

一脉相承中的理论创新

今年,是毛泽东同志《在延安文艺座谈会上的讲话》(以下简称《讲话》)发表八十周年,是习近平总书记《在文艺工作座谈会上的讲话》发表八周年,在这样的时刻回顾中国现当代文艺发展的历程,让人感受颇多,感慨万千。从延安到北京,从毛泽东主席到习近平总书记,党对文艺的领导,对作家、艺术家提出的理论引领和实践倡导,党的文艺理论的发展、社会主义文艺事业的实践,都是无比丰富的宝藏,有许多宝贵的经验值得总结。以我个人的学习体会,从《讲话》到习近平总书记关于文艺工作的一系列论述,既有一脉相承的理论坚持,又有根据时代发展、社会变迁以及文艺实践需要应运而生的理论创新。这种坚持中的创新,正是马克思主义中国化在文艺理论上的体现。

这里,我就一脉相承中的理论创新谈两点学习体会。

一是八十年来党在文艺理论上的坚持与创新。八十年来,在《讲话》的精神指引下,中国文艺走出了一条属于自己的道路,这条道路上最闪亮的坐标就是,我们的文艺是人民的文艺。强调文艺和人民的关系,是党对文艺提出的最高的,也是最核心的要求。如果我们认真梳理会发现,在强调文艺与人民密不可分的关系时,党的领导人在立场鲜明和始终坚持的同时,随着时代的发展和实践的丰富,也有一个不断丰富、不断提升的过程。

毛泽东同志在《讲话》中强调了人民群众的生活对文艺的重要性,指出:人民生活是一切文学艺术取之不尽、用之不竭的唯一源泉。这就是告诉作家和艺术家,要创作,不能待在书斋里,不能躲在象牙塔里,要走出去,到人民当中去,因为人民的生活才是文艺创作的源泉。在今天看来,这是一个基本要求。对于当时的文艺家们来说，他们怀揣着理想与热情从全国各地奔赴延安，面对的是艰苦的生活条件，迎接的是残酷的战争环境，能否把个人的文艺理想同民族独立、人民解放的事业结合起来，这是必须解决好的问题。

到了改革开放新时期，邓小平同志在第四次文代会的《祝辞》中指出：人民是文艺工作者的母亲。强调一切进步的文艺工作者的艺术生命，就在于他们同人民之间的血肉联系。同时强调：人民需要文艺，文艺更需要人民。可以看到，这一论述在强调作家、艺术家要到现实生活中获取题材的同时，突出强调了文艺和人民之间的血肉联系，这就在思想上和精神上提出了更高要求。"人民需要文艺，文艺更需要人民"，这是一种辩证关系，更是一种鱼水关系。

进入新时代，习近平总书记对文艺与人民的关系做了许多重要论述。特别是在中国文联十一大、中国作协十大开幕式上的讲话中指出："生活就是人民，人民就是生活。"这里强调的是，广大文艺工作者不仅要同人民发生紧密联系，要写他们，要让他们成为主角，而且要把自己的思想倾向和情感同人民融为一体，把心思深入人民之中，同人民一道感受时代的脉搏。同时指出，广大文艺工作者要"用思想深刻、清新质朴、刚健有力的优秀作品滋养人民的审美观价值观，使人民在精神生活上更加充盈起来"。

习近平总书记的这一论述，与毛泽东、邓小平对文艺和人民关系的论述在政治上、思想上一脉相承，同时又结合新的时代和新的形势，提出了更高、更全面、更深刻的要求。从"人民生活是一切文学艺术取之不尽、用之不竭的唯一源泉"，到"人民需要文艺，文艺更需要人民"，再到今天的"生活就是人民，人民就是生活"，这其中的理论升华清晰可辨。

二是八年来习近平总书记文艺论述中的坚持与创新。党的十八大以来，尤其是文艺工作座谈会以来，习近平总书记关于文艺工作发表了一系列重要讲话以及指示、批示、贺信、回信。这些重要论述，既在思想上具有统一性、贯穿性，在具体指向和任务要求上，又各有侧重。梳理起来可以说呈现出一种不断拓展、不断深化的递进关系，一种贯穿统一和递进深化的发展脉络。

2014年10月15日，《在文艺工作座谈会上的讲话》直指当前文艺存在的突出问题。如"有数量缺质量""有'高原'缺'高峰'"的现象，以及"抄袭模仿、千篇一律"等一系列问题，在文艺界乃至全社会引起热烈反响。文艺界对这些问题和现象平时也有讨论，但如此高度的概括，直指问题的要害，确有振聋发聩的作用。此后很长一段时间，大家都在探讨、寻找解决这些问题的路径。"高原""高峰"一时成为文艺评论的新名词、新概念。

2016年11月30日，在中国文联十大、中国作协九大开幕式上的讲话，强调了文艺要讴歌英雄，崇尚经典。指出"英雄是民族最闪亮的坐标"，文学家、艺术家要想很好地反映一个时代，必须去讴歌英雄。经典的文艺作品为什么能够代表一个时代的精神？这些论述，既在理论上给出了坚定的回答，同时也体现了他对当代作家、艺术家创作精品力作寄予的殷切期望。

2019年3月4日，在参加全国政协十三届二次会议文化艺术界、社会科学界委员联组会时的讲话中，对文学艺术界所做出的努力、取得的成就给予充分肯定。讲话充分肯定文艺界"为人民创作的导向更加鲜明"，以及"文化文艺创作生产质量不断提升"。

2021年12月14日，在中国文联十一大、中国作协十大开幕式上的讲话中，对广大作家、艺术家在文艺创作上取得的成就给予充分肯定。指出："党的十八大以来，广大文艺工作者与党同心同德、与人民同向同行，围绕中心、服务大局，真情倾听时代发展的铿锵足音，生动讴歌改革创新的火热实践，在文艺创作、文艺活动、文艺惠民等方面作出积极贡献、取得丰硕成果。"进而对广大作家、艺术家呼应时代召唤，进行主题创作的成就给予褒扬。指出："广大文艺工作者倾情投入、用心创作，推出大量优秀作品。""我国文艺事业呈现百花齐放、生机勃勃的繁荣景象。"对文艺创作成就的肯定，是对作家、艺术家最高的褒奖。

新时代新征程，我们要清醒分析文艺思潮和创作中存在的问题，清醒分析创作现状，通过推出大批精品力作、培养更多创作人才，回答和呼应新时代的要求和希望。要牢记重托，不负使命，通过创作、评论和工作，交出满意答卷。

国家广电智库 2022年5月20日

《山花》与路遥：
一种文学现象孕育一种文学精神

在陕北延川，有一份名为《山花》的文学刊物，这份县级文学内刊，创办至今已四十多年。因为和一位在中国当代文学史上产生过重要影响并已确立经典地位的作家路遥联系在一起，又因近半个世纪坚持出刊，为当地培养了一大批文学人才，《山花》名满天下，人们用"山花烂漫"来形容它的成长和贡献。

路遥的文学道路，他的精神成长，都与《山花》分不开。"《山花》与路遥"本身就既是一种文学现象，也孕育了一种文学精神。把这种现象的独特性、代表性总结出来，把其脉络和价值挖掘出来，把路遥精神的内涵价值讲清楚，给当代文学以启示，十分必要。

《山花》与路遥互相成就的事实证明，文学刊物无级别，作家作品有大小。大刊物不是指其牌子大、级别高，而是其对文学产生过的影响和价值大。大作家更不是看其架子大、名头大，而是取决于作家是否写出了大作品。

《山花》和路遥互相成就的事实还证明，文学创作是一项艰辛的事业，作家要耐得住寂寞，要勇于在寂寞中坚持、坚守。作家创作要甘于寂寞，办刊物同样需要甚至更需要甘于寂寞。因为作家还有可能、有机会在沉默中爆发，办刊物、当编辑则要始终为他人做嫁衣。山花不名贵，但山花烂漫就是一道亮丽的风景。作家也是一样，路遥的创作经历中，大家现在总喜欢拿他当年如何不被理解说事儿，比如被名刊退稿之类，而这个故事里最值得评说的部分，是路遥的坚持与坚守。路遥坚持文学创作不动摇，即使《人生》引起轰动，改编成电影名满天下，但只有他自己知道，他还有更大的追求。没有对创作的坚持，就不可能有后面的《平凡的世界》。只有《人生》的路遥不但是不完整的，而且可能不会有今天的经典地位。被退稿却仍然坚持当然可贵，获得荣誉、引起轰动后仍然坚持更加难得。

坚守就是坚持现实主义创作态度，坚持为人民创作的立场。我们不应当苛求历史上的人和事，潮流涌动也是时代必然和时事使然。但《平凡的世界》之所以由当年的花絮变成一个励志的故事，事实上透露出坚守中的甘苦自知与随潮流而求变之间的矛盾，二者是对文学生命力究竟何在的不同理解。理解《山花》与路遥的关系，在一定程度上就是理解文学创作是一个艰苦跋涉的过程；从办刊物的角度，是理解从事文学创作要做好始终寂寞但仍然要坚守的精神准备。

路遥的文学道路再一次证明，文学是与时代同步伐的，是时代精神的高度体现。作家要发时代之先声，在时代发展中有所作为。路遥身居西北小城而能感应改革先声，在一个没有互联网和手机的时代，他敏锐地感知到时代巨变的步伐，并准确地反映和表现在自己的作品当中。而这种敏锐与准确，不在于他掌握了什么不得了的信息，采访到了什么重要人物，而在于他勤于读书读报，从林林总总的信息中感受大千世界涌动的潮流。他每时每刻都在关注普通人的命运，把他们的生活处境和期待中的改变作为自己创作的归宿。路遥的价值今天已被充分论述和承认，甚至是放大，但路遥精神还需要继承弘扬——让后人看到路遥的成就，更看到成就背后的执着。

路遥写出影响广泛的大作品是在改革开放之后，他在延川《山花》发表作品则在此之前。如何理解这本小刊物与这位大作家之间的关系，能不能说是《山花》培养了路遥，或是使他走上文学道路？从不同角度分析可能会得出不同结论。但至少我们应当看到，《山花》时期路遥的作品，看似短小简单，且留有特殊历史时期的明显印迹，但正是从这些作品中，可以读出路遥文学创作中的某种不变的追求和底色，可以看到他后来在小说作品里放大的情感基础和文学基因。比如，被视为路遥公开发表的第一篇小说的《优胜红旗》，这篇作品刊登在1972年的《山花》第七期上，讲述了村民们修梯田、争优胜红旗的故事：年轻的二喜为得到红旗而争时间抢速度，石大伯没有参与这种速度竞赛，而是默默地为其他人因为争抢而留下的破漏处"返工"。小说从始至终强调的不是大干快上，而是一种扎扎实实的劳动态度，在今天叫"工匠精神"。这种"工匠精神"转换成文学创作的态度，恰恰体现在他多年后为创作《平凡的世界》而做的准备中。路遥早期的诗歌《老汉一辈子爱唱歌》，在看似颂歌的信天游里加入了讽刺。诗中描写一位"权威"拿着笔要记录老汉的歌谣，说回去后整理成诗集出版，进而又说老汉的唱曲太土，认定"土腔土调话太粗，这种作品没出息"。而诗中的老汉却对此予以坚决反击：

> "我一听这话心火起，
> 一口气顶了他好几句：
> 山里的歌儿心里的曲，
> 句句歌颂咱毛主席！
> 山歌虽土表心意，
> 从来就没想到出'诗集'
> 那人把鼻梁上眼镜扶上去，
> 一猫身钻进卧车里——"

诗句里不但流露出路遥超凡的小说写作才华，更表露出他骨子里的平民态度。这种遭遇和反击，仿佛暗示了他真正走上文坛之后的经历，他的斗争精神和内心坚持，都寓言般地"预设"和流露在这首初期的诗作里，颇值得玩味。

延川的《山花》也提供了一种启示，说明文学的人民性体现在朴素的情感里，体现在普及的过程中，虽说朴素却又是热切交流，虽是普及却也是薪火相传。目前，全国还有上千种《山花》式的文学内刊，它们的传播范围非常有限，人员经费短缺，发展面临着诸多困难。《山花》可以说是标杆，是榜样。《山花》的发展得到政府和社会多方支持，现在情况不错。更多的基层文学内刊期望得到真正改观，真正助力文学呈现"山花烂漫"的景观。

《光明日报》2019年12月11日

是呼唤，是关切，更是作家的使命

——关于第十一届茅盾文学奖的对话

长篇小说是文学之重器，是一个时代文学成就的重要标志。中国当代长篇小说创作从高原向高峰攀登的过程中，茅盾文学奖是重要的激励、有力的鼓舞。本届茅盾文学奖是对新时代文学成果的一次重要检阅。嘉宾之间的对话延展出开阔的话题，从关注本届茅盾文学奖的特色、评审标准的导向，到回溯评审过程中思考的问题和总体感受；从分析获奖作品的创新融合，评价获得提名的"70后"作家与作品，到探讨作家如何提升"讲好中国故事"的能力。攀登文学高峰是有志向的作家毕生追求的目标，文学的荣光属于每一个不懈的攀登者。

一、考验的就是作家创作的"综合实力"

王雪瑛：长篇小说创作拓展着书写时代生活与历史场域的广度和深度，茅盾文学奖是国家级长篇小说大奖，第十一届茅盾文学奖评奖范围为2019年至2022年间在中国大陆首次出版的长篇小说，从238部参评作品，到10部提名作品，再精选出5部获奖作品。请您谈谈本届茅盾文学奖的特色、评审标准的导向。

阎晶明：长篇小说无疑是当代中国文学界最受瞩目的创作门类，以长篇小说为唯一评奖对象的茅盾文学奖因此也最受文学界和社会关注。这一奖项影响力持续增长的原因还在于，无论中国长篇小说创作如何不断繁盛，创作数量逐年增加，茅盾文学奖始终坚持从过去4年的长篇小说作品中，评出不超过5部获奖作品，没有任何直接的或变相的"扩盘"行为。这让评奖过程更加紧张激烈，结果也引来更多关注与讨论，比如为什么是它们，为什么不是它们，代表了哪些趋向，体现了怎样的倡导等。全部获奖作品以及一些虽未获奖而被关注的作品，一起成为大家热议的话题。这样不无"残酷"的评奖过程与结果，在很大程度上提升了茅盾文学奖的知名度，成为整个评奖年度最为聚焦的文学话题。的确，在书写时代生活与历史场域的广度和深度方面，长篇小说具有独特的优势。长篇小说考验的是作家创作的综合实力，茅盾文学奖的评奖也会把这种综合实力作为重要的考量标准。题材的宽度、主题的深度、艺术的高度，它们之间形成的合力，合力引起的社会反响，都会成为评价一部作品成就高低的判断标准。

王雪瑛：已经走过40多个春秋的茅盾文学奖，有什么关键词？有没有形成什么审美倾向？

阎晶明：茅盾文学奖已经评了11届，时间跨度超过了40年。要从中找出关键词，既不难，也很难。不难是因为，茅盾文学奖有从开始就强调的评奖标准；困难在于，如何理解标准的内涵，尤其是结合具体作品去讨论和评判，并非易事。多年来，我听到的关于茅奖评奖最多的词，一是"厚重"，这厚重里，有价值观、历史观、现实性等多重要素。二是"创新"，这创新里，有艺术上的独特性或独特的艺术风格，同时也有处理题材、体裁时的独特方法。厚重与创新，在评奖的过程中既有高度的共识，也有个人理解上的差异，还有逐次评奖，不断在观念上、共识上实现的突破。比如，从麦家《暗算》、金宇澄《繁花》、李洱《应物兄》、孙甘露《千里江山图》、刘亮程《本巴》的获奖，不难感受到茅盾文学奖在坚持中逐渐拓展的广阔视野。

王雪瑛：作为评委和读者，您内心一定有着丰富的体验，请说说阅读感受。您对于评奖结果有怎样的感慨？在反复衡量参评作品的思想和艺术水平，交换各自意见的评审过程中，您参与评审的总体感受和常常思考的问题是什么？

阎晶明：体验是在日积月累阅读的基础上形成的，批评家的基本职责就是阅读，然后是选择，进而是评论。评奖就是将以上这些行为叠加后同时进行，而且是在与其他评委交流碰撞的过程中共同完成的。集中阅读自然会带来不一样的感受，中国每年出版的长篇小说数量在万种左右，如果加上网络文学中体量更大的长篇小说，说百花争艳都是个窄化的比喻。能从中脱颖而出成为最终的获奖作品，在社会影响成倍放大的同时，也会接受更加多重和严苛的评判。这些作品就像孩子，在这一刻突然长大，走向成熟。他们前程远大，也将面临更多风雨的考验。在评奖过程中思考的问题与面对的作品相关。总体上，我会去想象作家创作时的状态，他的真实诉求和创作驱动力究竟何在；作家是否足够智慧，是否太过聪明；他的创作抱负究竟有多大，最终的呈现效果与创作初衷之间有怎样的距离；作家对当前创作的总体走向是否敏感，他的创作是否应和着，甚至代表了其中的趋势性特征；在总体性的创作趋向中，一位作家的创作是否既体现出敏锐和感应力，同时又有自己的坚持和定力；作品创作的根源是怎样的，与作家的生活经历、生命体验有着怎样的关联；在虚构与纪实之间，作家的处理是否得当等。

二、传统的根性及与时代相吻合的现代性

王雪瑛：谍战题材的故事，现实主义的写实能力，先锋文学的艺术创新，展现出《千里江山图》多元的叙事美学，展现出中国当代作家叙写重大革命历史题材的创新能力。从蒙古族英雄史诗《江格尔》中汲取元素，激活古老史诗的文化因子，《本巴》探索出对优秀传统文化进行创造性转化与创新性发展的文学叙事模式。这些茅奖作品是不是体现出了当代作家对小说技法的创新融合？

阎晶明：近年来，我每年都会参加人民文学出版社等主办的长篇小说

年度论坛,并受邀就中国长篇小说创作的趋势性特征做年度综述。我记得近三年来的几个主要观点,特别想重申的观点是"融合"。比如,现实主义小说和先锋小说曾经处于此起彼伏、各走各路的状态,发展到今天,二者呈融合趋势。不少先锋小说家,逐渐转向了现实主义的创作路径。中国作家正在运用现实主义的创作方法,又能够自觉地在艺术上打开格局,把先锋文学的诸多艺术元素、艺术手法融入其中。以这次获奖的《千里江山图》《本巴》为例,作家在处理重大主题与艺术个性、历史史诗与现代性转化方面,表现出很强的融合能力。这种融合使得中国的长篇小说既具有传统的根性,又具有与时代相吻合的现代性。这些小说或有地域性,或有历史感,或融入纪实性,或打通人神分界。这种既有当下性,又有寓言性,既有来自土地、历史、生活的根性,又有强烈的时代标识和作家艺术自觉的创作,正是我们所期待的小说。严肃主题、传奇色彩、美学抱负,如果这些要素在一部作品当中同时出现,小说的流通性、小说性、艺术价值会同时得到提升。

王雪瑛:《雪山大地》《宝水》《回响》的文学叙事也体现出对现实主义创作手法的提升与拓展。

阎晶明:杨志军的创作实力,我从1987年开始就有明确认识。我的当代小说评论是从评介《环湖崩溃》开始的。《海昨天退去》是杨志军早期另一颇具影响的作品。那时杨志军的小说专注于大自然,写荒漠、戈壁与人的关系,人在自然面前的抉择、行为,他们的奋斗、付出以及得到的回报之间的复杂关系。经历三十多年的探索,杨志军的创作从来没有离开西北高原,没有离开那片辽阔、神奇的土地,但他也有明显的转向。以《雪山大地》为代表,杨志军更加关注人的历史,他们的青春、奉献,他们对社会、人民做出的贡献,以及他们精神上的满足。一种更加强烈的对父辈、对荒原上所有奋斗者的崇敬之情充溢在他的新作中,这是一部情感真挚而浓烈的致敬之作,也是一部主题表达上的厚重之作,又具有拓展现实主义创作疆域的创新性。《宝水》是乔叶表现新时代乡村发展变化的长篇小说。小说在叙事上也具有当前小说创作的某种共同趋向,通过强化地方性突出小说的辨识度，而且与小说的现代性相契合。通过大量加入更具活力的方言俚语，来强化人物故事的地方性色彩。这种方言俚语在小说里已经延伸至市、县，甚至村镇一级，大大提高了小说的动感。作家还把乡村写成自己的故乡或精神故乡，对其有着强烈的精神归属感。东西的《回响》写女刑警冉咚咚对一桩命案竭尽全力调查、侦破的过程，在书中同时展开了复杂、隐秘的人生场景。追踪真相固然是警察的天职，但冉咚咚却在调查中看到了一幅幅令其精神不断强烈震动的人生景观。冉咚咚追查社会案件的过程，也是追问自身情感依托究竟有无的过程。在小说故事的外壳下，作家真正关心、关注和探究的是它们产生的心灵回响。这些小说是对现实主义创作的拓展与深化。

三、表达人民情感和体现时代艺术风采

王雪瑛：从本届茅奖十部提名作品的作者来看，有不少是年富力强的文坛中坚力量，标识了中国当代文学不断延展的广阔空间，以及"70后"文学创作力量的成熟。他们在媒体融合时代，探索着文学叙事的生命力和小说创作的未来路径。您如何评价获得提名的"70后"作家与作品？

阎晶明：在10部提名作品中，有4部是"70后"作家的作品。乔叶的《宝水》获奖了，葛亮的《燕食记》、鲁敏的《金色河流》、魏微的《烟霞里》，都是具有相当分量的小说，既体现了作家个人创作的不断成熟，也证明了中国文学阵营中坚力量的实力。《燕食记》较好地处理了纪实与虚构、地方性与现代性、世俗生活与家国情怀的关系。小说坚持写人间烟火，大的历史似是不经意间闪现，却是重要的存在。这是一部将传统题材进行当代转化，在地方性叙事中体现全局性眼光，进而具有自觉的现代性追求的小说，对于如何在当今时代讲好中国故事，具有值得探究的价值。鲁敏的《金色河流》在绵密的现实生活书写里潜藏着戏剧性结构，人物关系构成也带有戏剧性特征，以一个人物为中心，逐渐向周边扩散，又因种种显在和潜在、直接和间接的交错关联，构成一种网状形态。在故事情节与人物关系的不断推进中，小说逐渐引出一个严肃的主题：人在创造物质

财富的过程中,如何保持心灵和精神的光泽?这既是对义利关系的考量,也是对精神品格的淬炼。小说里的典型人物身上体现着美好心灵和价值理想。可贵的是,这种表达是通过故事情节的发展,以丰沛的现实细节自然引出的,给读者留下了思考空间。魏微的《烟霞里》是其创作历程中的重要收获,也是过去一年被谈论较多的作品。这是一部小人物的编年史,也为一个大时代做了记录。人间烟火的生生不息中,更可见时代风云的潮起潮落。小人物的日常生活和大时代的沧桑巨变,如何恰切地融为一体,这是必须从构思开始就要设计,写作过程中又随时需要精细处理的。需要小说家有清晰的构想,更需要有高超的技艺。经过艰苦努力,魏微较好地实现了自己的创作目标。经过不惑之年的人生历练,"70后"的小说家们在各方面都趋于成熟。社会责任感与个人艺术追求并进,充分地体现在作品中,他们的未来值得期待。

王雪瑛: 在媒体融合、短视频风行的文化生态中,您如何看待当下长篇小说创作面临的挑战?

阎晶明: 基于现在的网络传播环境,作家在创作中需要在形式上增强可读性,内容上增强创新性,在语言精简化等方面吸引更广大的读者群体,满足人民多样化的审美需求。同时应凸显时代主题,保证作品本身的高质量,作家始终需要注重提高文学作品的完成度,在追求数量的同时保证质量。我们今天处在一个开放的时代,其复杂性和多样性促使作家进一步提升民族国家意识,通过文学增强中华文化的传播力和影响力。

王雪瑛: 中国当代文学正在发展的进程中,您已担任过多届茅盾文学奖评委,作为多年来深入当代文学现场的评论家,您对当代长篇小说创作有着怎样的期待?茅盾文学奖对当代文学的经典化是不是有着重要意义?

阎晶明: 如果加上第五、六届两届的"初评",我已经连续七届参与茅盾文学奖的评审,的确学习到了太多东西,尤其是在对长篇小说创作的观察以及评价方面,从众多前辈和同道身上得到许多教益。茅盾文学奖是助推中国当代长篇小说创作发展、繁荣的重要途径和力量。茅盾文学奖最根本的目标，是希望通过优中选优的评奖，推动作家创作出更多无愧于时代和人民的大作品。大作品应该具有更多全景式反映一个时代生活面貌，呈现一个时代发展趋势，表达一个时代人民的情感、观念变迁，体现一个时代艺术风采的特点。要出大作品，这是一种呼唤，也是一种关切，更是作家、艺术家的责任和使命。这次参评的作品中，多部作品体现出对历史长度、主题深度、艺术广度的自觉追求。这种追求将为更多更好的扛鼎之作的诞生打下坚实基础，未来更加可期。近年来，中国作协采取了很多积极有效的措施鼓励作家"深扎"，创作展示时代变革的作品。尤其是"新时代山乡巨变创作计划"和"新时代文学攀登计划"的推出，有力地激发了作家深入生活、投入创作的积极性。我们的文学评奖，也都会把体现以人民为中心的创作导向作为评奖的原则，起到较好的引导作用。当然，社会的多样性、复杂性都可以成为创作的题材，但最后要表达的主题，一定得是能给社会提供精神资源的，作品的内在精神应该是昂扬向上的。以人民为中心，不仅是对创作题材选择的强调，更是对作家情感倾向和价值取向的期待与评判，只有这样，作家才能真正肩负起文化使命。

《文汇报》2023 年 8 月 29 日

时代呼唤大作品

茅盾文学奖由中国作协主办，每四年评选一次。自1981年设立至今，十届茅盾文学奖共评出48部获奖作品，在繁荣长篇小说创作、树立当代文学经典、体现时代文艺高度、推动文学事业发展方面做出了巨大贡献。第十一届茅盾文学奖评奖范围为2019年至2022年间在中国大陆首次出版的长篇小说，参评作品238部。这些作品体现了我国长篇小说创作怎样的特点？文学创作如何担负起新的文化使命？《人民政协报》记者就此专访全国政协文化文史和学习委员会副主任，第十一届茅盾文学奖评奖委员会副主任阎晶明。

记者： 您对本届茅盾文学奖参评作品，尤其是获奖作品，有怎样的印象？

阎晶明： 茅盾文学奖是中国作家协会主办的四大奖项之一，也是其中最具社会影响力的文学奖。它对过去四年中国当代长篇小说创作进行一次集中检阅，优中选优，评出不超过5部获奖作品。

中国当代文学的格局中，长篇小说无疑是最受关注的门类。每年出版的作品数量庞大，以万部左右为基本数据，读者的阅读量也大。同样一位作家，以长篇小说形式问世的独立作品，在发行量和阅读量上，都应超过其中短篇小说集。中国当代作家在题材、主题、艺术上的最新拓展与探索，最集中地体现在长篇小说创作上。这些因素相叠加，以长篇小说为评奖对象，得奖作品数量严格控制在5部以内的茅盾文学奖受人瞩目，就是非常正常和可以理解的了。

今年共有238部作品参评。这些作品的作者来自全国各地、各领域，可谓大江南北老中青齐聚。当然，在体现社会要求，表达时代主题，展现艺术风采上，最终的获奖作品更具代表性。

记者： 这些作品体现了当前长篇小说创作怎样的特点？

阎晶明： 长篇小说创作的井喷状态远远超出预期，要从大量的作品里总结出值得关注的共同趋向，难度太大。不过，通过集中阅读，仍然能读出一些共同趋向和特征。近年来，小说家们集中强化地方性，在突出地方性的同时强调故乡感。所谓地方性，其实是作家本人的某种故乡情结，这种地方性不是使作品的格局变小了，而是更加自觉地在地方性中体现主题内容的时代性，以及艺术探索上的现代性。以地理名称作为小说名的作品集中推出，这些地理所指有大也有小，有古也有今，有虚构也有实指。比如获奖作品《雪山大地》《宝水》《本巴》，参评作品中的《野望》《北流》《家山》《烟霞里》《凉州十八拍》《金墟》《白洋淀上》，等等。

当然，更重要的还是小说内部体现出的风格特点。杨志军的《雪山大地》浓墨重彩地反映了大半个世纪以来中国共产党带领青海藏族人民艰苦奋斗、奋发图强，使青藏高原发生沧桑巨变的壮阔历史进程，同时体现了民族团结进步、铸牢中华民族共同体意识的思想与价值追求。

乔叶的《宝水》是一部主题鲜明的作品，直接书写新时代乡村振兴。小说的地方性突出表现在语言上，通过大量加入更具活力的方言俗语来强化人物故事所属之地的地方性特质。

孙甘露的《千里江山图》是"硬核"的革命历史题材作品，又是极具故事强度的长篇小说，同时其叙述格调还具有新鲜的、充满活力的、让人着迷的先锋意味。小说呈现出的画面感、戏剧性，错综复杂的人物关系，紧张刺激的敌我斗争，散布其间的城市地标和纷繁意象，都使这部主题鲜明、立场坚定的小说呈现出多重迷人色彩。

作家们的创作题材可谓丰富多彩。刘亮程的《本巴》是对民族史诗的现代性书写，既可见出深厚的历史底蕴，又能看到一个小说家丰沛的艺术才华。东西的《回响》则直接表现当代中国的社会生活。生活的表层下，又可见人性的隐秘复杂。一部看上去不无推理色彩的小说，却写出了人性的深度，引人深思。

记者： 从 2019 年到 2022 年，社会生活发生了巨大变化，对于时代的重大主题，您认为作家是如何捕捉和把握的？

阎晶明： 时代要求文学要出大作品。大作品应该具有更多能够全景式反映一个时代生活面貌，体现一个时代发展趋势，表达一个时代人民的情感、观念变迁，体现一个时代的艺术风采的特点。要出大作品，这是一种呼唤，也是一种关切，更是作家、艺术家的责任，我们需要付出更多的努力。这次参评的作品中，多部作品体现出对历史长度、主题深度、艺术广度的自觉追求。这种自觉必将为更多更好的扛鼎之作的诞生打下坚实基础，未来更加可期。

记者： 习近平总书记强调，担负起新的文化使命，努力建设中华民族现代文明。从文学的角度，或者说从长篇小说创作来看，您有怎样的思考？

阎晶明： 根本上还是人民和生活，这是文学无尽的资源，也是文学最终的归宿和落脚点。习近平总书记指出："人民是创作的源头活水，只有扎根人民，创作才能获得取之不尽、用之不竭的源泉。"近年来，中国作协认真学习贯彻落实习近平总书记关于文艺工作的重要论述，采取了很多积极有效的措施鼓励作家"深扎"，创作展示时代变革的作品。尤其是"新时代山乡巨变创作计划"和"新时代文学攀登计划"的推出，有力地激发了作家深入生活、投入创作的积极性。我们的文学评奖，也都会把体现以人民为中心的创作导向作为评奖的原则，在这方面起到了较好的引导作用。当然，社会的多样性、复杂性都可以成为创作的题材，但最后要表达的主题，一定得是能给社会提供精神资源的，其内在精神应该是昂扬向上的。以人民为中心，不仅是对创作题材选择的强调，更是对作家情感倾向和价值取向的期待与评判。只有这样，作家才能真正肩负起文化使命。

《人民政协报》2023 年 8 月 21 日

在文学与影视之间

——《人世间》带来的启示

由梁晓声长篇小说改编的电视剧《人世间》在观众中引起强烈反响。这部三卷本鸿篇巨制,是茅盾文学奖获奖作品,在读者中早已取得广泛认同。同名电视剧作为2022年开年大戏,无疑已经站在年度电视剧的高点。

《人世间》的成功,也引来很多关于文学与影视关系的话题。就此,想谈一点个人看法。

一、什么样的文学最有可能与影视结合

梁晓声是小说家,他的小说被改编成电视剧的非常多,年代跨度非常长。从20世纪80年代的《今夜有暴风雪》《这是一片神奇的土地》《雪城》,到几年前的《知青》,再到今天的《人世间》,他的小说不但被影视制作人、创作者追踪关注,而且总能引来观众热议。为什么?因为梁晓声小说的现实主义品格和现实主义精神总能引起受众的关注。他的小说中有历史,那是当代人曾经经历、依然历历在目的当代史,是与今天的生活密切关联的历史;他的小说里有生活,这种生活是被大的时代潮流裹挟,通过对生活的描摹认知社会风尚的生活;他的小说里有个人命运,而这种个人命运又是一个时代人的写照。作为对中国社会发展密切关注、深入思考并总能发出自己独特声音的作家,对小说中人物故事的把握就具有天然的优势。他是写过《中国社会各阶层分析》的学者型作家,他的作品在高度和深度上有一种恰如其分的分寸感,不温不火,不急不缓,清晰而不僵硬,生动而不空灵。时代印迹、社会演进、人物命运、人性思考,各种要素妥帖地融为一体,因此特别容易引起影视界的关注。如果说电影早已形

成了商业片、文艺片、正剧大片等类别,那么电视剧艺术的主流几乎是一致的,即现实生活＋社会变迁＋时代潮流＋个人命运(有时也是家庭或家族命运)＋生活哲理＋道德之善。

近年来,重要历史节点上取得广泛而深远的社会反响的作品中,电视剧往往拔得头筹。改革开放四十周年是《大江大河》,建党一百周年是《觉醒年代》,脱贫攻坚主题是《山海情》,纪念抗美援朝是《跨过鸭绿江》。这也折射出中国电视剧这么多年来的努力正在得到丰厚回报。的确,从清晰地讲好故事,到必须树立的正确价值观,到适合家庭观看的温情模式,再到明确的家国情怀,中国电视剧走出了一条适合国情、民情的道路。而这一过程中,文学作品是否适合改编,首先要看它是否符合这些要求。梁晓声的作品因此而被关注、追踪、改编。

《大江大河》也是由长篇小说改编的,客观地说,自小说发表、出版以来,其在文学界的影响并不大,但电视剧却一炮而红。原因有很多,但我认为最值得一提的原因是,在表现中国改革开放进程的各类作品中,《大江大河》是全方位表现改革进程的作品。其中有城市改革,也有农村改革,有国企改革,也有民营企业改革,有知识分子的命运沉浮,也有普通工人农民的酸甜苦辣,中国社会各阶层的人都在其中有所表现。大概因此,它可以在不同年龄和社会阶层的观众中引起关注。

二、文学品质与影视艺术之间的融合可能

关于文学与影视之间的关系,历来有不同观点,能够被改编为影视剧,这当然是作品产生社会影响的好机会。但在极端意义上讲,从来也有一种说法,在艺术上达到极致的小说是无法被改编为其他艺术形式的。米兰·昆德拉也曾指出,一部小说作品能够被顺利改编成其他艺术形式,是这一作品艺术上还不够纯粹的标志。纯粹的小说被改编成电影等视觉艺术后,其思想内涵和艺术匠心必然会有所损失。这样的例子确实也能举出一些来。就中国而言,四大名著的改编几番重来,但始终不能完美表现原著的丰富内涵,无法尽显原著的艺术魅力。鲁迅在世时就劝人不要去改编《阿Q正传》,因为他担心那会只剩下滑稽。他小说的改编作品里,最成功的

无疑是《祝福》,但电影《祝福》显然也主要表现了祥林嫂的悲苦命运,而不能尽显其悲惨遭遇带出的人性凉薄。

但这种观点现在正在被改变。影视作品或许无法尽显一流小说的丰富内涵和复杂意蕴,但一样可能成为优秀的作品。许多经典的现代小说,本身就具有多个层面的价值。动感极强的故事,曲折复杂的情节,深邃的思想,精确的文学语言,都有可能在同一部作品中融合、并存。影视艺术完全可能根据自身需要做出适当调整,从而成为一部上乘之作。我国著名俄语文学翻译家刘文飞就认为,陀思妥耶夫斯基的小说之所以在读者中既叫好又叫座,是因为他的作品即使只在故事层面上,也充满了紧张、悬疑的气氛,具有很强的可读性,甚至有流行小说的因素。但我们都知道,陀思妥耶夫斯基小说最可贵的品质是思想的深邃,他的小说是"思想小说"的巅峰。根据陀氏小说改编的电影《罪与罚》、电视剧《卡拉马佐夫兄弟》,同样也是深受观众追捧的作品。我们也可以这样说,影视艺术可能没有完全道出小说作品的内涵,但作为独立的艺术作品,它同时也会延展出更新的、属于自己的艺术质地,这当然首先来自小说,是从小说出发的,但也有其新的内涵。比如《人世间》,如果我们把文学评论家们对小说的评价和社会各界对电视剧的评价进行一下比对,就会发现,大家从作品中读到、看到、感受到的既有共同之处,也有明显不一致的地方。

三、文学要以更加开放的思维提升自己,与其他艺术形式共生

在新的传媒时代,我认为文学家们也应该拓宽视野,以开放的胸襟向其他艺术形式学习,从中汲取创作的营养。我们常说,文学是一切艺术形式的基础,是影视艺术的头道工序。文学是一剧之本,文学作品的优劣很大程度上决定着影视作品的成败。这些观点到今天仍有其价值,但必须说这还并不全面。

一是影视艺术越来越成为最为大众化的艺术,新作数量之多超出人们的预想。我国更是电视剧生产大国,每年万集以上的数量并非虚夸。这么大生产制作数量的剧作中,原创剧本占绝大多数。而且,经过数十年的努力和积累,电视剧领域已经形成了一支相当庞大、成熟的编剧队伍。这些

编剧对电视剧艺术规律的理解和把握相对成熟，在创作实践中逐渐形成了一套"创作方法"。

二是影视艺术对文学作品改编时不再刻板执行"忠实于原著"。二度创作的要求是很高的。比如电视剧《潜伏》，是根据龙一的小说改编的，在一篇短篇小说和一部几十集的电视剧之间，编剧的创作量之大是可以想象的。可以说小说提供了相当重要的构思框架和故事梗概。龙一的作品的确具有改编成电视剧的潜质，他的小说改编的电视剧《借枪》同样是一部上乘之作。在谍战剧风行的几年里，文学家们在电视剧界充分展现出创造故事、解读历史并将传奇故事与历史正剧相结合的能力。而且，他们也都不同程度地参与了影视创作、制作。麦家、海飞、全勇先等就是例证。

三是要通过影视擦亮重要的文学品牌。《人世间》播出中，特别注明是根据梁晓声同名茅盾文学奖获奖小说改编，这也体现了影视对文学必须要有的尊重。同时，通过影视艺术，重要的文学品牌可以更显其光亮。可以说，绝大多数茅奖获奖作家，都有作品被改编成影视剧，茅奖作品也有不少被改编为影视剧。近十年来，有《平凡的世界》《白鹿原》《装台》《流浪地球》等根据小说改编的优秀影视作品。网络文学的崛起，一样为影视艺术提供了优质的资源。

同时，也要注意到，一部电视剧一旦获得成功，其剧本也可以改编成小说。比如2021年年初，龙平平编剧的电视剧《觉醒年代》获得巨大成功，到年底，由剧本改编的长篇历史小说《觉醒年代》正式出版，从党史专家到著名编剧再到小说新秀，龙平平的华丽转身也颇有代表性。这部小说同样具有一读之价值，文学界也应以广阔的胸怀接纳。

总之，在今天科技与艺术、传播高度融合的形势下，文学艺术的传统格局早已被打破，纯文学、严肃文学、主流文学，这些概念及其内涵如何理解、界定，都需要重新考量。

《文艺报》2022年3月16日

关切

第二辑

综述与评论

融合：2018 中国长篇小说创作关键词

不用怀疑，2018 年是中国长篇小说创作不同凡响的一年。如果必须用一个词概括这一年长篇小说创作的总体特征，会很困难，从状态上来说，应该就是"井喷"。从年初开始，一部接一部长篇新作的出版引起了人们的不断热议。这种井喷式的创作态势发展到年底，更是有一种拥挤的感觉，值得评说的长篇小说新作一部接着一部，以至于要概括总结 2018 年的小说，一下子还无从下手。

比起数量上的多，2018 年的长篇小说在艺术上所呈现的风貌更让人兴奋，小说的质量有了整体的提升。要从理论上概括这百花齐放式的艺术创新，当然也是很难的。

前几天看了一部关于交响乐发展史的纪录片，其中有一句话印象深刻，让我联想到去年中国长篇小说的创作特点。这部纪录片在讲到一位音乐家的时候说，他坚守传统，但是绝不故步自封，他高瞻远瞩，但绝不是现代主义。我觉得，2018 年中国的长篇小说创作好像正具有这样的特点。不是简单、浅表的现实主义，也不是虚幻的现代主义。融合，是我想到的一个词。

简单回顾一下，四十年来中国长篇小说创作多姿多彩，各种风格、各种艺术形式、各种艺术手法，我们都耳熟能详，都能找到对应的文本。总体上说，现实主义小说和先锋小说长期处于此起彼伏的状态。发展到今天，到了 2018 年，我个人的看法是，这二者有一种融合的趋势。

回想 20 世纪 80 年代，先锋文学和现实主义文学，其实在一定程度上就是两种创作，甚至就是指称两类作家的作品，二者有时可能还是格格不入的。后来情况不断发生变化，原因是多方面的，比如我们的小说评价体系、角度都在趋于多元化。读者的认可度，简单地说就是发行量；艺术形式转换的可能性，简单地说就是影视剧的改编机会。再比如文学评奖的价值导向等，都让长篇小说创作出现了一种整体上的变化。

一个很明显的变化，就是很多从前的先锋小说家，逐渐转向了现实主义的创作路径，甚至很多过去以中篇小说、短篇小说见长的作家，也开始把创作的主要精力用在了创作长篇小说上。这使我相信，如果在20世纪80年代提出小说家是"讲故事的人"这个概念会引起很多争议，那么现在提出来，大家都会认可。

2018年对于小说创作的一个特殊意义还在于，中国作家正在自觉地运用现实主义的创作方法，又能够自觉地在艺术上打开格局，也就是把先锋文学的诸多艺术元素、艺术手法融入其中。难得的是，这种并存和融合频繁呈现在一个作家的同一部作品当中。过去我们说，某个作家是偏向于现实主义文学，某个作家是倾向于先锋文学，但是我们现在可以在一个作家的一部作品里看到这两种创作方法的融合。我认为，这种融合使得中国的长篇小说既具有传统的根性，又具有与时代相契合的现代性。2018年，已经有很多作品可以向我们证明这种艺术融合上的自觉，作家的创作方法也在作品中日趋成熟。

2018年，从九十岁的长者，到"80后""90后"的青年，众多作家都有长篇新作发表或出版。其中不少长篇作品都在艺术上给我们带来惊喜，也印证了我所强调的现实主义与现代性的融合。这些小说或者有地域性，或者有历史感，或者刻意融入纪实性，或者刻意打通人兽灵的分界。这种既有当下性，又有寓言性，既有来自土地、历史、生活的根性，又有强烈的时代标识和作家艺术自觉的创作，正是我们从理论上和阅读上所期待的。2018年，长篇小说所达到的艺术高度值得我们铭记，更值得我们深入评说。从艺术融合的角度来说，亦是如此。

我们曾经膜拜的魔幻现实主义，其实并不神秘或者神乎其神，不少可以归在这一概念下的小说都有一个特点，就是在一部作品里把多种艺术元素和艺术手法拼接、拼贴，或者说融合在一起。它们是严肃文学，但看上去又像流行小说。小说里有地域风情，有民族历史，有严肃的政治，有民间的传奇，同时还有一种广阔的世界性。一个作家能不能调动整合这些元素，纳入一部小说当中，使其成为互相关联、交融的小说要素，从而形成一种合力，形成一种小说的力量，这对当代小说家（不仅是中国的小说家，还是世界范围内的小说家）而言，是一个巨大的考验。其实，严肃主题、传奇色彩、美学抱负，如果这些要素在一部作品当中同时呈现，小说的流通性、小说性、艺术价值可能也会得到提升。近二十年，一些中外长篇小说能够在世界范围内拥有广大读者，在文学批评上得到普遍的高度评价，艺术上的这种融合应该是一个很重要的原因。

过去我们常常把文学按照类别划分，无论是题材、体裁上，还是创作的方式上，都有一种非此即彼的观念，要么余华，要么路遥，要么张承志，要么王朔。但是今天，我们很欣喜地看到，中国作家正在走一种相通、融合的道路，这是一种创作实践的追求，也是一种艺术自觉的标志，有很多作品可以支撑我们这样评说。

从这个意义上说，2018年是中国长篇小说创作具有标志性的一年，取得的成就归功于发表、出版、编辑，也归功于批评家的推荐，大家共同形成合力。2018年的小说，特别是长篇小说创作上的收获，在未来相当长的时间里，应当会成为值得我们不断评说的话题。

《学习时报》2019年3月1日

当代文学发展三大新动向

一、当代中国的现实生活是最受关注的创作题材

今年是中国改革开放四十周年,四十年来的中国发生了千年未有的巨变。当代中国全面开放、全力改革的进程中,出现了太多值得作家书写的人物和故事。中国作家的创作题材领域越来越广阔,历史题材、国际背景、玄幻穿越、科学幻想,形成了一个又一个的热点。但其中最受关注的表现对象,无疑是当代中国社会已经发生和正在发生的变革,是改革开放的中国呈现出的生活画卷和人们复杂多样的心灵情感,其中也包括生活中的矛盾冲突、喜怒哀乐。

中国每年出版的近一万部长篇小说,以及其他文学样式的大量作品中,表现现实中国是作家创作的主流题材,也是读者最为关注和密切追踪的创作领域。中国作家协会每年主办的文学大奖,也都把鼓励现实题材创作作为一种倡导。

二、科学精神和专业知识在文学创作中渐成热点

文学作品常常要借助想象力来完成。纵观传统的中国文学,作家的想象力无比丰富,想象及夸张的表现手法具有悠久的历史和实践传承。当代中国,特别是改革开放以来,中国经济社会迅速发展,科学技术日新月异,社会公众的文化素养普遍提高,文学想象力的内涵也在发生历史性变化。有一个现象特别值得关注——科幻文学近年来在中国迅速崛起。科幻文学不同于一般的科普写作,也有别于传统的文学想象。科幻文学作品中的想

象是基于科学知识、渗透着科学精神的想象，是作家努力用科学发展的成果、自己掌握的科学知识，对世界以及宇宙的未知领域进行遥想和追问，是对宇宙未来和人类命运攸关的诸种问题的探索和思考。读者对科幻文学的热衷，在很大程度上超出了传统文学界的认知和预想。科学精神深入作家内心，成为其认识世界与人心的重要资源和出发点。这种科学与文学的结合，正在成为当代中国文学创作中的新现象。

在更多并不注明是科幻文学的文学创作中，我们也注意到，各领域的专业知识正在成为许多文学作品叙事时的借力点。比如网络文学，曾经经历过玄幻、穿越等题材无边的想象和描写，今天的网络文学作品，有许多是对不同专业领域的描写和表现，其中交织着相应的专门知识和文化，作品因此具有了基于文学性的更多认识价值，并格外吸引读者的目光。其中涉及经济、法律、科技、中华传统文化、重大历史事件和人物等，读者从中获得的收获至少是双重的。即使在传统的散文创作领域，主题性、系列性、知识性的写作现在也颇为流行。近十年来，谍战、悬疑小说在中国小说中颇受欢迎，这类创作也最受电影、电视剧创作界的追捧。谍战小说、谍战剧的长盛不衰，其中一个很重要原因，就是作品中时有考验接受者脑力、心力、知识面的描写和叙述，是创作者和接受者在智力上的某种对话，接受者愿意也乐于接受这样的挑战。优秀的谍战小说还对接着重大的历史和现实主题，因此更具冲击力和影响力。

三、艺术探索上呈现出向传统经典致敬与努力体现现代性的融合趋势

对西方现代派文学的热情追踪已成往事，中国传统文化在全社会受到倡导及其掀起的热潮，也影响到了文学创作。小说家是"讲故事的人"，这句话这几年在中国文学界很流行，而且似乎在文学批评界也未见太多质疑和争议，可见人们在审美上希望能共同纠正往日之偏颇。中国传统文学的艺术成就极高，让许多曾经的先锋文学代表性作家也诚心借鉴和学习。我们所说的传统经典，既包含有着几千年历史的中国古代文学，也包括"五四"以来的中国新文学。对中华传统文化的当代阐释，对经典作家人

生经历及其精神世界的理解，正在成为中国当代大众文化生活中的热点。当代作家创作时也自觉从中汲取营养，但这并不是一次简单的向过去回归。现代性，包括艺术风格上的当代色彩、国际视野，仍然是中国作家努力追求的创作品格。中西如何合璧，传统与现代如何融合，这需要一个过程，需要时间使其臻于完美对接，但至少这种融合的追求已成为许多中国作家的艺术自觉。

中国每年出版的长篇小说数量有万部左右之多，文学期刊更是大量发表各类文学作品，在中国，从事诗歌及诗词创作的人数以十万计，网络文学作者则更加难以计数。与此同时，读者的需求越来越高也越来越分化。繁荣发展是当代中国文学的总体形势，但人民群众期待的文学高峰，能够代表一个时代、一个国家的大作品，在数量上和影响力上还远远不够。

中国文学的国际影响力不断增强，中国作家与世界各国作家的交流日益频繁，中国当代作家作品的对外译介十分活跃。当然，这一过程中仍然存在作家作品影响力、传播力、有效性不足等问题。这就需要我们加强与各国作家的交流，互学互鉴，共同创造文学新辉煌。

《人民日报·海外版》2018年10月20日

带着艺术气质感受烟火人间

——2020年长篇小说创作印象

我曾经对近年来长篇小说创作的趋势做过一些概述，浓缩成一个词，就是"融合"。现代性与现实主义的融合，严肃小说主题与流行文学元素的融合，历史文化与当下生活的融合。至今我还认为，这个概括也许还是有些道理的。今天，要对2020年的长篇小说创作进行一番概述，却觉得很难。

这难，一是因为长篇小说创作的分化非常明显，硬要用一两个词语概括，难免牵强附会，以偏概全；二是因为我本人追踪的长篇创作动态十分有限。急速、恶补式地翻阅了近期影响较大的十多部长篇，似乎又有了一些感受可以言说。

一、对自己生活的大地给予文学上的回报

2020年的长篇小说，表现出十足的世俗生活烟火气。对人间烟火的热衷与描摹，对世俗生活里的欢乐、痛苦与热情、无奈的关注，对人与人之间亲情、友情、爱情酸甜苦辣的复杂感受，对爱与恨、生与死、过去与未来的思考，构成了众多小说家力图表现的生活画卷和逐渐推出的作品主题。当然，任何时候的小说，只要是现实题材的，所写无非就是这些生活世相。但生活是由众多部分构成的，对生活的理解、阐释可以有一百个方向。在特定时期，人们会不由自主地从同一个或相近的方向集中式地聚拢，这就是所谓时代风尚吧。小说潮流也是如此。在表现生活的过程中，

如此集中的对人间烟火的关注，对世俗生活的表现，是 2020 年长篇小说的突出共性。为了把这种烟火气表现得淋漓尽致，作家们纷纷把地域文化纳入其中，让读者知道，同样是袅袅炊烟，却是从不同的地方升起的。

2020 年最具影响力的长篇小说，是迟子建的《烟火漫卷》。这是一部献给哈尔滨的倾情之作，是希望写出哈尔滨百姓生活，也能够为哈尔滨百姓接受、认可的小说。这种强烈的地域性诉求，本来属于乡贤文人的创作追求，而不是恰好生活在这里，名声早已传向全国甚至世界的作家所专注的。过去小说中无需强化的地域背景，如今直接走到了前台，成为小说中不容置疑的真实场景。

《烟火漫卷》里的每一章，基本上都是从对哈尔滨城市面貌的描写开始的。迟子建用诗意的语言，在开篇处描摹了哈尔滨一日之内从清早到黄昏再到深夜的微妙变化，也描摹了这座城市一年四季异彩纷呈的景象。强调日复一日的生活，就是强调无论冬夏皆是如此，而一年四季又各有风姿。小说显然是有预谋地设置了这种更替。上部的第五章开头写哈尔滨的春天，第八章是初夏。下部的第三章写盛夏到初秋，第四章是深秋的景象，第五章是初冬，第六章是隆冬。第八章作为末章，则写了农历大年的场景。所写之景必须具有明晰、独特的哈尔滨标识方能入画。

在鲜明的城市标识之下，在散文化的笔法背后，出场的是生活在这座城市里的各色人物。他们或生于斯长于斯，从未离开过，或是这座城市的闯入者、漂泊者、寄居者。他们相遇相交，共同演绎出一个个一年有四季、一日有昼夜的人间故事。他们身上发生的故事都不恢宏壮阔，却涵盖了每一天要过的日子。刘建国、刘骄华兄妹，翁子安、黄娥等外来者，共同演绎了既属于世俗生活中的常态，又充满戏剧性、传奇色彩和情感深度的生活。

无独有偶，这一年，王松出版了专写天津地界上传统世俗生活的长篇小说《烟火》。这是一部试图展现近代以来天津城市文化的小说。百年历史中，既有大的历史风云激荡，又有百姓生活的从容不变。而后者或许正是王松力求充分展现的。如何把津味儿文化写活、写好，把变与不变写成一体化的生活，让人间烟火弥漫在百年历史中，让天津人拥有一部完整呈现自己文化的小说，王松的这一创作理想不可谓不大。

几乎是不约而同，胡学文把地域设定在北方乡村的《有生》，也在2020年推出。这是一部关于生命史的长篇小说。一个处在生命垂危状态的老者，一生的职业是接生，曾迎接超过一万个生命来到这个世界，她似乎掌握着常人读解不到的生命密码。这里呈现的也是百年史，也是地域标识的强化。

这些成熟的作家仿佛同时觉悟到，要给自己生活的土地一种文学上的回报，是否写得好这片土地，是能否真正拥有读者的根本所在。与二十年前读到的百年家族小说相比，今天的小说家们似乎把表现和回答重大社会问题融入了对世俗生活的展现当中。小说当然要回答有关历史演进进程的问题，但也要写生活中的不变，以显示文化自身的韧劲和力量。

2020年，我还读到了滕肖澜书写上海众生相的《心居》，同样是真切描写一个城市里普通人的生活。在王安忆的《长恨歌》、金宇澄的《繁花》之后，更年轻的作家还要再添一把新火，足以见出城市的文化和魅力，正在多侧面地以小说的形式打开。贾平凹的《暂坐》，把西安改叫"西京"，曲江换名为"曲湖"，但钟楼、鼓楼、大雁塔、秦岭这些确凿的地名早已可知，这又是作家为西安献上的一部"市情报告"。拾云堂也罢，茶庄也罢，都显示出这座古都在今天流溢出的生活气息，也是对人间烟火的描摹。吴君的《万福》是写深圳的，自然更多一些动荡起伏；王尧的《民谣》、张忌的《南货店》写南方乡村生活，无论是从记忆中挖掘，还是从现实中提炼，表现的都是人间烟火与历史风云的错综复杂。

人间烟火突然成为小说家们想要表现的对象。从小说表达上可以看出，对世俗生活的关注，使这些小说天然地具有可靠性和可读性。作家们不是像写地方志一样写地域，也不是散文化地一味抒情。小说的故事性，故事的小说性，是他们创作中的自觉追求。对细节的刻画更显精益求精。《烟火漫卷》在故事结构的总体设计上，在情节与情节的环环相扣上，在细节描写的精准上，可以见出迟子建在短篇小说创作上的功力。胡学文的《有生》以绵密的意象显示出作家创作资源的丰沛。可以说，他对生活的熟稔和理解，配得上用这近六十万字加以叙述。"蚂蚁在窜"，以这个贯穿始终的意象为代表，胡学文对众多人物的塑造用尽了心力。王松也一样表现出沉稳的创作心态。这些长篇小说作者，多以素描的功底、工笔的力度、全景图的构思，书写着事实上并不清晰，线索极其纷繁，烟火缭绕的世俗生活。

二、在寻常的日作夜息中探寻不一般的意义和价值

2020年的长篇小说，又体现出另一集中的特点，那就是在对世俗烟火的描写中，表现与之本来并不搭调的艺术生活。这真是有意思的现象。

还是先说《烟火漫卷》，尽管其中的主要人物——刘建国是下岗工人，妹妹刘骄华是警察出身，黄娥是进城农民工——与艺术并无关联。然而，音乐，而且是高雅的古典音乐，却在小说里成为另一条重要的线索。小说中的很多故事，包括核心情节，都与音乐和音乐厅有关。迟子建以各种方式对这种元素的加入进行了合理解释。哈尔滨的城市气质本来就是以音乐为基调的，去不去欣赏，音乐生活都与城市里的每个人有关。在诗意化的城市昼夜与四季变化中，在音乐厅的乐曲声中，出入的又不无刘建国这样的平民百姓。但这就是生活，音乐与人物被很好糅合在了一起。

王蒙的《笑的风》中也写了音乐，古典音乐史上多个响亮的名字在小说里闪现。这一年，还有房伟的小说《血色莫扎特》，一个关于"钢琴王子"的另类故事。除了音乐，其他艺术形式也多有进入小说的。冯骥才的《艺术家们》，是写画家生活的。同样写到美术的，我还读到了云南作家傅泽刚的《艺术圈》。

不只是音乐和美术，多个艺术领域，多种艺术生活在小说里以各种方式存在着。它们或居台前，或处幕后，或是故事主体，或是主体故事的"引子"。李宏伟的《灰衣简史》以影视公司为故事缘起，虽然不是为了艺术而写艺术，那也是起到引子的作用。刘庆邦的《女工绘》依然是写矿区生活、矿工题材，但这回在作品中出现的是矿区的文艺宣传队，人物的主要工作是唱歌跳舞。王松的《烟火》则把相声文化与天津的民间口语文化进行了某种结合。《暂坐》里有古琴演奏，也有宣纸笔砚，《民谣》里写了乡村里围观听戏的场景，等等。2020年年末，在陈彦的《装台》改编的电视剧热播之际，又读到这么多表现艺术生活的长篇小说，真让人觉得趣味盎然。

对人间烟火的关注，对世俗生活的表现，是当下长篇小说的突出共性。像《烟火》以艺术之名展开另外一重生活，或者在表现艺术家们的独特生活时，一样展现着他们"非艺术"的一面，甚至能在极其普通的生活中闪现精神之光的小说创作，在一定时期集中出现，并非完全偶然。大家经历了从向往物质到向往精神的过程，现在则更愿意辩证地、将二者相结合地看待生活了。就像路内的《雾行者》一样，一辆卡车里装载着货物，满中国跑，但这不影响人物在疲惫的间隙谈论高深的文学问题。谈论尼采、陀思妥耶夫斯基，讨论乔伊斯、艾略特，话题所及简直堪比大学里的文学课堂。《雾行者》本来像一部"公路小说"，却融进了许多书斋里的话题，小说家为什么要这样构思作品，耐人寻味。

让生活成为日常，成为它本来的样子，又从这寻常人家的日作夜息中，探寻出不一般的意义与价值，这就是我看到的小说景观。艺术上的本色追求可以从多方面得到印证。钟求是的《等待呼吸》、毛建军的《美顺与长生》，试图将爱情纠葛限定在"言情小说"范围内，让生活按照本来的样子呈现在小说里，不去刻意拔高此外的意义。张平的《生死守护》，在一以贯之的反腐题材中，展开了一幅表现众多普通人悲喜生活的图景。吕铮在《三叉戟之纵横四海》中对警察的塑造，写出了他们各自不同的人生选择和命运沉浮。剑胆琴心兼具，方是小说里的人生世界。

行走在烟火气与艺术氛围之间，带着对艺术的追求与关注去感受日复一日的生活，小说家还将发现哪些不一样的风景，奏出怎样风格独异的乐章，值得我们在阅读中继续期待。

《光明日报》2021 年 3 月 10 日

故事的强化与故乡的寓言化

——2021年长篇小说印象

总是到年末岁初，才可以集中阅读一批最新的长篇小说作品，这样的关注、追踪和阅读并不能说及时、精细和深入，但我也逐渐体会到这种快速、集中阅读的好处。对我而言，它们都是新鲜的，仿佛都是刚刚并且同时出炉。更重要的是，它们仿佛互相产生了某种关联，在对话、讨论，也在争论、竞争，众声喧哗中又仿佛能听到某种主旋律。在我的想象中，它们是在同一个赛道上竞赛，就像一场马拉松比赛，有开始时的拥挤与策略，也有过程中的起伏与差距，更有最后时刻的高光与名次。

2021年的长篇小说，究竟有哪些重要看点呢？我认为有两点值得特别评说。

一、刻意强化故事的动感

将流行小说的叙述方法、故事元素，楔入传统意义上的严肃小说框架当中，强化故事的同时又使主题得到彰显，正在成为小说家们寻求创作突破的途径和方法。

我在三年前的综述中，曾用"融合"一词来概括当时小说的创作趋势。认为，我们曾经膜拜的魔幻现实主义小说大都有一个特点，就是在一部作品里把多种艺术元素和艺术手法拼接、拼贴，或者说融合在一起。它们是严肃文学，但看上去又是流行小说。小说里有地域风情，有民族历史，有严肃的政治，有民间的传奇，同时还有一种广阔的世界性。作家努力调用整合这些元素，纳入一部小说当中，使其成为互相关联、交融的小说要素，从而形成一种合力，形成一种小说的力量。直至今天，我认为这一判断仍然可以从最新的小说中得到印证。

2021年，东西出版了长篇小说新作《回响》，从小说形态上讲，这似乎是一部与其往常创作追求相去甚远的作品。小说中写一位女警察冉咚咚对一桩杀人案竭尽全力调查、侦破的过程，被害人还是一个家庭背景、受教育程度良好的年轻女性，探究谜底的好奇自然会引发阅读的兴趣。这是典型的通俗小说路径，然而小说中展开的却是另一幅人生场景。追踪真相固然是警察的天职，但冉咚咚却在调查中看到了一幅幅令其精神不断强烈震动的人生景观。她的调查从追查凶手开始，打开的却是一个个令她难以承受的家庭婚姻图景，揭开的是每个人都要面对的破碎情感世界。代入感不断加强的过程中，冉咚咚甚至觉察到了自己婚姻的不堪。她追查社会案件的过程，也是追问自身情感依托究竟有无的过程，她与丈夫慕达夫甚至因此走到了离异分手的地步，人生之窘境简直到了无以复加的程度。在流行小说故事的引子下，牵出的是作家深入思考着的人生命题。读完整部小说，方知东西为什么要选择警察来切入故事。从故事叙述的层面上，东西努力做到还原警察职业生涯的真实，但深入表现的却是人物自己无法解决的人生难题。"回响"一词因此也许可以这样理解，案件本身的疾风暴雨、电闪雷鸣是本位，也是看点，而作家真正关心、关注和探究的是它们产生的回响，这种回响看似乌有，实则挥之不去，在心灵上给人物留下更深更大的创伤。赋予人物警察的身份，是因为这一身份可以让人物直接进入故事的核心，拥有阅读、翻看"绝密文件"的特殊权利。由于猝不及防中打开了自己的心灵档案，残酷、逼人的真实随时相伴。东西是在巧妙地也是刻意地设计一个警察形象的同时，又忍不住要把自己熟悉的职业带入小说——冉咚咚的丈夫竟然是一位文学评论家。职业毫不相关的两人组成一个家庭。小说开头描写的谋杀夏冰清的凶手，是一个同时也在写诗的青年易春阳，两种完全相背、分裂的行为（故意杀人和写诗）发生在同一个人身上。这简直要让人联想到经典的《罪与罚》这个书名甚至小说故事了。

2021年，范稳的《太阳转身》于年末出版。作为一位在小说创作上擅长"拿大鼎"的作家，范稳创作的标志就是民族、宗教、历史这些重大题材。这一次他着眼于现实，而且完成了一次主题写作。范稳显然力图做到不同凡响，硬是让一个脱贫攻坚题材的小说带上了流行小说的色彩。小说的第一句话就是："省公安厅刑事侦查局前局长卓世民现在是一个等待死刑判决书的人。"这个判决书虽然是医生开出来的，但勾起他回忆的，却是自己曾经的战斗传奇和送死刑犯上刑场的场景，展开的是一个寻找被拐卖儿童的故事。故事的背后关联的，又是一个山乡巨变的大幅图景，宏大主题就这样在传奇故事的层层推进中被不断打开和再现。评论家潘凯雄的印象果然也是：如果不了解故事的多重线索和复杂过程，"而只是初看作品，视《太阳转身》为刑侦破案小说其实也未尝不可"。小说借各色人物之间的巧合，打开了一个正在发生巨变的乡村世界，呈现出西南边陲少数民族壮族的文化历史和民情风俗。《太阳转身》将脱贫攻坚纳入更加广阔的社会时代与文化背景中去书写。可以说，作者既写出了永恒的太阳之光下边远乡村的华丽转身，又在创作上构思和用力，流行小说因素的纳入和运用，也是范稳创作上一次自觉的、轻盈的转身。

东西、范稳选择警察形象作为小说故事的主角，与写出《藏锋》的吕铮有根本的不同。后者是警察出身，写警察就是写本位、述本职，而东西、范稳则是借这一身份更迅速、更深入地打开另一种人生世界。周大新的《洛城花落》对当代人婚姻状况所面临的潜在危机，对人们的情感世界和人性的复杂幽微做了深有意味的探究和探索。小说并没有从生活本身开始写，而是将袁幽岚和雄壬慎离婚案的法庭纪实作为叙述角度，让人性之幽微直接晒照于阳光之下。这种叙述策略的改变，大大增强了小说的"纪实"性，能够逗引起读者更强的阅读兴趣。

这些作家在借用流行小说因素的同时，又念念不忘自己严肃作家的身份。即使到小说的结尾，也不忘记再来一次"转身"，转回到原来的位置上。一个共同的做法，就是让故事的收束符合严肃、正面的要求。东西的《回响》中，当冉咚咚因反思自己的隐秘心理和系列动作而对丈夫慕达夫产生内疚之情后，东西用自己发明的词汇"疚爱"来概括冉咚咚的复杂心境，并用爱的承诺做了收束。全篇由完整到破碎的故事，到最后给出了最大的一抹亮色。周大新《洛城花落》的结尾，当妻子知道丈夫是因为偶然的原因染上了艾滋病，才忍受着痛苦疏远、冷落自己时，她即刻的反应是向法官发出"救救丈夫"的呐喊。这是全书最后也是最强烈的一次爱情表达和温情传递。范稳的《太阳转身》也选择将让戴罪之人寻求救赎而忏悔作为最后的情节。

小说家们的这种叙述方式和主题诉求的结合方式颇有意味,令人玩味。

二、寓言化的故乡

在我看来,2021年中国作家在长篇小说创作中表现出来的一个更加集中的特点,有关如何处理自己和故乡的关系。故乡在作家的笔下变得跟以往更加不同的一点是,它被高度寓言化了。一方面,故乡更加符合现实真实,表现为以真实的地理方位出现,跟作家本人的出身背景完全吻合。他们故意不进行任何虚构,突出纪实色彩,有时甚至要刻意去强化这一点。另一方面,作家对故乡的态度早已不再是"小桥流水人家"式的怀念,也不再是对于回去与回不去的感慨与喟叹。故乡变成了某种隐喻,某种寓言,作家借此来传达某种抽象思想和复杂情感。这里既有对乡土的反观、审视、反思,同时也有对自我的反省与追问;既有怀念、回味的亲切,也有变得疏远和陌生的不安与忐忑。

刘震云的《一日三秋》,林白的《北流》,罗伟章的《谁在敲门》,余华的《文城》,邵丽的《金枝》,陈继明的《平安批》,甚至王安忆的《一把刀,千个字》,都可以支撑我对这一现象的分析。

刘震云的《一日三秋》仍然是写自己的故乡延津。如果一定要找出这一次书中的延津和刘震云以往所写的延津有什么不同的话,我认为,延津故乡的地位没有变,但是它被一个概念罩住了,这个概念就是"笑话"。刘震云放弃了原来的"幽默"定位,而代之以"笑话",看上去是对故乡特质的简化、民间化、通俗化,事实上是为它赢得了一次解放。笑话不比幽默书面化和有文化,但它指向更多,尤其是可以大幅度指向荒诞。一旦指向了荒诞,小说的味道其实就更多重,寓意反而更复杂。当作家指出延津无人不说笑话,生活的期待就是等待笑话,笑话既可以让人放松,而不能讲出好笑话又可能压迫人致死的时候,故乡的寓言化追求就昭然可见。这里自然还有实实在在的人物故事,尤其是李延生、陈长杰、樱桃三个人自年轻共演一出戏《白蛇传》，及至在人生历程中共演一出荒诞的悲喜剧。这个主体情节的设计不断发生转折、被扭曲，变成一个从里到外到处都有荒诞感的故事。因为一把韭菜而死的樱桃变成了鬼魂，她可以附着在李延生的体内，随着他南下武汉去寻找已另娶新人的丈夫陈长杰，由此又延展出更大的人生世界。从延津到武汉，再到西安，再回到延津，场域的转换因为人物设置的奇特而变得自如甚至随意。但小说故事的内核却始终没有变化，那就是笑话之城延津上演的一幕幕悲喜剧。这里既有会心之笑，又不乏荒唐之笑，既有一时之欢乐，也有随处可见的苦笑，既有笑出来的畅快，也有笑不出来的憋屈。延津的生活习俗、人情事理已不是刘震云要表现的主体，高度寓言化的故乡，散发着生活在其间的人或习焉不察或毫不知情的气息。这种气息具有高度的象征意味，使得故乡本身也变成了一个虚实不定的梦幻之地。

林白的《北流》是作家爆发力高度聚集之作，读者从文字中可以感受到强烈的情感之流，并随着它而陪同作者回到故乡。从时间的维度上讲，这里明显有两个现实时间及场景，一个是小说叙述人回故乡之路上的当下种种，一个是睹物思人、见人思物的回忆片段，而那些片段集中于叙述人成长中经历的青少年时期。刻骨铭心的故乡生活与当下回乡见闻纠缠、交叉在一起，构成了一个互相参照、对比、过滤、变味的人生情境。林白不惜留下大量纪实痕迹，让人产生在读非虚构的错觉。又以罗列词条的方式，将故乡的语言、文化、习俗固定下来，叙述过程中，非常熟练地将方言俚语、特殊的表达语气、奇怪的用词造句楔入其中，营造出一种只有作者有权利铺陈和解释，读者则在陌生化的状态下试图进入的生活世界。鲜明的纪实笔法，借助描写、回忆，让故乡的文化、历史，它的前世今生一点点聚拢和浮现出来。高度写实的故事也被高度寓言化了，这正是这部小说难得的韵味和并不做作的深意。林白在叙事上下足了功夫，用尽了全力，这种极度标识化、风格化、奇异化的做法究竟在多大程度上能够得到读者认可，这是需要经受考验的。但无论如何，这是一次有抱负、有追求的写作。

余华的《文城》我是第一时间通读过的，当时不知道该如何评价其得失，现在，在我正在述说的"故乡的寓言化"这个话题下，似乎悟到了这部小说的意义和价值之一。《文城》给我留下的是一种透明的印象，透明的人物，透明的人物关系，透明的环境。男女双方偶遇、相爱，以及一方不辞而别，另一方执着寻找的故事本身，就有一种寓言化的色彩。余华的小说写作能力，使其把一个不可能的故事写得极其逼真。当然，我现在认为，这部小说与其说是一个人在寻找另一个人的苦难之旅，不如说是他们都在寻找可以栖居的故乡。从这个意义上讲，这种寻找不需要多么入世的、切实的、世俗的、符合常情的理由，寻找和栖居本身就是一种象征，就是一次心灵的、精神的探求过程。林祥福要找的是小美还是文城？文城是他乡还是故乡？我们只能说，余华创造了一个很奇幻的小说世界，但他并不是在写童话。历史，包括军阀混战、兵匪不断的历史，都在其中呈现，带给阅读者一种沉迷其中的感受。

陈继明的《平安批》写了一个别人的故乡，侨批文化中蕴含着亲情、爱情，蕴含着地域文化，蕴含着民族历史，也蕴含着家国情怀。在世界背景下写潮汕，家与国命运相连，故乡的内涵被放大了。邵丽的《金枝》写的是家族里发生的悲情故事，小说一样带有明显的纪实色彩，用了真实的地名，有着明显的自叙传色彩，表现人与土地、与故乡的复杂关系。甚至在王安忆的《一把刀，千个字》里，上海这个大都市因为有了纽约法拉盛的对比，有了陈诚往来穿梭中带出的命运波折，一样具有了故土、故乡的含义。陈诚的出走与回归，受到的挫折与慰藉，都与上海这座城市产生了内在的联系。

罗伟章的《谁在敲门》是极用心之作，小说所要表现和表达的东西很多、很复杂。但有一点我们倒可以确认，这仍然是一部指认他乡为故乡，使挂职所在的他乡与自己生长的故乡融合为一体的创作。作者在后记里已经明确地表达了这一点，小说的故事本来发生在一个自己刚来没多久的地方，但越往深处走，越会与自己的故乡合为一体。作者坦诚："最深的寂寥，是故乡或者说老家给我的。"就像小说里作者根据自己故乡的河流想象出来的"清溪河"与现实里的芦山河"成了同一条河"一样，他乡和故乡在更广大的意义上也具有一致与同构性。老家的河流让作者慢下来，触摸自己丰饶易感的内心，而自己写下的却又是他乡的故事。

生活在中国的作家，无论是安居于故乡还是客居他乡，处在一个急剧变化着的时代，努力拥有世界性的眼光，同时又更加固执地坚守一个自己曾经熟悉、正在陌生，站在新的时代方位上重新打量或独自想象、重构的故乡。这个故乡在刻意展现着独特的地理、生活、文化标识的同时，又具有某种超拔的意义，成为某种象征、隐喻、寓言。中国当代小说在不丢弃传统的同时又要体现的现代性，正在这样复杂多变的情感纠葛与文化想象中一点一滴地显现着。这样的小说景观特别值得期待！

  以上是我对2021年中国长篇小说创作趋势的一点粗浅总结，还有很多优秀之作没有纳入考察的话题之下。让我们共同期待新一年的新收获吧。

《文艺报》2022年2月9日

地方叙事、精神故乡与时代变迁

——2022年中国长篇小说创作综述

近一两年来，中国长篇小说创作的井喷状态远远超出预期。作家们的不约而同像是一种共同约定，助推长篇小说呈现繁盛局面。要从大量的作品里总结出值得关注的共同趋向，难度太大。不过，集中阅读，仍然还是可以读出一点个人认为的共同取向和特征。我从以下三个方面谈一点看法。

一、以浓烈的地方性强化作品的独特标识，增强辨识度

小说发展到今天，从创作实践角度讲，在很多方面面临难题。艺术表达上更是"高招"早已穷尽，很难找到新意，实现新的突破。这几年，通过对多部长篇小说的分析，我试图说明一点我所见的中国小说家们寻求突破的努力方向：融合。即努力将传统与现代、流行小说的元素与严肃小说的主题等多重因素进行新的融合，以打通各种既定的壁垒，形成既能赢得广泛读者，又能符合主流口味的创作局面。

发展到今天，集中阅读几乎是"疯狂产出"的长篇小说，我又有一点属于自己的新体悟，即小说家们突然集中强化地方性。这种地方性至少具有两种功能：一是在突出地方性的同时强调故乡感，即所谓"地方性"，其实是作家本人的某种"故乡情结"；二是这种地方性并不是作为现代性的对立面存在的，它努力地与现代性融为一体，甚至成为其重要组成部分，二者相得益彰中显示出作家们新的突破路径。这几乎成为我对过去一年中

国长篇小说创作最为突出的印象。我们看到，以地理名称作为小说名的作品集中推出。这些地理所指，有大也有小，有古也有今，有虚构也有实指。比如《北流》《本巴》《宝水》《家山》《烟霞里》《凉州十八拍》《金墟》《苏州河》《白洋淀上》《雪山大地》《秦岭记》《铜行里》《钢的城》《望江南》《仪凤之门》《河湾》《天露湾》《乌江引》《老渤海》，不一而足。

当然，更重要的还是小说内部体现出的风格特点，乔叶的《宝水》就颇具代表性。这是一部主题鲜明的作品，直接书写新时代乡村振兴。小说的地方性最突出地表现在语言上。通过大量加入更具活力的方言俗语，来强化人物故事所属之地的地方性特质。这种方言俚语已经发展为市、县，甚至村镇一级的独特方言。这些方言俚语的引入，大大增强了小说的动感。

以地方性来展现独特性，以对民俗文化的描写彰显文化色彩，以方言俚语的大量使用体现艺术个性，成为作家们某种不谋而合的共同选择。王跃文的《家山》把方言直接带入叙述语言中，而不仅仅体现在人物对话里。无论读者是否能够直接理解语言的含义，作家都从不做任何旁白式的注解，而是通过反复使用这些词句让读者去领悟和感知。这样的词句布满全篇，俯拾皆是。

必须要强调的是，人物对话甚至叙述语言上的"土得掉渣"，显示的不仅仅是民俗和地域风情，而且还体现出某种现代性转化的艺术自觉。

葛亮的《燕食记》夹杂着不少粤语方言，阅读的难度显而易见。可是随着阅读的深入会发现，半懂不懂间自有妙处，会造成一种陌生而奇异的效果。拆开每一个字可能有些不大容易理解，但是把它们组合起来，似乎又能读懂，而且有一种强烈的现场感以及岭南色彩。

付秀莹《野望》的荷花淀风味，林白《北流》的南国味道，蔡崇达《命运》的闽南腔调，霍香结《日冕》的梅山气质，各具特色，具有标识度很高的地域风格。即使是徐坤这种曾经的先锋小说家，在其新作《神圣婚姻》里，一样能够读出浓浓的东北味儿。而且我还坚持认为，小说故事中那些敢爱敢恨、爱哭爱笑的男女人物，那些奔走、吵闹、冲突和纠葛不断的故事，到小说的收束部分统一逆转，最终归于和谐、归于美好，体现出人与人之间的关爱和信任，结局圆满。这样的处理十分贴合东北小品的程式化结构，十分有趣。

二、在刻意留下自叙传色彩的同时，写出一种超越个人的精神故乡，使之变成中国故事的沉稳讲述

邵丽的《金枝》是写家族历史的宏大叙事，但所有的历史，其实都经过了"我"这个家族主要成员目光和情感的过滤而被书写，带上了鲜明的主观色彩和情感特质。这样的叙事方法，平实而自然地规避了严整的百年叙事模式，以充分贴合人物性格的口吻，让宏大历史与伦理亲情有效地融合为一体，彰显出鲜明的艺术风格和饱满的小说气质。

魏微的《烟霞里》同样是写普通人与历史的对话，不过在呈现方式上却更为直接。小说一样刻意留有某些自叙传痕迹，这些痕迹不是某些方面的相似和联系，而是将自己的出生、成长、命运、归宿和盘托出，几乎就是一部近乎非虚构的人生盘点。田庄从李庄出发，一路走到她早已心向往之的广东，置身于中国改革开放的最前沿。微小的生命个体与重大的历史事件以及时代风云奇妙地结合在一部作品当中，时代风云如同巨浪冲击着每一个个体生命，也像一道长城，耸立在每一个个体面前。

类似的做法在多部长篇小说中留有印迹。比如以饮食文化为题材的《燕食记》，虽然核心人物故事是虚构的，但一样有纪实的痕迹，一样是作者刻意要留给读者的。小说开头的叙述者"我"，不是小说故事的参与者，却算得上是一个介入者。因为他以学术的名义，前来做一次田野调查。小说还引入了作者在香港读书，在岭南一带生活的经历，稍微熟悉葛亮的读者都会知道，这实际上是他故意留下的纪实痕迹。正是这样一种叙述策略，让小说中的人物故事变得灵动起来，出入自如，相得益彰。

三、以微地域和小人物，映射出大时代的风云变幻与转型变迁

近年来，中国作协推出了"新时代文学攀登计划"和"新时代山乡巨变创作计划"。应当说，这一年有影响力的长篇小说也在多方面实践着这两个计划。作家自觉以普通人的奋斗和生活展现现代以来的历史变迁，特别是反映新时代发生的历史性变革，同时又努力以思想的力量和艺术的品

质体现新的创作气象。多部作品在主流叙事与多样表达之间寻找到了突破的路径,实现了创作目标,给人留下深刻印象。

我们几乎可以用众多作品的题材方位,串接起一部现代以来的中国革命史、建设史、改革史,以及新时代创新发展的历史。

表现革命者奋斗历程的作品,如孙甘露的《千里江山图》,徐贵祥的《琴声飞过旷野》,苗长水的《老渤海》,马伯庸的《大医》,霍香结的《日冕》,庞贝的《乌江引》,以及海飞的《苏州河》等。这些都是表现革命历史的佳作,写法上却各显神通,各具特色。

《千里江山图》是过去一年引出话题最多的长篇小说,是革命历史题材,又极具故事强度,同时其叙述格调还保有新鲜的、充满活力的、动人的、让人着迷的先锋意味。小说所呈现的画面感、戏剧性,错综复杂的人物关系,紧张刺激的敌我斗争,散布其间的城市地理和意象穿缀,都使这部主题鲜明、立场坚定的小说,呈现出多重的迷人色彩。

在书写重大主题的同时,又能表现出历史的复杂与多面,反映出重大历史与普通人生存、生活之间的内在关联,体现出作家们成熟的创作思考和美学抱负。王跃文的《家山》就是一部很难用某一主题来概括的作品。在我看来,这是一部写家乡也是写中国,写历史也是写理想,写儿女情长也是写家国情怀的作品。一定程度上,邵丽的《金枝》也可以作如是观。

以传统的题材划分看,也有在工业题材这个"冷门"领域用力的作品,如阿莹的《长安》、水运宪的《戴花》、罗日新的《钢的城》、路内《关于告别的一切》,但又不能用工业题材这一说法来指称这些作品,它们显然包含着更多的创作诉求。

改革开放以来,尤其是新时代以来中国的改革发展和人们精神世界的变化,同样呈现在长篇新作中。梁晓声《中文桃李》中对"80后"青年精神成长史的表现,"80后"作家石一枫的《入魂枪》中对电子时代的青年在虚幻与现实之间游走、拼争的热血和悲欣的描写,笛安《亲爱的蜂蜜》在现实的烟火中对爱的价值及其多重内涵的寻找和思考,都给人留下深刻印象。关仁山在《白洋淀上》中对雄安新区的书写,鲁敏《金色河流》中表现的企业改革进程,尤其对人精神世界发生的变化和心灵激荡给予了深切关注。

讲好中国故事已经成为中国作家的共同追求与创作自觉。作家们努力从传统中寻找素材和题材，并进行现代性转化，在对现实生活的提炼中挖掘主题，并进行艺术化的表现。李浩《灶王传奇》中的中国传说，老藤《铜行里》中的中国制造，贾平凹《秦岭记》中的中国山川，熊育群《金墟》中的中国古镇，都带给了我们各具风采的阅读体验和丰富收获。

中国小说家在艺术上的探索，包括在思想上的深入开掘，让我们时时感受到新的小说气象正在形成。艾伟的《镜中》就特别值得关注。这是一部具有冒险精神和探索性的作品，小说中对人生的极端境遇、人性的极致状态，以及情感的极端情形的描写，对尖锐矛盾冲突的化解与救赎的表现，产生了不同凡响的内在力量。

面对集中涌现的大量长篇小说，我只能是挂一漏万地描述，更不具备恰当的理解力来一一做出分析。2022年的长篇小说可谓色彩纷呈，目不暇接中还有很多佳作值得阅读和评析。

我们欣喜于已有的收获，更期待新的繁花似锦。

《光明日报》2023年5月3日

让文学闪烁出更加多彩的光泽

——"太阳鸟文学年选"丛书总序

辽宁人民出版社的"太阳鸟文学年选"丛书又要跟读者见面了,我视今年的出版为老品牌加新面貌的呈现。犹记得两年前,"太阳鸟文学年选"丛书已出版过十年精选,称其为老品牌亦不过分。而这一次,又是由新组成的编委会完成选编任务,无论是类别划分还是选编趣味与原则,都理当具有新的面貌,令人期待。

以体裁划分类别,以年度为选编范围,对正在发生的文学进行优中选优的筛选,这是一项读者需要、文学界人士热心为之的工作。每年各类年选纷纷推出,而这不属于选题重复的原因是,当下中国,每一年发表和出版的文学作品不计其数,只有"海量"一词可以用于"定量"描述。即使是再热心的读者,哪怕是专业的文学工作者,要从中立刻辨别出优与劣,筛选出有价值、可称上乘的作品,绝非易事。特别是那些散见于文学刊物及报纸副刊的作品,很多人恐怕连接触它们的时间和机会都没有。文学的年度选本于是应运而生。从众多报刊中选出若干作品,提供给为工作而忙碌、为生活而奔波,却又愿意为文学腾出一点时间,从文学中享受阅读快乐的人们,就是这种年选工作的目的。通过集中阅读与欣赏,读者又可由此打开一片更大的天地,去阅读、欣赏更广泛的文学作品。辽宁人民出版社坚持做这项工作已逾十年,在读者中建立起了良好的声誉。继续做好这一工作,努力做到优中选优,为读者负责,是编委会共同的责任。

新出版的"太阳鸟文学年选"丛书,分散文、杂文、小说、小小说、随笔共五卷。承担每一卷编选工作的编委,都是从事文学创作、评论、编辑工作的专业人士。他们拥有广阔的阅读视野,是文学动态的及时追踪者,对所选门类的创作有较多介入和较深理解。当然,即使如此,要完成好这一任务也非轻而易举。编选者必须广泛了解和全面掌握本年度文学创作全局,同时还必须具有专业眼光,从大量的作品中找出确实能够代表本年度创作水准的作品来。还应具有公正的态度,处理好个人审美趣味与不同艺术风格的关系,能够在一个选本里多侧面地呈现和反映过去一年中国文学发生的变化及其多样性。出版社也是基于这些考虑聘请并组成编委会的。我们希望这些选本能够为读者喜欢和认可,让这些浓缩的精华最大程度地展现出中国作家取得的最新创作实绩,最大程度地展现出文学创作的新风貌。

我们正处在一个急剧变化的时代,生活总是不断展现着新的、更新的一面。经济社会在发展,人们的生活方式在变化,中国与世界的联系越来越紧密,同时也出现了许多新的复杂现象和问题。科学技术的迅猛发展极大地改变着我们的生活。全面、深入地了解时代,反映现实,饱满地、准确地描摹生活中的变与不变,绝非易事。但我们仍然要相信,文学是最能够形象生动反映时代生活的艺术。作家是时代脉搏最敏感的感应者,是时代生活的生动记录者。作家从大量的素材积累中凝练题材主题,通过个人的情感过滤来抒怀,从个人的思想出发对所描写的人与事做出评价、表达态度。这一过程中,又无不烙印着时代留下的印迹,刻写着社会发展的趋势。小中总会看出大,小我总是融于大我之中。习近平总书记在党的二十大报告中指出,文学艺术要"坚持以人民为中心的创作导向,推出更多增强人民精神力量的优秀作品"。"增强人民精神力量",就成为对优秀文艺作品的本质要求。文学是作用于人们精神的,根本上应该是积极的、向上的,应该是满怀着理想和执着的信念,给人以力量的。在作家创作与读者需求之间,便捷地、快速地架起这种沟通的桥梁,让作家的表达和读者的心声相呼应,产生精神上的共振,编辑发挥着重要的、不可替代的作用。而我们这些从已发表的作品当中再进行筛选的编选者,同样承担着重要职责。我们希望自己的工作能够体现出这样的真诚,能够让读者感受到这种责任意识。当然,我们更希望的,是读者能从这些选本中读到一个特定时期中国当代文学的优秀作品,从中看到一个广阔、丰富的人生世界和情感世界，获得广博的知识和信息，得到美好的艺术享受。

　　太阳鸟在阳光的照耀下展示着精美而多彩的羽毛。愿我们的文学闪烁出更加多彩的光泽！

2022 年 10 月 18 日

风雅传承中的时代脉动

——江苏新时期小说掠影

用地域概念界定和划分作家群体,强调地理上的一致性,进而在不同作家的创作中寻找"统一性"风格,这是现代以来分析作家创作的常用方法。即使今天已经进入了作家审美各有追求、信息传播速度极快的时代,这样的方法也依然有其适用性。在一篇文章或一个特定场合中讨论江苏作家群体的创作,在一定程度上也因此具有了合理性。

以省为界是最常用到的地域分析划分方式。其实,在十里不同音、山水相连而风俗各异的中国,其实生活在同一省内的作家的差异性远远大于其同构性。就正活跃在创作中的江苏作家而言,在靠近齐鲁的赵本夫和苏州的苏童之间,其实在根本上就有典型的南北区别。纵览江苏的文学地理,既有以赵本夫为代表的苏北,也有走出了毕飞宇、黄蓓佳的苏中"里下河流域",有苏童、范小青津津乐道的苏州,也有叶兆言等努力描摹的南京。但这远远不能概括江苏文学版图上的文学力量。鲁敏、叶弥小说里的小城小镇,周梅森努力表现的宏阔历史,穿行于"紫楼"与围棋之间的储福金,再添以朱文颖、戴来的南方格调,韩东、朱文的不羁,以及我所知道的一大批年龄或已近中年,仍然努力从人才济济的江苏文坛中冒头的作家,这些作家可以说是各有其擅。

所以,江苏被称为文学大省,不但因为代表性作家作品的影响力,也是江苏文化与文学传统的自然延伸。江苏作家在这种传承与延伸中跟随时代不断创造,因此形成了丰富而独有的文学气质,而又在这气质中或因时序的变化,或因各自的审美选择,形成了与现实坚实而微妙的关系。

江苏作家普遍关心世俗生活，并经常把世俗尘埃化作小说的故事核心。在他们的小说里，并不多见可以弄时代之潮的风云人物，却也没有明确的"底层"定位。他们的小说里有时代，但这时代的风貌，由看上去和历史风云关联不大的普通角色承载着。他们的小说里有城市也有乡村，但这城市往往既新且旧，乡村又经常是作家刻意描画的属于他们各自的故乡。我一向以为，优秀的中国作家往往会在自己的小说里塑造一个属于自己的故乡。江苏作家里，苏童的香椿树街，毕飞宇的王家庄，鲁敏的东坝，应该是最典型的故乡情结的表露。正是因为盖上了这样独特的印章，这些地名在他们的小说里有了明确的方位，有了特定的风俗，有了各自不同的人群构成。这几年江苏文学界的朋友们提出"里下河"这样的文学地理概念，既是因为骄傲于苏中地区不断涌现并渐成规模的作家群体，也是要在文学品质上强调这一群体作家的一致性与相似点，让"里下河"成为他们共同的具有"本土化"特色的文学故乡。有了这样一种故乡感，作家所描写的乡土，就成了精神的皈依、心灵的归宿，就有了文学的气质和只属于自己的独特味道。文学的根性有时候就隐藏在这样一种近乎叙述策略的选择当中。

江苏作家的小说，普遍把市井生活的场景以及各色小人物推到前台，填充以大量饮食起居等富有人间烟火气的描写。这种生活看上去与大的历史、时代没有直接关系，但他们为读者最终呈现的，却是在社会潮流涌动下个人微小生命的失重或把持、茫然或奋进。每个人的命运都与自己生活的时代社会有着直接联系，都会自觉不自觉地卷入这一洪流当中。他们的小说中也有将现实有限变形、适度夸张的略显"魔幻"的叙述。范小青的《我的名字叫王村》里，"弟弟"是一个把自己想象成一只老鼠的精神分裂者。苏童《黄雀记》里的人物都是"失魂者"，毕飞宇《平原》里的吴蔓玲因为被疯狗咬伤成了疯子。但这些夸张的叙事与其说是一种寓言，不如说是一种写实。从小说所呈现出的面貌讲，他们的小说都有一个更加强大的现实环境，无论是乡村特有的风俗民情、伦理感情，还是紧贴着当前的年代方位，都塑造出一个比夸张、变形更加强大、更加沉重、更加坚实的当代中国。可以说，他们的小说并不是刻意摆脱现实的寓言，其中不失经过深思熟虑的隐喻。他们的小说人物和所处时代与现实之间，始终处于一种紧张状态。这既有对世俗生活层面的投入与融合，也有各种显在的、潜在的隔阂与冲突。读他们的小说，看见的都是世俗生活，烟火缭绕，唾沫四溅，无由的争论，并不浪漫的情感纠缠，其中充满了猝不及防的悲剧，也夹杂着随时闪现的喜感。然而就在这样一种气氛的烘托中，却让读者看到了一幅幅时代的面影，照见了沉重而又扎实的现实。某个特定时代，一个特定时期的社会风向、观念流变，这些理应表现在"弄潮儿"、大角色身上的大主题，却逐渐呈现在小说中灰色小人物的面孔上，展现在他们的灵魂中。范小青是当下江苏作家中创作时间久、作品多的小说家，她塑造过不同类型的人物，其小说题材经历了多次"转身"。她近年来的系列短篇小说，关注城市里的农民工，关注他们的命运，但她笔下的这些人物却与同时期许多小说里的"底层人物"不尽相同。她执着表现的不是他们的悲情而是他们的温暖，不是他们的苦楚而是他们的善良，这些人物身上没有刻意强调的城乡对立，有的是一个个小人物对世界的宽容和理解、隐忍和执守，散发着难得的温情。

这样的气质，还体现在其他有代表性的江苏作家的作品中。比如赵本夫，作为一位长期坚持短篇小说创作的作家，他并没有去追赶任何潮流，作品在形式上并不惹人注目，但却总能够依靠一种只有他才能发现和表达出来的温情独树一帜。被改编成电影而影响甚广的《天下无贼》里，傻根独守"天下无贼"的信条，他的愚痴中透着罕见的温暖，正是这种温暖的愚痴变成了一股小说的力量。温情作为一种力量在小说里贯通，给小人物的平凡故事抹上了一层富有传奇色彩的奇异光泽。而近年来创作上十分活跃的小说家鲁敏，作品同样平实，没有时尚的标签，故事里都是家长里短的温情，小说主题有一种朝着善的巅峰一路攀登的坚持。她对善的理解非常简单，内心大善与人际和谐几乎是她小说写作的信念。鲁敏的代表作《逝者的恩泽》《思无邪》等小说，既表达"善"也展现"美"，一次又一次让读者信服，这其中不无启示意味。

在互相熏染的过程中，江苏作家渐渐形成了某种趋同的文化气质，这就是他们普遍不急不躁，仿佛十分满足于浸染在江苏独有的文化气息中。江南烟雨，耕读人家，金陵故都，长江太湖，南北交融，新旧杂糅，文脉的传承和经济的跃进，富庶的生活和不失风雅的地域文化，让新时代的吴地文风在日渐兴盛中独具风韵。写过《老南京 旧影秦淮》的叶兆言或许就是这种文学气质的代表。他的小说题材十分广泛，既有抗日战争和知青生活，也有"夜泊秦淮"、当代生活和推理故事。但不管写什么，他的小说故事都似乎是在和朋友喝茶聊天，也好像是在火车上和陌生人闲谈。叶兆言的小说语言，表现出大白话与书卷气的杂糅互补。选几个小说名即可见出这种市井气与书卷气的结合——《夜来香》《作家林美女士》《凶杀之都》《走近赛珍珠》。他的小说中没有尖锐的思想锋芒，很少有作家的指点和议论，却又有一种好恶评判明确地表露出来。他的小说得自心态的从容，体现出感情的平静。这种叙述气质，在韩东、朱文的小说里也能感受得到。

　　江苏当然不乏文风大开大合、奔流湍急的小说家，周梅森的小说，如果站在江苏文学的角度看，与其说是异数，不如说是巨大的能量补充，在多样化的江苏文学格局中，成为自然融合的组成部分。在江苏，还有那么多写出过好小说的名字，在我有限的视野里，罗望子、朱辉、荆歌、刘仁前、顾前、鲁羊、余一鸣、陈武、娜彧……可以不断列举，创作真的是枝繁叶茂。今年年初，偶然读到南京作家杨莎妮的小说，十分惊讶于她的叙述能力之强，将幻觉的瞬间与坚硬的现实不无"残酷"地捏合到一起，创造出诡异、紧张的气氛，悲情中还有轻度的豁达，又一次增加了我对江苏创作力量无限延展、色彩斑斓的印象。

　　必须说明的是，印象式的评点，加之从地域上总结文学的天然不足，使我无法对江苏文学的风貌做出可称全面的评价，只能以此对江苏文学致敬并期待读到更多充满文学气质的佳篇力作。

《光明日报》2016 年 10 月 24 日

穿行历史　照亮现实

——刘醒龙近来创作概观兼论长篇小说《黄冈秘卷》

刘醒龙这位作家，总是在创作上拿大顶，在展示自己文字力量的同时，还要"挺举""抓举"起来，姿态活跃、创意颇多。十多年前，他的长篇小说《圣天门口》引来广泛关注，被改编成电视剧后，也可见在复杂的历史叙述中充满神秘色彩的诗性。他的《天行者》又是对当代生活的某种热情关注。历经数十载，刘醒龙在创作上既追求自我突破，也有坚持不变的定力。他新近推出的长篇小说《黄冈秘卷》，又一次让人看到这种变与不变中的自觉与圆熟。我以为，刘醒龙近年来的创作收获有颇多启示值得评说。

刘醒龙的创作历程达三十年以上，其间他先后获得鲁迅文学奖和茅盾文学奖，这是他创作上被认可的直接证据。不过比获得荣誉更重要的是，刘醒龙并没有满足于享受荣誉带来的惬意而疏于创作。他在编辑文学刊物的同时坚持写作，且十分活跃。这种活跃并不是指通过演讲、创作谈、访谈录来维持声名，而是持续深入思考，推出一部接一部的大作品。近年来，他出版的长篇小说《蟠虺》《黄冈秘卷》，以及长篇散文《上上长江》，就是最好的证明。这种坚持小说本位，不断探索新创作方法的行动，本身就是值得称道的。之所以讲这一点"题外话"，是因为并不是所有已有成绩的作家都能坚持做到这一点。去年年底人民文学杂志社举办活动，致敬老作家王蒙、蒋子龙、刘心武，我在发言时说，新时期文学发展四十多年，作家队伍不断壮大，但掉队的、转向的、放弃的并不在少数。王蒙等老作家的一个共同特点，贵在数十年矢志不移，从未离开文学的现场，从未放弃自己的写作。刘醒龙文学创作上的认真和坚持，亦是同理。

刘醒龙的创作，从题材上讲，在呈现历史和表现现实上都有收获。就历史题材创作而言，新时期文学四十多年，在表现形式上有不同类型。一种是直接进入历史，历史空间相对具体。姚雪垠、二月河、孙皓晖等作家的创作即是如此。另一种是在呈现历史的同时注重表现现实，即从当代视角返回历史现场。近年来的情形则更加复杂，小说领域的"百年史""家族史"叙事已经发展到极致，历史和现实在线性上具有同样的比重并因此打通。网络文学则有了"穿越说"，即使故事背景远在春秋、战国、唐朝，都可以直接和当代人产生某种奇怪的、玄幻的联系。刘醒龙的《黄冈秘卷》提供了另外一种历史叙事的可能，即消融了历史的线性划分。历史不是与当代无直接关联的时段，叙述角度也不是从今天直接回望、寻找线索，叙述者在历史和现实之间来回穿梭，使二者在小说叙事的意义上融合起来。《黄冈秘卷》用的不是"百年史"的写法，在这部小说里，历史的时序被打乱，历史事件相互交叉、交织，也无明晰的现当代概念可以捕捉。小说的叙述者"我"，与小说中的多个人物有着或直接或间接的关系，"我"见证、评说甚至参与到他们的故事中来。他们各自的经历、故事、命运、性格、情绪，都在同一空间汇集、碰撞。小说中的各种意象，如《黄冈秘卷》《刘氏家志》等，各色人物，如刘家老十、刘家老十一、刘家老十八，其他看似偶然却又十分必要的故事介入者，如并不在黄冈生活的少川、北童等人物，都在"我"这一叙事视角下被统摄，时间、空间互相交织。一个故事展开时，既能看到当下发生的种种，也能看到对历史之谜的探究。或者说，对历史之谜的探究、追问、建构、拆解，本身就是现实故事的一部分。这一点在他稍早的《蟠虺》中也可找到佐证。小说题材远涉楚国、楚文化，但表达的主题却意在当下。这种处理历史与现实的做法，既是刘醒龙个人创作日益成熟的标志，也为小说领域在历史与现实关系的处理上提供了一种有益的启示。

一直以来，刘醒龙的创作都有着明确的地理文化标识，那就是他生于斯、长于斯的荆楚大地，以及浸润其中的楚文化。但《黄冈秘卷》的创作表明，他在这方面也有新的变化。从故事层面上看，《黄冈秘卷》更加直接地写故乡，甚至引入了"地方志"这一概念，着眼于挖掘地方文化，书写和塑造地方人文性格。

　　这里，我想说明一下，"地方志"、地方民俗文化在小说中的凸显，是近年来小说创作中一个小小的"热潮"。但我觉得这种创作倾向也存在一点隐忧。像这样过度地方化，过分狭窄的地方性，过于明确、直接的民俗文化展现，标识固然是更突出了，但格局是不是也同时受限？创作素材的广泛性是不是会受到影响？小说的艺术性究竟因此更具风格还是会受到损伤？刘醒龙书写《黄冈秘卷》，在突出地域性、添加"史志"色彩的同时，显然保持着高度的自觉，努力打开故事的格局，不囿于对一时一事的描写，让故事在更大的时空背景下展开，小说的意义和内涵也因此得以延展。《黄冈秘卷》从少川这个在出身上与"地方性"有联系又并不置身其中的角色开始叙述，由少川的女儿这个都市里的中学生对故事的不断评说和介入，使得与"地方性"相关的一切始终处于不稳定状态，也使小说故事的流动性得以增强。这样多角度、多层次地观照"故乡""家族"，作品中的意象越具体，附着其上的色彩却越多重、越变幻。作者对地方文化，包括方言俚语的引入可谓十分特别，但小说叙述中表达出来的态度、观念，却具有天然的开放性，并非一种乡贤式的语调，而是一种熟练的有根性的写作。

　　小说的精神表达具有广阔性和超越性。在一定程度上可以说，《黄冈秘卷》追求的是一种中国精神的表达，而这种中国精神又是包含在地方性当中的，其中的复杂性值得探究。无论如何，《黄冈秘卷》在精神上的站位使其散发出独特的气质，对小说中的地方性书写具有创作学意义上的启示。

《光明日报》2019 年 2 月 20 日

传统小说观念与现代小说叙事共存

——从刘亮程的长篇小说《捎话》说起

《虚土》和《凿空》之后,作为小说家的刘亮程面临两种选择:是将《虚土》《凿空》里的散文痕迹去除得更彻底,让自己更接近时下小说家们一致认可和追求的"讲故事的人",还是坚持在自己的路上行走,成为一个更具鲜明风格标识的小说家?让我意外的是,《捎话》走了第三条路,刘亮程把自己变成了一个在艺术上冒最大限度的风险、甘愿处于极端状态的小说家,集中调动小说、散文、诗、戏剧、神话、民间传说等多种元素,建立起一个其他人不可能完成的小说世界。

这是一部关于语言的小说,也可以说是一部关于声音的小说,说得书面一点,这是一部关于媒介与沟通的小说。其时空是一个想象的世界,是历史之外的虚构。它或来自某种神话,或本身就是作者创造的神话世界。在这个世界里,四处充斥着声音,人声、驴鸣、狗吠、鸡叫,它们在世界上存在着,没有人能看得见,却颇有秩序。在《捎话》里,声音是有形状、长度、颜色和速度的。语言是行走的,速度比人快。语言是武器,可以攻城拔寨,直接致命。小说以人物"库"和一只小母驴"谢"为主角,二者贯穿全篇,展示了一个看不见却无比紧张的语言世界。

在《捎话》里,有两个势不两立的王国,即毗沙和黑勒,它们有着互不相通的语言。"库"是可以依靠语言天赋,依靠翻译家的身份游走在两个国家之间的人物。而两个国家的驴,却并未因为人类的文明、语言的隔膜而无法沟通,两个互不相通世界的驴可以通过嘶鸣对话。"捎话"可以成为一种独立存在的职业,将一切对立和隔膜消除,帮助人们实现有效沟通。当"库"牵着一头驴出发时,得到的指令是把驴"当成一句话"。语言是分裂世界的黏合剂,在不可能被认知的状态下紧张地运行,它改变了世界,而人们却并不知道正在发生的一切。

《捎话》中有人、牲畜、亡灵三重世界,强调这三重世界互不相通,同时强调了它们互相重叠、交叉与分裂的过程。驴成了一切皆通的媒介,它既可以知晓"库"的一切言语和行为,也能看见鬼魂的行踪,而"库"的能力是有限的,他就不懂驴的语言。

从艺术上讲,《捎话》达到了长篇小说在结构上的成熟要求。小说的故事线索、人物关联体现出作者长期的深思熟虑和巧妙构想,人、兽、灵三种行动主体各有小说意义上的分工,也有严格控制的独立与交叉,纷繁但有致,肆意而小心。小说性在其中是一种自觉要求。在保持小说性的同时,《捎话》追求小说故事的流动性,到处是别出心裁的高密度穿插。小说语言在保证故事推进力度和完整性的同时追求诗性风格,诗化语言特别表现在对人与兽所持"语言"的形容与比喻上。语言是有形状、长度、力度的,看不见的语言在作者那里却是可见的,甚至可以物化。人的语言千差万别,毗沙和黑勒的语言不一样,除此之外,人类还有许多种语言,不通是它们共同的特征,而"库"是唯一能听懂所有语言的翻译家,在对人类语言的掌握上,他是全能的。而驴的语言也是一样的。

将声音物化,在《捎话》里并不是比喻,而是一种形态上的表达。究竟是谁有能力看到声音变成了可触碰的固态?是小母驴"谢",有时候也是叙述者的直接表达。因此在小说里,不可见的叙述者最强大。驴鸣声多了,就变成"无数道彩虹架在夜空",而且"万道驴鸣的彩虹拔地而起,跨过消失的城墙"。还有"风将声音拉扁成一只鞋形"。有形状的声音还有颜色,彩虹本身就有颜色,"红色驴鸣"在小说里出现多次,而人的声音是"土黄色的"。声音在动态中体现出长度,"世上的路都是驴叫声量出来的"。

小说中有很多妙喻,简直分不清是作者的发明还是从民间得来的,总之会心处甚多。如"驴见面不问年纪,问蹭倒几堵墙","在城墙上听驴叫犹如目睹繁星升空"。小说中还有一位人物说过:"我害怕一旦我学会了别的语言,就再也回不到家乡了,我会在别的语言里生活,乐不思归。"

读来有会心之感。我想起前不久陪作家王蒙回他的家乡河北南皮，回到家乡的王蒙一直用南皮话与亲友交流，乡友们感叹他对家乡的深情和语言天赋，王蒙则讲了家乡方言的意义。他说，家乡话让人有一种父母双亲还在的感觉。可见，语言和故乡的关系，跟一个人文化根基即所从何来的关系是十分密切的。这是一个值得探讨的话题。

读《捎话》让我想起土耳其作家奥尔罕·帕慕克的作品《我的名字叫红》。那部小说以散文诗的笔法，让动物和植物说话，写特定地域的民俗风情，以及不可替代的民族民间艺术，种种奇异的描写令人感佩。就艺术追求和创作才华而言，《捎话》与其有相似之处，在品质上也绝不逊色。不过，二者的区别在于，《我的名字叫红》是有具体地理方位的，伊斯坦布尔就是中心，也有明确的历史时段，在无穷的想象和诗意的描写中，国家、民族、历史的指向是明晰的。它既有溢出历史的章节，但总体上还在历史当中，同时小说还有当代故事框架，有着爱情、侦探等通俗小说要素，由此构建了一个多维空间。这部小说不极端也不绝对，可以在不同的读者中流传。

可以说，当代小说（无论中外，特别是在中国），正处在传统小说观念和现代小说叙事共存的时期。有时候它们在打架，有时候它们在互补。但相融无疑会带给小说更多的意味和复杂性，更能吸引不同层面的读者共同关注。

《捎话》的笔法，是刘亮程的原创。他是诗人、散文家出身，有着在多民族地区聚居的经验，受民间文化艺术浸润日久，对自然有着天然的敏感。当下的不少小说家纷纷转向"讲故事"，满足于浅表的故事和简单的主题，放弃应有的美学抱负和艺术理想，以为写了现实中的故事就是现实主义。在这样的情形下，中国当代文学亟待出现在艺术上有独特追求的小说家。刘亮程的努力令人感佩，《捎话》比《虚土》和《凿空》走得更远。《捎话》里的荒漠、戈壁、胡杨林等意象，或许可以让人想到与作者生活的地域相关联的场景，即与"西域"有着"隐约"关联。但这些在小说里没有突出的标识作用。在保证作者奇崛大胆的想象和诗意、夸张、超现实的描写得以充分发挥的前提下，我个人倒是觉得，也许这样的小说里还可以多一些与现实人生世界有关的内容或元素。这既是一种叙述上的策略，可以扩大读者面，又考验着作者的能力，即如何更直接、更多更好地与现实对接，并与之碰撞出奇异的火花。那或许会使小说更具意味，也符合长篇小说的文体特征。从这个意义上说，其实西方当代小说，特别是南美的魔幻现实主义，其实并不是那么深不可测。中国作家的创造力绝对不输给他们。

流行小说的外壳和包装，严肃历史的介入，烟火生活的穿插，民族民间文化的独特标识，诗意化的笔法，强大的叙事能力，深邃的人生与哲学思考，这些要素在一部小说里同时出现、相互交织，或许更考验创作者的综合实力。如果处理巧妙和足够称奇，就更能吸引读者的眼光，提高小说的传播力。

《捎话》有明显的神话逻辑，也有现代小说的寓言品格，同时还有严谨的现实主义创作方法的自觉要求。小说在看似浪漫、诗性、荒诞的描写中，有着严整的系统设定，而且贯穿小说始终的是一种创作上的知行合一。无论是对刘亮程个人还是对当前的中国小说创作，《捎话》都是一次值得认真对待、深刻剖析的突破与收获。

《光明日报》2019 年 1 月 23 日

让荒漠成为小说情境

——董立勃小说述评

一、"特殊"构成的小说"杂色"

近五年来,我对董立勃小说的认识并没有真正长进,但我知道,董立勃仍然是一个孜孜以求于创作的小说家。他的成名作是长篇小说《白豆》,而我认识他的小说,是从他同时期的另一部长篇小说《烈日》开始的。这应该是一部比《白豆》完成更早的作品。2000年左右,我因应约编辑一套"大西部长篇小说丛书",在新疆作家刘亮程的推荐下,读到了董立勃的长篇小说《烈日》。20世纪50年代至60年代的特殊时代,兵团的特殊生活,三男一女的特殊人物关系,从大城市到西北荒漠的特殊经历,残酷、恐惧、仇恨与爱情交织的特殊情感纠葛,大时代背景下个人命运的特殊转折,让董立勃的小说呈现出另一种风采。这是一种只有生于斯长于斯的人才能写出的小说,表现的是自觉为生命个体寻找尊严,而尊严却一次次被残酷命运摧折的不幸。在这残酷之中,又夹杂着不时闪现的人间温情、人性温暖与些许心灵慰藉。董立勃小说的多彩或者说"杂色",正是基于这种种"特殊"而构成,这使其小说在中国文学界具有"异军突起""标新立异"的特质。然而由于种种原因,他的《白豆》却最先发表,等我拿到《烈日》的样书时,董立勃已经忙着面对《白豆》带来的热烈反响。作为朋友,我真心为一位西部作家能够在过了不惑之年后,还能以一个"文学新秀"的形象得到文坛和读者的认可而高兴。这正是我当年决定为西部作家编辑出版长篇小说丛书的本意。

从那以后，董立勃的小说才华有了井喷式的表现，他以一系列小说组合出击，成为一位具有独特创作风格的小说家。最近十年来，董立勃时有小说发表和出版，我也时常在杂志上见到他的名字。董立勃的名字，与兵团、新疆、西部、中国小说界发生了极大关联。他是人们讨论近十几年当代小说创作时不可绕开的小说家。

在新疆，兵团生活具有极强的历史标识性。直到现在，社会生活发生了很大改变，很多同时代的产物已被彻底改变并重新评价，而兵团仍然是今天新疆社会不可或缺、非常重要的一部分。这样的生活可以用文学书写，不过人们更关注大历史中的大故事，展现的多是与之相关的大主题。兵团生活似乎是一种很难进入小说的生活，因为它看上去缺少那么点柔性和诗意，或很难将它们挖掘出来，使之得到诗意表达，让作品在确保真实性的同时不失小说性。这的确是个难题。

董立勃一定不是把这种生活引入小说的第一人，但他一次次集中的书写，却使这一特殊的生活领域成为中国小说"现实"中的一部分。这十年来，董立勃小说的题材领域不断扩大，但"兵团生活"仍然是其创作中最显眼的看点。而我毫不讳言的另一点是，有了《白豆》《烈日》的高起点，董立勃后来创作的《静静的下野地》《米香》《乱草》等，仍然显示出他是在同一条道路上不断前行，而非转向。这些作品的不断推出确立了他的创作风格，也让人不禁想到他成名的起点。

二、具有戏剧色彩的小说风格

和《白豆》一样，董立勃在《烈日》里书写了一个十分具有戏剧色彩的故事，这种戏剧性究竟是小说故事的偶然性、连环性及交叉性所带来的，还是源自小说结构形式的完整、缜密、讲究以及与之相随的中规中矩，我还真的下不了定论。不过我必须说的是，董立勃是一位精通戏剧艺术的小说家，看惯了散漫不经的小说之后，读到这样讲究形式的小说，真的有一种亲切和惊喜之感。

董立勃的小说题材主要来自他熟悉的生产建设兵团的故事。荒凉、原始、艰苦的自然环境和深深烙印着现代政治的人间故事，如此不协调地共存在他的小说中，引发出充满野性活力的原始冲动、政治权力下的生存定律等一系列具有戏剧色彩的人物故事。

董立勃小说的戏剧性突出地表现在他为人物设置的戏剧性关系上。人物之间呈明显的"对手"关系，冲突表现在几个男人争夺一个女人上。两三个不可多得的女人，三五个政治地位悬殊的男人，是他特别擅长的人物结构模式。《白豆》里的女性并不漂亮，但在农场已经十分难得，三个男人是马营长、老胡和老杨。《烈日》里的女性有三个，兰子、梅子、雪儿，男人也以三个为主，身为队长的"你"及他的部下老胡、老朱。人物数量和设置上与戏剧非常相似。

戏剧性还表现在小说情节的突变上，这与亚里士多德戏剧理论中的"情节突变论"非常吻合。白豆是下野地农场里那些如饥似渴的男人们梦想的对象，马营长依靠至高无上的权力肯定要抢占先机，但故事并没有按照常规展开，戏剧性转变来自白豆在野地里被人强奸，于是马营长就把这个到手的果子扔掉了。情节的紧张之处在于，老杨得到了白豆，老胡因强奸罪入狱。最后的结果是，老杨才是真正的凶手，老胡才是白豆最爱的人。

戏剧化的故事还需要戏剧化的叙述风格，简约的语言，诗化的、散文化的叙述方式，使董立勃的故事好看耐读。《烈日》运用了长篇小说难得一见的第二人称口吻叙述，并且全篇十多万字行云流水般畅快淋漓，除了因为作者沉静耐心的写作态度，还得益于他的叙述能力。以对话为主的叙述和没有引言的对话方式，使人物对话与作者叙述融合得浑然天成，妥帖自然。戏剧性也体现在小说的结构上，董立勃长篇小说中的人物数量相对较少，故事主要聚焦在不足十个人物身上，而且这些人物共同影响和推动着同一个事件的发生和发展。他们无论相熟还是陌生，在命运上都有不可剥离的关联，互相牵制，互相影响，纠缠在一起，在事件的偶然性和结局的必然性里，给人以一种宿命的感觉。这种人物之间互相发生"情节关系"的做法，也是戏剧里面最常见的结构方式。

性爱也许是董立勃小说最大的主题，但人的命运、爱情的得失并不是小说的重心，性爱其实只是构成生活权力的一部分，获得性爱机会的难易取决于每个追求者权力范围的半径。权力在董立勃小说里具有举足轻重的地位。不管是马营长还是生产队长，他们可以任意操纵他人的性爱权，而他们自己的性爱权则拥有最大限度的自由。人们如此敬畏这些权力者，就小说而言，是因为他们的幸福生活被全部交付出去了，听凭安排。这就使小说的寓言性大大增强。每个男人面对女人时的渴望都带着对权力许可的奢望，命悬剑上的感觉使平淡寡味的生活充满了紧张感。无论是《白豆》里老胡的入狱还是《烈日》里老朱的赴死，根源都是他们在女人身上犯下的"罪过"。而那些女人们，她们嫁谁不嫁谁都要由"营长""队长"来决定。权力者在食色上的占有和分配权，在原始的环境中更显出其至高无上、为所欲为的性质。不论男女，人们对"营长""队长"的敬畏感具有极强的寓言色彩和人性深度。

还有一点，董立勃小说情节的突变建立于女性人物贞操的失去。在一个两性比例严重失衡的环境中，贞操作为影响人命运沉浮的致命因素，极具象征意义。缺少女人的农场里，权力的至高无上主要体现在谁有机会被分配到结婚的机会。然而贞操引来的动荡，让这场游戏显出它另一面的残酷。不管是《白豆》里的老胡和老杨，还是《烈日》里的老朱和老胡，他们的命运都牵系在女人身上。而女人们的命运，又牵系在她们的贞操上。《烈日》中对女人的描写比《白豆》更"烈"，梅子出走后找到真爱的传奇和做过妓女的雪儿出现在队长身旁的情节，都让故事进一步延伸。从队长对待女人的态度可以看出，他娶兰子为妻和把雪儿当玩物看待，都是他对贞操的苛刻态度使然。男人的权力地位与女人的贞操就这样纠缠到一起，成为决定小说主题的重要因素。正是基于这样的写作策略，贞操的失去以及由此带来的命运转折，不是男女传奇故事的佐料，而成为改变小说走向、延伸小说主题的意象。

董立勃以柔性之笔写下充满惨烈味道的故事，他越是把女人写得美若天仙，小说故事的紧张程度就越高。他把掌权者对贞操的苛求同普通人求爱权的丧失交融在一起，凸显出不平衡世界里的混乱、残忍和悲哀。性爱是可以挥霍的东西，这还真的是从未有过的主题深度。我想起了米兰·昆德拉，昆德拉的小说里有一个随处可见的故事"眼"，遭遗弃者为自己被遗弃而暗自得意，悲剧被扭曲为喜剧。董立勃小说人物的性爱观，也发挥着类似的作用。

三、"下野地"书写需要突破

董立勃是一位风格鲜明的小说家,他精湛的笔法和笔下精巧的故事结构,使那些看似平平无奇的人物活跃起来,上演极有戏剧性的人间故事。他的创作在今天有一种特殊的意义,告诉我们,小说创作是一件需要认真去做的事情。才华要有所控制,才能在倾泻的同时显出执着的流向,有了这种流向,小说才会显示出力量。当然,我也感觉到他可能存在的创作障碍,题材资源相对固定,主题方向和故事趣味趋于相似,叙述语言还不够挥洒自如,这些都对他今后的创作提出挑战,寻求突破一要靠新的题材资源,二要有明晰的创作观念。在某些细节的处理方面,还要更加自然圆熟。当我看到昆德拉从容出入于故事和议论之间的时候,我就想到,我们的小说家多么需要一种把复杂深奥的哲学与生动的人生故事整合起来的能力。在我的想象中,将来董立勃的小说在主题上会更加丰富,形式上的戏剧因素会被人淡忘,使形式融合在内容中,成为他小说理念的一部分,而不是更多地以技巧的面目出现。

董立勃为自己的小说创设了一个叫"下野地"的环境,这一地名的反复使用,体现出他在创作上坚持某一格局、努力以一斑窥全豹的雄心。当然,他也努力把笔触伸到更加广阔的天地中。长篇小说《暗红》反映的是边地军人生活;《箫与刀》叙述的是一个将战争、边地生活与情爱故事杂合一体的传奇故事;《青树》则更突出西部大漠中刚烈的精神气质。近年来,他的一些小说直接关注当下现实,从普通人的平凡生活中寻找奇崛之处。如短篇小说《杀瓜》,就是以一个被通缉者的故事,折射社会生活中的种种矛盾冲突,揭示其背后潜藏着的危机和问题。当然,"下野地"仍然是他不能离开的小说背景,《暗红》《白麦》等小说可以被视为对《白豆》的延伸与续写。

董立勃还在勤奋写作中,"下野地"看上去仍然有很多可以开掘的资源,作家也意识到要把小说的疆域扩大到更加广阔的时空里。但我以为他的创作同样有一个需要寻求突破的课题,因为无论他写的是不是"下野地",无论写今天还是过往,故事框架都时常给人以似曾相识之感。一个女性历经磨难，胸中怀着复仇的火焰，心灵又柔软而充满温情，过着隐忍的生活……这种不在沉默中爆发，就在沉默中灭亡的命运结局，成了他驾轻就熟的写作路径。我真心希望，他能在坚持自己创作风格，甚至保持自己小说标识的同时，也能够寻找到突围的新路，为自己的创作推开更多的门窗，把自己的小说推向更高的境界。

《西部·新文学》（上）2014年第8期

"抵达更深的生命层次"

——张悦然长篇小说《茧》解读

张悦然有一个重要的标签:"80后"。无论是从年龄、出道时间还是创作成绩上,她都是这个概念里打头阵的一位。我一向对十年为一代际的写作划分方式保持警惕,因为它非常短视且不能说明多少文学问题,说到底是一种话题、姿态意义上的说法而非美学意义上的标识。可是面对张悦然,这个概念好像挥之不去。2016年,张悦然新出版的长篇小说《茧》又一次刮起旋风,这一方面是她小说创作上的实绩,另一方面加强了她作为"80后"作家的代表性。"茧"不但是一个忽然跳到眼前的单字,而且没有任何依靠小说名字抓住读者眼球的刺激性。这也从另一方面证明,张悦然是自信有力量调动一个简单字词深邃含义的小说家,也是一位自信可以让小说中的人物故事证明一切的写作者。

《茧》究竟是一部怎样的小说,它在当下小说界有着怎样的暗示和意味?作者或许借用了这样的含义进行比喻:"茧"是成长的代价,同时也是成长的守护者。它制约着生命的自由生长,却也保障了其成长。"茧"并没有在小说中成为直接隐喻,小说中甚至没有对这个字词的刻意引用,但"茧"的意味却成为笼罩整部小说的象征,没有完整读过小说,是无法体会到"茧"的外壳作用及其坚硬度的。

没有"茧"的《茧》中却有一个更加坚硬的意象:一枚砸入人脑中的铁钉。这枚铁钉牢牢地、残忍地钉入故事的核心,所有人物躁动、挣脱、游走,都以这枚铁钉为圆心,在很小的半径内撕扯、挣扎。从故事层面上看,这枚铁钉是砸入一个人脑袋里、造成其终生植物人状态的悲剧之源。在"文革"中，医科大学教授程守义被人将一枚铁钉砸入脑袋，从此成为植物人。同一所大学的教授李冀生，隐约成为这一事件的"当事人"，虽然另一个叫汪良成的人自杀身亡而被"确定"为行凶者，李冀生却是逐渐浮出水面而不被惩处的"凶手"。

小说的戏剧性在于，同在一所大学工作生活的程李两家，他们家人的生活、后代的成长都勾连在一起。植物人程守义，是横在所有人物和事件之间的一道沉重的厚障壁，令人窒息，令人厌恶，却又不可逃离。这个植物人阻断了所有人通往未来的道路，同时又让历史在这种打断、阻隔中被奇异地贯通、串接、延续。

我们不妨先放下小说想要表达的主题，先来看看作者透过这枚"铁钉"，营造出的小说性、小说意味以及小说的现代性质感。

一是让现在与历史发生变异、扭曲的冲撞和勾连。程恭、李佳栖两个人的成长、情感，无不烙上自己未曾经历的祖辈、父辈历史，这种历史将强大的阴影投射在他们的人生道路上，他们一刻都不能脱离关系，又因此不可能相交。躺在医院317病房的植物人程守义，既阻断他们的交往，又牢牢控制着他们不可剥离的"一体化"关系。历史如果完全远离现实，作者当然可以写一部"历史小说"，而呈现在《茧》里的历史，恰恰发生在李佳栖、程恭刚好错过的昨天，是祖辈和父辈人生中的一部分。于是，小说中的历史就是现实的组成部分而非独立于现实之外。在这个意义上讲，"80后"这个概念对认识张悦然的小说写作还是有价值的，因为这一代作家热衷于写"今天"，历史的沉重可以不出现在自己的笔下，因为他们未曾在其中生活过。但张悦然选择面对一个同龄作家极少去面对的过往，回应了今天的现实与昨天的生活密不可分的联系。从小说叙述上，可以说作者找到了打通今天与昨天、当下与历史的道路，尽管这是借助一枚铁钉完成的。现代小说或艺术地表现现代历史，总会找到某种契合点，让人感受到历史的巨大存在感，这样，作家、艺术家就有了足够的"资格"去书写和表现自己未曾经历过的历史，使得这种书写和表现不能简单地被划分到某种"历史题材"中去，而使其成为表达现实感受的必要组成部分。

二是一个特殊情节的刺目楔入，使得严肃小说的主题隐喻与流行小说的传奇故事实现了有效拼接。这是当代西方严肃小说在美学上渐成趋势的新叙述策略。奥尔罕·帕慕克的《我的名字叫红》，罗贝托·波拉尼奥的《2666》，都是化流行故事之腐朽为严肃小说之神奇的例证。那些小说里有深远的历史、精致的文化，有高深的专业和艺术，但也有谋杀、侦探，有世俗的爱情和紧张的情节。小说家的美学抱负和小说的可读性同时兼备，结出现代小说的"恶之花"。《茧》在这一点上与之具有同构色彩，过去的历史以一枚铁钉为意象钉入今天，今天的现实逃不开与昨天的联系，不可能不受其深重影响。

三是小说中的情境、氛围，叙述方式的独特选择，体现了作者创作前的准备可谓经过了深思熟虑。小说采用了李佳栖、程恭两个人交叉叙述、平行推进故事的叙述方法，但这种叙述却又不同于当代小说流行一时的拆解补充法，即同一个故事由两个或以上（通常是两个以上）人物来叙述，他们是故事不同程度的参与者或见证者。他们对同一故事的叙述，使故事在不断走向完整的过程中又不断被拆解，故事本身发生分裂，含义产生分歧，题旨变得复杂暧昧。张悦然在《茧》里让李程二人交叉讲述，但并不对故事本身进行拆解，不制造理解上的直接"纠纷"。他们讲述的是各自看到的世界，实现的是共同向着一个沉重主题靠拢，表达的是同一代人面临的现实问题和精神危机。从语气上，他们二人仿佛在进行一场对话，虽然不是面对面，但都把对方想象成唯一的倾听者。第二人称"你"在小说里频繁出现，虽然不能说这是一部第二人称小说，却强化了叙述中的对话色彩。可以说，李佳栖、程恭是互为倾诉者和倾听者的关系，漫长的倾诉和耐心的倾听构成了小说的叙述格局。小说的第一章具有更强烈的对话色彩，这应该是小说从一开始立下的叙述基调，李佳栖、程恭共同讲述着见面时的故事，但两个人的叙述在情节上是"分工"进行的，并不对同一情节进行"各自"表述。当李佳栖讲述自己的堂姐李沛萱的故事时，与程恭的对话味道开始减弱，这也预示着，单纯的对话不可能完成对复杂故事的叙述，尽管姐妹俩的故事并不需要全部细节化地让程恭倾听，但叙述必须按这样的方式进行。其后的大部分叙述在对话性上时强时弱，但这种对话与倾听关系通篇维系着。张悦然为自己的写作挑选了最具难度的方法，当然也独具效果。

戏剧性在于，所有人的活动都与植物人有关，难点在于，为他们的关联性寻找故事的黏合度，逻辑的必然性上需要花更多心力。在小说里，所有人物间的关联呈扇面展开或合闭，而铁钉正如扇子尾部的扇钉，起着控制、收拢的作用。在《茧》里，每个人物的命运和性格都与铁钉、植物人有关。程守义妻子性格的乖张是丈夫变成植物人导致的，在挽救无望后，她和一个普通工人有了往来并热切希望能够与之在一起生活，却被对方离弃。她在绝望中有过干脆将植物人丈夫置于死地的冲动，最终却不得不认命，过上了内心抗拒却又只能如此的不幸生活。程恭的父亲成为施虐者，性格的由来自然离不开程守义的遭遇。在李家，李冀生和程守义的命运正好相反，他成了"仁心仁术"的院士，成了新闻人物，成了人们学习的典范。在程守义植物人状态的对比下，他的辉煌被添加了讽刺意味，再加上他实为"凶手"的身份，这一辉煌更具道德上的阴暗色彩。辉煌后面的黑幕才是故事的核心，尽管小说中并没有深挖这一黑幕，因为作者要表达的是其对后辈命运的影响。李佳栖的父亲李牧原，大学中文系的高才生，却同时是一个父亲形象的背叛者和父命的反抗者。他以自己的婚姻为撒手锏，一次次打击这个在外风光无限的父亲。他娶农村妻子，离婚后又与汪良成的女儿汪露寒共同生活，都是彻底反叛的举动。汪露寒作为汪良成的女儿，自幼背负着罪犯女儿的阴影，长期的压抑让她不得不逃离，她曾想过用呵护程守义来赎罪，却遭拒绝。后来她和李佳栖的父亲李牧原共同生活也注定得不到应有的幸福，最终一无所得。

李佳栖和程恭，是所有人物中打开幅度最大的扇面。李佳栖的恋父而不得其爱，程恭性格中的复仇底色，这一切都使小说笼罩上了挥之不去的沉重阴霾。他们本来都有很好的家族背景、家庭教养，但他们却不可抑止地背负着沉重的心理负担。小说故事的戏剧性、夸张度，全部由这段过往的历史造成。如此网织故事，爱与恨交织推进中，复仇、暧昧、隐秘、失控、欢乐、痛苦相混合，营造出强烈、混杂、神秘、诡异的小说氛围。故事足够复杂多变，情境足够阴晴不定，必然的命运结局与偶然的情节因素共存其中，将所有人的人生推向不可预知的境地。

小说叙事都由李佳栖和程恭的自述来完成，他们的"口述实录"，让故事在"局限"中散点式与渐进式地展开，而这种"局限"，是作者选择的结果，也产生了比全知视角更有魅惑性的效果。"倾诉"与"对话"的对位行进,让所有的故事先在地经过了情感过滤,色彩、色调也变幻不定。李佳栖与程恭,比之同在一个屋檐下的祖辈和父辈,经历的历史时间是最短的,小说却恰恰让他们来承担起叙述的职责。这是一种叙述策略,它使凡俗现实的比例远远大于沉重历史,让历史成为影响和制约人物成长的巨大阴影而非线性历史的一部分。植物人的沉重肉身,有气息但不发言的状态,残酷地干扰着现实。这就意味着,这是一部表现当下现实的小说,为了探究现实所从何来,紧挨着的过往必然成为不可绕开的一部分。历史既非现实也非背景,它是现实的闸门、包袱和刺目的聚光灯,也是现实的一面或平面或凹凸的镜子。作为新时期出生的作家,在小说里写祖父辈的昨天,这是一种有勇气的选择和探索,艺术上需要有独特的切入角度。《茧》里面祖父辈的恩怨情仇,有限地、谨慎地进入今天的生活中。张悦然小心翼翼地处理了这个难题,确保了小说的艺术合理性及情节可信度。同时,小说也传递出这样的信息:历史只有同当下发生关联时,或直接影响,或间接启示,才具有追问、深究的必要。

当然,这毕竟是一个难题,探索还需要走很长的路。对张悦然以及她的同代作家而言,用小说记述时代和生活,必须有此道义担当和美学抱负,同时还要在保证其创作艺术品质的前提下进行。《茧》所呈现的历史场面相对有限,比例上显然明显少于当下,小说里提到的一些历史场景,也并无还原的要求,仿佛只是过渡式交代。这似乎是作者防止情节失真的谨慎与生怕损伤小说品质的严谨所致。在我看来,或许还可以再大胆一些,更进一步,让历史本身有"说话"的机会而非主要靠其自身"影响力"。这当然只是一种猜测,却也是阅读过程中积累而成的一点认识。作为一部细节绵密的小说,作者表现出对故事线索的清晰把握,以及对戏剧性的有效控制。不过,有的情节设置也或可以讨论。作为一部正剧色彩深厚的小说,人物的命运结局应更多体现在必然性上,有的情节表现,如李牧原死于车祸,毕竟属于偶然性结局。与李牧原的命运相比,或可找到更具说服力、更能证明其悲剧结局必然性的情节。我的意思是,对一部正剧来说,偶然性与小说故事之间,还是有重要程度区别的。李牧原是这部小说里除了两个叙述人之外着墨最多、最具故事性且影响了所有与之相关人物命运的角色,他的命运结局极具打击力度。"有人在死,有人在生,我们在生死的隔壁玩耍。床上躺着的那个人，不在生里，不在死里，他在生死之外望着我们。他的充满孩子气的目光犹如某种永恒之物，穿过生死无常照射过来。我们被他笼罩着，与人世隔绝起来，连最细小的时间也进不来。"作者如此透彻地描写了程守义与"我们"之间的关系，我同样愿意看到其他人物具有相同的不可脱离性。

一个小说家，特别是年轻的小说家，一旦获得相应的声名，往往会把自己的生活安排得丰富多彩而创作着渐趋简单化的小说。不要说怀着强烈的美学抱负去努力写出进入小说史的小说了，连稍微复杂一点的故事也疏于编织。张悦然的《茧》是一部认真之书，其写作是一个不厌其烦做抽丝剥茧之繁复工作的漫长过程，是对历史、现实，成长、人生、亲情、爱情、道德、伦理的一次深刻探究之旅，是在艺术表达上力求寻找新意和独特性，为了"抵达更深的生命层次"（作者《后记》言）的一次全力冲击。去创造只有小说才能表现的世界，执着于只有文学才可以挖掘到的人生意义，这正是当代小说家特别需要具备的创作理想。

《扬子江文学评论》 2016 年第 6 期

《去年天气旧亭台》的"北京"表达

题目是叶广芩小说里出现过好几次,在其创作自述中也表达过的一句话。这句话里透着骄傲、含着感情,也带着一种莫名的感伤。从小说层面上理解,"我是北京的孩子"至少包含了以下意指——这里是关于"北京孩子"的小说,是"孩子"成长后与"北京"分离的故事,是历经半个世纪却挥之不去的记忆,是四十年后重返北京的找寻,是心中记忆与眼前现实无法对应的难过。北京对叶广芩来说是故乡,是成长的地方,是并非自主选择的离别,也是无法重返的伤痛。我不觉得叶广芩在写所谓的"老北京",有时候她也做北京地理的"知识普及",那是今天居住在这里的绝大多数居民不曾知道的历史和人文,可是她不是在证明什么,而是通过这样的表述,告诉你居住地和故乡根本上并不是一回事。她写的是自己生活过、经历过的北京故事、北京风物、北京阳光、北京情感。

很幸运也很难耐,叶广芩的故乡恰好是北京这样一个巨大的存在。我们的文学里,每每谈到故乡,通常是北方小山村、江南小城镇,或一座中国式的县城。大都市,至少从规模上而言的大都市,通常是文人们"侨寓""客居"且怀念故乡的地方,而非故乡本身。叶广芩因此显得格外特殊。她在陕北乡下、关中县城、长安古城怀念着自己的故乡北京。这会为小说带来怎样的味道呢?

居于感情最深处的北京,叶广芩并不能时时置身其中,却因此被想象得更加美好,北京因此成了一种意念中、想象式的存在。或许这才是"北京人"的身份感吧。新的居民是没有这种感情,也不会有这种强烈意念的。米兰·昆德拉在解读"欧洲人"时认为,欧洲曾经通过共同的宗教实现了统一。进入现代，宗教让位于文化与文化创造，文化与文化创造所代表的，正是欧洲人赖以自我辨识与定位的价值观念。现在，在我们的时代，文化也开始让位了，让位于谁呢？技术、市场……都有可能，但不管怎么说，文化已经让出了位置。他进而认为，欧洲人，就是对欧洲这一观念保有怀旧观感的人们。套用一下，"北京人"就是将作为观念的北京存于心底，对"北京"有着深切情感记忆且保有怀旧感的人们。叶广芩就是其中的一分子，是这些人之中可以用文字来表达情感的代表。

叶广芩的北京是旧的，但不是那种穿越到几百年前的古老，而是老照片一样的黑白色，是发了黄的质地，是一个人内心无法克制的翻动与怀旧。叶广芩小说里的北京，是经过记忆过滤了的，带有面对现实北京时难免会产生的惆怅、惊诧和陌生感。我曾经的山西作家朋友中，有多位是北京知青出身，他们深受三晋文化的吸引感染，在创作中直面人生经历的起伏变化，但也抑制不住地会在小说里写到北京。那种书写尽管不是他们创作中的主流，却因为深挚的感情和深沉的眷恋给人留下深刻印象。李锐《红房子》里阳光灿烂的京郊，柯云路《夜与昼》里宏阔壮观的京华，钟道新《风烛残年》等小说里风雅妙趣的清华园，都让人读出一种难以割舍的故乡情结和情感记忆。叶广芩同他们有着相同的经历、相同的记忆，她也是关中乡土及其文化的热情书写者，但她别无选择地会写到自己的故乡北京，而且这种书写随着年龄的增长越来越集中。她近十年来集束式地创作了多部以北京为故事发生地的小说，中篇小说集《去年天气旧亭台》是这种情感回归之作，无论北京是否需要，这首先是叶广芩个人宿命般的创作选择。到最后，她也成就了北京的文学需求，离开故乡近半个世纪的她，带着某种乡愁回到了故乡，并将这种乡愁作为不可替代的标识，成了京味儿小说的新代表。在"人才多如鲫鱼"的"京华"（鲁迅语），叶广芩却成为这个小说繁盛之地的新代表，可见她从情感到创作的执着如何折服了众多挑剔的读者。大约三年前，根据叶广芩同名小说改编的电视剧《全家福》播出，那种地道的北京风物和生活秩序，融合在生活点滴里的讲究和"老礼儿"，让人观之赞叹、舒服，却绝无夸大其词的声张和玩世不恭的油滑。时代变迁总与生活苦乐相关，喜怒哀乐又透着自谦与达观，斗争、竞争的环境中不失亲情守护和邻里关照。《全家福》可以说是继改革开放初期的电影《夕照街》，20世纪90年代的电视剧《贫嘴张大民的故事》之后，又一部烟火气十足的京味儿影视作品。

北京是叶广芩人生记忆中最为珍贵的留存，是她的情感核心。在叙事过程中，北京又是成了无处不在、四处蔓延的情感洪流，是渗透在小说的每一个缝隙中挥之不去的气息。如果把现实中的北京比喻为一座庞大的混凝土建筑，作家基于温暖情感写到的北京种种，则是注入其中的泥浆，是砖缝里的泥土。《去年天气旧亭台》是小说合集，但也有一个整体构想，即通过人物故事烘托昔日北京的亭台楼阁，或是借亭台楼阁牵引出旧人往事。独立成篇的小说就形成了一个可以穿行的系列，一个可以概览的整体。在十多篇小说里，北京有时甚至就是作者可以娴熟使用的修辞。经常会看到，小说故事中提及某个北京地理方位或某个方言词汇时，叙述者往往会为其做独有的限定。这种简洁的"前缀"随处都是，有必要时还会以较长的"后缀"专门"注释"。像《太阳宫》里的"前缀"："这个二姨用现在的话说是她在朝阳门外南营房做姑娘时的闺蜜"，其中"朝阳门外南营房"就是一种地域修饰；"我和母亲的到来使饭桌上多了天福号的酱肘子和芝麻烧饼"，这里的"天福号"强调了"北京"品牌。《鬼子坟》里的"后缀"："'拍花子的'是老北京吓唬孩子的话语"，这个俚语若不解释，一般人还真理解不了。《月亮门》里的语词修饰："老北京人一般不说太决绝的话，'以后别再来'这样的硬话从苏惠嘴里说出来，让我吃惊。"这种品德评价尽管主观，却生发自一种坚定认知。这种表达在叶广芩的北京叙事中，是一种从心底流出的不由自主，她不是在向读者展示知识点，而是用这样的方式向故乡致敬，她热爱这里的一草一木，也记得她面容上的每一道皱褶。

今天的北京，正以其中心化、现代化、国际化，以其超级庞大的体量而成为一个无所不包的巨大"场域"，用情感去体验她并视之为故乡，并用绵密的文字表达出来，那真算得上一种少有的奢侈。北京无疑是中国当代小说里出现最多的地名，但更多时候是一种符号化的存在，是与可感触的乡村或小城镇相对立的陌生化存在，是一个没有街巷，来不及描述地风情，地方性被压减到几乎没有的意象。叶广芩的独特在于，北京是她的故乡，乡村和小城镇恰恰是他乡。北京是从前，是记忆而不是疲于奔命的当下。当她描写北京时，所有的影像都是具体的，真实的，它们或许已经消失，或许已被改变，但作家是怀着执着和坚持去找寻、去还原的。她在表述一个她本人不能忘记、很多读者并不知道的北京，甚至，也是一个与这种记忆渐行渐远，正被人们慢慢淡忘的北京。叶广芩如此描写她心中的北京，是一种情感需要，也是一种自觉担当起来的文化责任。当她描写"戏楼胡同"这样成长于斯的地方时，"区域地理"的还原努力是很明显的，"我们家住在北京戏楼胡同，在雍和宫东边，是和国子监的成贤街相对应的一条胡同。胡同东西走向，安静，宽展，邻里街坊都熟识，关系处得都很好"。这是《太阳宫》的开头，其中不但有详尽的地理说明，还有环境舒适、人际和谐的人文评价。"我们的学校方家胡同小学在雍和宫西边，与有牌坊的成贤街并行。我认为成贤街是全北京最美的一条街。"《鬼子坟》里的这一描述非常主观，但若没有发自心底的挚爱和特殊的记忆是不会如此去描述一条街的街景的。我也曾因孩子上学常去那条街，读到叶广芩的评价还是很意外的。在她心目中，京腔京韵是心底里的音乐，红墙绿瓦是最美的风景。

"我是北京的孩子"，永远留在一个孩子心里的故乡北京是完全由感情过滤的城市，四十年后再回来，一切都发生了很大变化。这种变化对历史来说意味着很多，而对一个归乡的游子，就是一切熟悉都渐渐变得陌生。"北京只几十年工夫便已是沧海桑田。几个月不上街，识不出本来面目的情景常有。"（《太阳宫》）面对眼前的北京，"风景依然秀丽，草坪新铺，假山人造，没了野趣，少了自然。"（《太阳宫》）"城墙没了，代之以二环马路；小市不见了踪影，换以排排绿树，整齐民居。一切变得美好光鲜，蒸蒸日上。是的，首都北京应该这样。"（《鬼子坟》）惆怅与欣然并存，回归的喜悦和陌生的难耐兼有。作为一个离别多年的归来者，再回北京，与其说是观赏新貌，不如说是急于寻找旧踪。她想看看往日的"老家"变成什么样了。"'老家'毕竟是生我养我的祖居，是我魂牵梦萦的精神家园。"的确，比"家园"更让人心动的是"精神家园"。当"我"在面目一新旧居附近看到一棵"黑枣树",认出它就是自己能认出的"唯一的遗存景物"时,就像认出了失散多年的亲人,"我怦然心动","我疾步趋前",那情景只有作者可以感受得到。(《后罩楼》)而这棵"黑枣树",在《扶桑馆》里也出现过,她所描述的感受是一致的。"物非人非,我们已经不是我们,北京也不是北京了。"(《月亮门》)这是一个归乡者的呐喊和呼求,这是新北京人,客居京华者不可能怀有的诉求。

经过了半个世纪的漂泊,叶广芩再次回到故乡北京生活居住,眼前的一切和心底的所有每每发生冲撞,有融合也有变异,有亲切更有陌生。有归来的激动,也有无法融入的难过,有心底的安详,也有陌生感带来的躁动。无论如何,她心里想着的还是那个曾经的、过去的北京,是存在于自己心底,别人不知道的北京。我说过,北京无疑是当代中国文学里出现最多的地方,在身居北京的作家笔下,那是一个人物大展其才的地方,是一个观念超前、引领风尚的地方。20世纪90年代以来,王朔小说里的北京成为"新北京"的代表,但王朔笔下的北京仍然是观念上的北京,不需要出现具体的街巷,也不必描述某一处景致。小说里的人物依靠一种仿佛与生俱来的语言,在不断的滚动与席卷中传达出某种别样的人生观念。他们与这座城市的世俗生活,与街坊、邻里并不发生深刻的交往。而且,这些生活在这座北方都市的青年,他们厮混于此,但在个人情感选择上却另有追求。《空中小姐》《橡皮人》《一半是火焰,一半是海水》等小说里的青年,他们的女友无一例外都是来自南方城市,家庭优裕、学历教养很好的女子,北京本地的女性倒没有成为其中的主角。在王朔小说的影响下,一些喜爱、追慕其小说的写作者,也创作着类似的作品,但甚至未必能"仅得其中"。于是,京味儿呈现出单靠"京片子"支撑的单调与空疏趋势。在这样的时候,叶广芩出现了,她带来的是另一种纯正的味道,一种必须经过感情过滤的"京味儿"。这种补充并非刻意校正,但人们对此产生的认同,却是对文学"地方性"的要求所致。

叶广芩是一个离乡多年的归来者,这么多年,她也深受三秦文化的滋养，对那里产生了深挚的感情。她的创作不但有大量取自西北、关中的题材，即使在回到北京后，在写北京的小说里也难免会带有另一种眼光。《黄金台》里的老刘和青山县，就是对外来者在北京的经历进行了叙述的作品。在其他作品中也时有这种"外乡人"的叙述口吻。

因为小说里描写更多的是记忆中的、正在消失的北京，是经过情感过滤的故乡，叶广芩的这些小说就有了浓郁的散文化色彩，抒情和感慨的比例绝不低于故事叙事本身。这种散文化的表述持续弥漫，抒情和叙事难以区分，既为她的小说带来特殊的味道，也使其作品的小说性变得更多向度。的确，有时候我们会在阅读中忘记了这是在读小说，而只把其看成一个人的心曲。小说中的叙事人"我"会与作者叶广芩发生完全的吻合。她笔下的很多人物，在不同的小说中都有出现，随处穿行的形态果然如亲戚串门、街坊碰面，更增添了其小说的散文化意味。当然在我看来，叶广芩在创作过程中有着自觉的小说意识，比如她在小说结尾处，总会以某种传统短篇小说常用的"爆破"式小转折、小惊艳来体现故事性及戏剧性。《月亮门》的结尾，当少年时的朋友苏惠的丈夫出现时，"我"惊讶地看到，从远处走来的正是当年"我"和苏惠发誓绝不会嫁的同班男生李立子，眼前的场景意味深长。《唱晚亭》的结尾处，当"我"为当年那块珍贵的石碑被切成碎片难过时，却意外得知，那石头里是"有翠的"，一样令人唏嘘。《太阳宫》的收束，是"我"在无尽的忧思中发出"曹太阳，你是否还在人间"的追问。《苦雨斋》的结尾虽然不读全篇难以理解，但一样也是别有意味。

叶广芩的北京就是如此不同，那是出了东直门就是郊区的北京；是她直到今天也愿意在"东直交通枢纽坐107无轨"而非地铁、的士的北京；是居于雍和宫而直觉太阳宫"破烂"，今天却又倍加怀念"太阳宫"乡下的北京；是小槐树、黑枣树、铁炉子、豆汁儿，"小丫头片子"、赵大爷、刘大大、孙顺儿们，这一切组合而成的北京。想念着这样的北京，她甚至连"拉布拉多"这样的洋狗名都无法接受。这是一个存于心底的北京，是一个走不出去又不能完全融入其中的北京，是故乡，是绝大多数新居民们无法感受却应该知道的北京。"每每想起那条长着槐树的小胡同心里就滚烫，眼圈就无端地泛红。""狐死亦首丘，故乡安可忘？早晚有一天，我得回去。我是北京的孩子，狗跑丢了还知道找家呢，何况是我！"(《树德桥》)毫无疑问，叶广芩回来了，且仍然会往来于"北京"和"中国西北"之间，到处都有割舍不下的亲情友情，而这种纠葛和缠绕，正是一个小说家充沛写作热情得以保持和延续的根基，也是其不断思考人生、历史和社会的一部大书。在此意义上说。生于斯，长于斯，又离别四十年而重回，这种颠沛流离是一个文学写作者的幸事。

《读书》2017 年第 1 期

塔楼小说

——关于李洱《应物兄》的读解

《应物兄》是一部奇异之书。按说李洱早已在长篇小说领域有《花腔》声名远播，他的创作策略应该是让长篇小说以一定频率不断问世，作为自己保持着创作活力的证明。可是，据说他已有多年没有新作出版了，接续之作就是这部写了十三年的《应物兄》。我一向不以为创作时间的长度与作品的质量有着怎样的必然联系。生活就是小说的话，每个人穷其一生都在完成一部属于自己的长篇小说。但《应物兄》是值得期待的，值得李洱为它付出十三年时光，尽管这十三年里，李洱也未必是废寝忘食只写这部长篇。他还四处游走，经历了很多生活的、工作的、创作的起伏更迭。即使在文学活动的场所，李洱也会时而露面并说个不停。只有当《应物兄》问世后我们才知道，他这些年所有的经历，其实都是在为这部长篇做准备，假如他无法很好地完成某事，一定是因为他心里只装着他的《应物兄》。他偶尔口无遮拦，说不定是在刻意扮演某个《应物兄》里的角色，看看周围的反应，以积累素材或校正写法。《应物兄》正是高蹈的书生气与世俗的烟火气的结晶，是二者结合生出来的一个可爱的怪胎。事实证明，这十多年，与其说李洱在消费《花腔》和《石榴树上结樱桃》的不大不小的荣誉，不如说他在殚精竭虑地准备着《应物兄》。对李洱而言，这是一次非常大的冒险，读过之后都会为他后怕，万一写不下去，万一写得不成样子，万一写出来无人喝彩，那可就没办法拿十三年的创作做励志的说头了。

一

假如一部作品是一栋建筑的话,《应物兄》是什么?四合院?摩天大楼?华而不实的现代派造型艺术?不知道为什么,我想到的是当代城市里最常见的塔楼。这样的楼做不到南北通透,每户朝向也各不相同。人们出入同一个门庭,却不一定乘坐同一部电梯上下,陌生程度远远超过那些住在板楼里的人,但似曾相识的感觉又很突出,所以你根本无法判断一个电梯里的陌生人是邻居、迁居者还是临时访客。而且,这样的建筑因为稳定性好,貌似可以一直向上加盖。《应物兄》就是一栋容积极大的塔楼式小说建筑。小说在用完第九十六万块文字之砖后戛然而止。应物兄在小说的封顶处"翻车"了,或者因为他的"翻车",小说封顶了。车祸现场,"头朝向大地,脚踩向天空"的应物兄,显然要走到生命尽头了。"他意识到那是血在涌向头部。他听见一个人说:'我还活着。'""他""一个人""我",其实都是应物兄本人。

他再次问道:"你是应物兄吗?"这次,他听到了清晰的回答:"他是应物兄。"

人称是混乱的,但这不是车祸以及现场的混乱导致的语无伦次,而是《应物兄》的叙述策略。应物兄经常会用第三人称思考和回应,这种不经意的、不刻意说明的身份游离,在小说里有着特殊的佐料味道。

二

在讨论小说的叙述策略特别是人称混用之前,我想先说一下《应物兄》的这个结尾。读完作品才会悟到,整部《应物兄》其实是一个巨大的虚无,千呼万唤的儒学研究院终究没有成立,直到小说的结尾,其筹备程度和开头时是一样的。这正如一栋塔楼,一层和顶层除了高度不同没有差别。巨大的虚无,但没有虚无感——所有的过程都是认真的,人们认真地筹备着、张罗着,认真地讨论着、争辩着。假如儒学研究院是个漏斗,所有的沙子都向它填埋;假如它是栋高楼,所有的元素又都是它的砖石、泥瓦;

假如它是一颗钻石吊坠,众多的环节构成了它的链条。但研究院终究没有成立,资金没有到位,人才没有引进,希望带动的产业没有落地,一群人为它忙了九十六万字,认真而充实,却什么也没有见到。有人为它倒了,有人为它死了,它却连个招牌都没挂上到。我甚至想到,李洱是河南济源人,那是豫北的一座小城市。那里有太行山脉,是愚公移山故事的发生地。愚公移山是一个理想,是一种精神,但也是看不见终点的行动,你不能问最后那山搬动了没有,搬动了多少。那是一种精神,是一种精神的象征,智叟的话是最值得记住的——挖山不止。

三

还是回到《应物兄》。那个结尾,应物兄死在道路上,他应该是在生命的最后时刻听到了世界的反应。所有的一切因为他的这一意外而终止了,小说由他开始,也因他结束,但他是小说的主角吗?在那些跑来跑去、唾沫四溅的人当中,应物兄是"主唱"还是看客?一时还真说不明白。应物兄其实是个串接式的人物,所有的角色登场,都得"通过"他来"介绍",但一旦对方出场,他就在旁边听着、想着、观察着,并不抢戏。整部《应物兄》通篇具有这样的特点,人物是穿梭的,故事是推进的,悬念一环套一环,但整个场景又让人感觉是平面的。动态的、嘈杂的平面图,我不想比附什么《清明上河图》,因为二者创作的目标不一样。应物兄死了,儒学研究院怎么办?是不是研究院也只成为一个话题而已?本来,我想说的是,《应物兄》这个结尾有点硬,有点突然刹车,有点用偶然性代替必然性。应物兄死与不死,与一个大学要不要成立研究院并没有必然联系。也就是说,当李洱用车祸让"我们的应物兄"头朝地脚朝天,这个结尾的处理有点不妥。用偶然性替代必然性不应该是小说收束的最佳选择,比起鲁迅趁编辑不在就让阿Q被砍头,让故事无法继续连载下去,应物兄的死似乎无法在前面的情节中推导出来。但写到此处,我又觉得,这其实也是个合适的处理,至少并不过分。因为李洱并没有打算让研究院挂牌,并没有设计过敲锣打鼓式的剪彩仪式。虚无,或者说幻灭,就应当戛然而止。偶然性在此处是有力量的,它出现在整个故事当中,正当其时,因为所有的表演都已尽兴，没有成立的研究院未必值得期待，这正是作者要表达的。一切重在过程，小说的意义已经在过程中尽情释放了。

四

再回到小说的开头。围绕着儒学研究院，小说中发生了很多故事。在一个大学成立一个国学研究院，这太不稀奇了，由它支撑一部近百万字的小说，可能吗？这就是小说家的抱负？用十三年精力写一个大学研究院的故事，而且结果还是虚无？然而李洱却真的做到了，认真的"闲笔"成为小说的主体，儒学研究院的成立随着故事的推进渐行渐远，甚至，由于闲笔的精彩，至少我这样的读者都不希望它成立了。

济州大学，或许是一所名不见经传的普通大学吧，因为小说里的其他大学都是实有的中外知名大学。作家设想的济州是哪里？济源？郑州？我以为或许是这两座城市的结合。这也是李洱先后生活过最久的城市，文化上有差异但也有一致性。从地理方位和风土人情上，济州应该是济源，但从城市规模和济州大学的学术事业上，从它是一座有着八百万人口的城市上看，它应该是一座省会级城市。小说中除了济州、济州大学，很多物象都是有现实依凭的，而且作者尽量写得真实，以增强小说的逼真性。

尽管人物给人随意穿梭之感，但仍然能看出李洱的精心设计，弄清楚围绕儒学研究院的人物关系图，就差不多能还原作家构思时的思路。将要成立的儒学研究院，隶属于济州大学，全校上下尤其"高层"十分重视研究院的设立。校长葛道宏允诺大力支持，他已口头任命应物兄为将来的院长，现在的筹备组组长。为了加强力量，他又硬把费鸣塞到其中，或为助手，或为耳目。而费鸣又是应物兄的同门师弟，两人的区别是，应物兄还成了导师乔木先生的女婿，费鸣则是其关门弟子。研究院成立的目标是研究儒学，而要想使研究院一炮走红，必须有一个学科带头人。这时，就在济州大学高层中出现了一个虽未现身却炙手可热的人物：哈佛大学东亚系著名学者，济州人程济世。程济世成了小说最大的悬念。一切可能性，包括研究院的规格、影响力、"招商引资"的机会，甚至研究院要不要成立，都系于程济世一身。

五

《应物兄》的奇特之处在于，小说中写了近百个人物，李洱却在第一节就甩出了所有的关键人物。应物兄、葛道宏、费鸣、乔木，以及传奇人物程济世（当然是传说中的）几乎同时在第一时间登场。也就是说，假如写作近百万字规模的小说注定是一场漫长的恶战的话，作者却一出手就打出了所有的大牌，完全不考虑长篇画卷所应有的循序渐进，不像成竹在胸。但这又是一种十分自信的写法，主角一开场就登场，说明对后续支撑情节充满自信。客观上，也让我产生这样的想法，这是一幅既立体又平面的画卷，是一种塔楼式般的小说。正是由于重要人物率先闪亮登场，才带出了后续的众多角色。鉴于结局的虚无，这些角色无所谓主次，也无所谓大小，在济州大学的这个舞台上，所有人都可以来表演、来议论。

政商文三界在小说中形成纠缠。作为主体空间，济州大学聚集了一批看上去学富五车的才子、名家。为了应景儒学研究而穿起唐装的校长葛道宏，考古学家姚鼐教授是闻一多先生的弟子，乔木先生是饱学之士，他的得意门生应物兄和费鸣正在肩担国学大任，郑树森是言必称鲁迅的学者，女教授何为是研究古希腊哲学的专家，双林院士是冷不丁会来济大"宣讲"的著名学者。围绕在他们周边的，还有一些我们习见的"文化人"，他们大都是学术掮客，如出版商、哲学博士季宗慈，电台主持人朗月以及清风。这些人在小说里发挥了连接"雅""俗"，让儒学冒出世俗气、铜臭气的作用。

《应物兄》中的政界人物以副省长栾庭玉为代表，加上他的秘书邓林，以及梁招尘和他的秘书小李，等等。他们还带出了多个政界人物。他们附庸风雅，但又似乎对学术颇有诚意，愿意和学者们厮混在一起插科打诨，愿意尽力为他们做事，既严肃又滑稽。

《应物兄》里还有一些商界人物。如济州的商界名人、桃都山的主人铁梳子铁总，她的助手金彧。还有那个在美国追随着程济世，似乎有花不完的美元的黄兴，也即子贡。这些人一样是程济世、应物兄的追随者、崇拜者，说到底是文化的狂热爱好者，他们对学术和学者的尊崇有点盲目的味道。

　　文化，或者说学术，在《应物兄》里拥有至高无上的地位。这是李洱为自己的小说营造出的乌托邦式的氛围，学术界也许是世俗社会里最疏离也最清高的领域，却更让名利场中的人们趋之若鹜，能获得与名流学者清谈的机会，正是满足虚荣心的捷径。济州大学之于济州，儒学之于济大，都可谓学术的巅峰。这些人愿意相伴左右，愿意出钱沽名，也是可想而知、见怪不怪的事。

　　《应物兄》中还写了若干女性。女教授、女商人、女主持、女助手、女粉丝，这些女性或在学术上有自己的成就，或在商战中不让须眉，也有在权力与情色之间游走者，对小说故事情节的推动和人物关系的错综复杂，起到了不可或缺的作用。

　　《应物兄》里出现的人物当然不止这些。作为一部塔楼式的小说，人物穿梭其中，时入时出正是常态。《应物兄》里有一些闪现式的人物，也有在后半程才出现的角色，但这并没有影响小说给人的整体感受。原因正在于，小说从一开始就抛出了中心人物，后面再有角色出现，并不会显得突兀，也并非为了拉长故事的影子。这同样是《应物兄》在叙事上带来的启示。

六

　　李洱是怎么把三教九流黏合到一起的，靠学术吗？对也不对。从第一章开始，我们就可以看到，《应物兄》里的这些高人一一扑到我们面前，一个个还不古板，挺生动，靠的居然不是正经学问，也不是谈吐，而是一只狗，一只流浪狗，一只并非纯种的"串儿"。可是这只狗又自有它的"学术背景"，它被应物兄捡回，被乔木先生收养，乔木先生又为它改了一个很有出处的名字"木瓜"。小说前三节的主角几乎就是这只狗，并由它牵出了铁梳子等校门外的社会人士，打开了故事的叙述。紧接着，又牵扯出另一只牲畜：驴。尽管这时的驴还只是在应物兄们嘴上转着，但它与人物之间的关系绝非闲笔。因为流浪狗而牵出有关论著《孔子是条"丧家狗"》的争辩，因为驴蹄到底分几瓣的竞猜而引出学术著作的宣传炒作。李洱就这样让那最清高的和最低俗的莫名其妙地黏连到一起。可以说,《应物兄》在叙述上处处都是迷惑人的陷阱,你以为你要面对高深的经史子集,却不料真正面对的是世俗层面的种种,是这种种怪力乱神与振振有词的学问之间不可剥离的奇妙结合。李洱的笔力就体现在这种带有迷惑性的叙事本领上。

阅读《应物兄》,难点很多。李洱让不同学科的学者们齐聚一堂,各自用专业术语解读着不知所云的事项。先不要惊讶于李洱的学问和知识面。如果《应物兄》是一座塔楼,学问就是构成它的钢筋、水泥、砖瓦,但让这些建筑材料逐一累加的,不是别的,是世俗中的烟火,是这些烟火中与人相对应的动物。是的,正是动物把《应物兄》里所有的学问,把掌握这些学问的学者、大师们勾连到了一起。一只狗、一头驴出场以后,整部《应物兄》里最出彩的有两类形象,一类是侃侃而谈的学者文人、官商高人、海外人士、电台主持,另一类就是形形色色的动物。写到最多的是狗,其次是驴,然后是马,还要加上随笔一写的各种其他鸟兽昆虫。这是《应物兄》最具喜感的部分,它们的存在让一切认真严肃夸张、变形,煞有介事的漫画化成了小说看似不协调,其实又相当合适的花絮。《应物兄》里,在人物的一本正经和矜持之间,各类动物的出现陡增喜感。这是李洱的叙述策略,不得不说他运用得非常圆熟。济大的博导乔木先生养宠物狗,哲学博士季宗慈养藏獒,也养草狗。而且乔木先生的"木瓜"和季宗慈的"草偃"都与应物兄有关,而且这两只狗在博导、博士的名下都有了具有"儒学背景的名字"。小说中还煞有介事地为这两个名字的来历做了引经据典的说明。其他如研究哲学的何为教授喜欢养猫,程济世的追随者黄兴喜欢养驴,曾经为济大捐过巨款的董事长喜欢养猪,留美归来做了处长的梁招尘喜欢养蚯蚓,等等。

七

从故事层面上讲,《应物兄》可以分成上下部,上部写儒学研究院将要成立,引进大师程济世的紧张繁忙。下部以程济世影子的代表、金钱苦主黄兴的隆重到来为起点。如果说上部是用狗做"药引",那么下部的"药引"就是驴和马。因为黄兴就是凭在硅谷牵驴,自成一景的。他到济州来,据说也要与驴同行。这也就让人联想到小说第一节为什么会写到驴。虽然只是空谈,但已经对应物兄的学问构成某种不经意、不专门的讽刺,同时还呼应了下半部里黄兴的出场。与其说济大的学者们为了迎接程济世的"先导"黄兴忙活着,不如说他们是在为了迎接一头驴焦虑着。然而,随黄兴来到济州的却并非一头驴,而是一匹马,一匹白马。一写到动物,李洱就显得格外兴奋,下笔如有神。当一匹白马出现在小说里的时候,黄兴也变成了子贡,这匹从乌兰巴托来到济州的白马,也有血统,也有历史,也有文化,说道中也有学问。它被考证得头头是道,而且同许多名人大事扯上了关系。就像狗有"儒学背景的名字"一样,驴和马与学问也有了某种奇特的联系。这既是一幅让人忍俊不禁的漫画,在小说里又颇有写实感。

在《应物兄》里,动物,或者说牲畜、宠物信笔拈来。为迎接程济世的到来,宾主还讨论过鸽子;青年学者小颜还在博客里回答过网友的各种各样关于鸟类的刁钻问题,而且华彩迭出,比如大雁里就有豆雁、灰雁、斑头雁、红胸黑雁、白额雁、雪雁、白颊黑雁之分;还写到了其他如寒鸦、雨燕、杜鹃、布谷鸟,等等。用李洱在叙事中所说的,小颜的知识"太广博了"。古今中外,信手拈来,"中学"为本,"西学"佐证,看得人乱花迷眼。如果加上同程济世如影随形、一样千呼万唤不出来的蟋蟀极品"济哥",鸟兽昆虫简直要占据《应物兄》的"半壁江山"了(篇幅上肯定没达到,但从效果上这么讲也并不过分)。

动物在小说里发挥着打破正经刻板、讽刺正襟危坐的作用,但你不会感觉它们与学问家们的说道扯不上关系,李洱为二者搭建了一个奇妙的"沟通"平台。宠物狗都有"儒学背景的名字",鸟类知识的传播靠的是从《诗经》到唐诗,再到莎士比亚戏剧的引用。其他的动物出场一样都要先白话一番国学道理。比如黄兴到济州带来一匹白马。为什么由驴变马,这本是一个漫画式的无厘头玩笑,济大的学者们却从中寻找着国学道理。葛道宏就引用了《论语》里的句子,证明由驴变马实际上是主人在表达"雪中送炭"之意,可见其欲得赞助之急切。

对于黄兴的一系列荒唐、低俗之举,应物兄早已看在眼里,但他不能表示不屑。这既是出于对儒学研究院的前途考虑,还与程济世看似一本正经的说道有关。因为"程先生说,俗气,就是烟火气。做生意的俗气,做研究的文气。俗气似乎落后于文气,但也没有落后太多"。程济世还举了在中国听音乐,现场混乱的例子,"有人流泪有人笑,大人叹息小孩闹","这就是人间。看着很俗气,却很有趣"。不能说他说得没道理。问题是,本来说的是驴和马,说的是黄兴的没文化和低俗,却绕来绕去变成了中西艺术欣赏之比较。这种看上去驴唇不对马嘴的笔法,简直就是整部《应物兄》的套路。狗、驴、马在小说所起到的是破坏性作用,让所有学问变形。它们与本来的故事朝反向奔跑,而且与之产生分离感,但阅读中又不觉得是硬塞。这就好像一场聊天,无主题变奏就是主题。关注点被作者牵引着不断转换,但你又心甘情愿受此引诱,掉到李洱的叙事陷阱里。阅读《应物兄》于是变成了掺杂着与陌生人的聊天、旅行路上的偶遇、东家出西家进的嗑瓜子串门儿、在厅堂与厨房之间来回穿梭的热闹。

八

程济世是整个故事的关键,他要回来的愿望被不断强化,但真正回到济州对他而言却始终是一场奢望。由于他的归来无法实现,儒学研究院的成立就遥遥无期,最终变成一场虚无。你可以说这是一种讽刺,但又如此逼真和似曾相识。程济世的归与不归,并不是程济世摆架子、要条件,小说把所有矛盾都集中到一点上,即程济世要回到的是他童年记忆中的济州,是父辈祖辈生活过的济州,是带着老济州风物标识的济州城,这一切诉求都与他的学术背景有着深刻的文化关联。然而,如此简单的要求却很难满足,几乎一条都做不到。程济世提及的一切济州风物似乎均已消失,无从寻找确认,无法还原复活——让程济世念念不忘的蟋蟀"济哥"被说得神乎其神,最终却无法找到哪怕一个样本;程济世引以为傲的济州名吃仁德丸子也无法再现;程济世的世居程家大院不知方位,连他口中所说的仁德路也考察无果。围绕能让程济世回来的济州标志性物象,没有一件在小说里成为真实,都是传说,更多时是嘴上贪欢,现实幻灭。最后,它们和儒学研究院的成立、程济世的回归、硅谷的引入一起,皆成虚无,都是幻影,但你不能说它们是笑话。失传变成佳话,奢望变成神话,当它们与现实的诉求相一致时，变得更加生动，更加值得期待。小说建立在由无尽的言辞累积起来的语言世界的基础上，到最后，即使是海市蜃楼，也只能在言辞的交织中去想象它们的幻影。从事实层面上讲，《应物兄》中的一切都付笑谈中，或者说，谈笑间，一切实有最终都已灰飞烟灭。但没有实现的并不会在小说意义上消散，它们的无法实现，给故事增添了更加复杂的情愫。

九

《应物兄》是写实的，同时又有着强烈的现代主义色彩，它是现实主义与现代主义的奇妙融合。这样的小说，正符合当代小说的潮流，也显示出中国小说发展到 21 世纪之后出现的新的艺术气象。它没有直抒胸臆地歌颂什么，也没有声色俱厉地批判什么，但绵密的叙事过程中，又分明具有强烈的价值追求和立场判断。它是有态度的，在看似平和的叙述中，《应物兄》剥洋葱似的剖开现世的表象，开掘精神的内核，最后呈现的不是一个完整的事物，却是作家本人强烈的渴求：如何在纷乱的表象下寻找精神的安放之所，如何在烟火气中保持知识与文化的纯洁，无用的知识如何真正影响到世人的心灵而不是只为他们涂抹表面的光泽。

因此，必须评析一下《应物兄》的小说品质。这无疑是一部充满讽喻的作品，但如果认为这是一部讽刺小说，却不应该被看作一种完备的解释。《应物兄》是知识分子题材，中国现代文学史上的知识分子题材小说，有一个讽喻性传统，而且知识分子本身经常会成为讽喻对象，或自嘲，或互讽。从鲁迅的《故事新编》到钱锺书的《围城》，从王朔的《顽主》到王小波的《红拂夜奔》，角度不同，态度不一，各怀诉求，各有入口，但都不乏轻度的、善意的、自嘲的味道，有时这种讽喻里还散发着专属于知识分子群体，只有这个群体才能感受到的文化优越感。在所有的讽刺对象里，虚伪是最大、最集中的目标。就这些特点而言，《应物兄》同样没有例外。《应物兄》里可以见到的是认真的讽刺，自己认真，却遭别人讽刺，即使面对讽刺也依然保持认真。有时是自己的认真被误解，有时是一个人自嘲认真，这样的冲突和吊诡在小说里俯拾皆是，几乎可以说是弥散在作品中最强烈的气息。《应物兄》里,被讽刺的缘由或来自利益,或产生于忽悠,或因为某种自命不凡,但它们看上去并不致命,只是某种附庸风雅和逢场作戏的苟合,是某种执迷不悟和自以为是的勾兑,是心有所念却口是心非的扭曲。当政商文三界相聚相交,当国内外往来交流,当人与牲畜同台表演,当知识学问与世俗场景莫名组合,讽刺的火焰甚至无需作者点燃。它们通常是轻度的,也是善意的,其中还包含着作家对所有人与事的理解和同情,但同时又表达着适度的"怒其不争"。

程济世,这个在小说故事里没有到过济州的人却是最重要的角色。他身上既有乡愁,还有学问,还代表着济州大学的地位,影响着带动济州发展的因素。与其说小说中的学者们是要成立儒学研究院,不如说是在等待程济世的到来。程济世是济大学术名声的希望,是济州的经济增长点,学术搭台、经济唱戏是共同的愿望,然而最终却成了一个等待戈多的故事。然而这个等待的故事,不仅具有现代主义的先锋意味,更包含着现实的关切,他的来与不来,简直就是一面哈哈镜。

十

《应物兄》是博杂的学术之书。孔子、《论语》,儒学、考古,哲学、历史,鲁研、莎学,古诗、英语,学问在人们的口中传递着,他们在客厅里、餐桌上显露着学问的冰山一角。学问在其中起调适作用,所有的知识点都为人们津津乐道却又自有来头,既感染读者,也确实彰显着知识的魅力。同时具有讽刺意味,一石三鸟,旁敲侧击,随意点染的学问知识有如一幢建筑的外墙涂料和勾缝剂,在密不透风的塔式建筑中,生生地凸显出可供识别的"个性"。学问的渗入,肯定会成为人们阅读和评价小说的重点,我这里不想也难以全面评说,只想提示一下,这些溢出故事又深入故事内里的要素,在小说叙事上具有怎样的意义和价值。

十一

还要特别谈一下《应物兄》的叙述策略。整部《应物兄》基本上是以应物兄本人为叙述视角，但小说的叙事并不单一，这得益于李洱的一种独有的叙述方法——《应物兄》的叙述人称是混用的，第一人称是基本点，有时会用第三人称，还有时会用第二人称。其实在小说的开头，就一再向读者强调了这种人称混用将成常态的做法。

应物兄是一个小说人物，但又有如小说里控制频道的遥控器。他心里的一个念头就能成为故事的起点，他的一个想法就可以让情节转折。他看着不动声色，却可以任意调动人物出场，他像有特异功能一样，来去自如，千回百转。这不是一部描写应物兄个人命运的小说，以"应物兄"命名小说的合理性在于，他掌控着所有的人物，调动着所有的故事，调试着故事的颜色。在小说叙事意义上讲，应物兄是全知全能的，他代替作者成为这样的叙事者。举个简单的例子，程济世始终没有回到济州，但他又占据着小说的中心地位，原因就是，每当应物兄遇到大事难事，纠缠不清、莫衷一是的事，总会想到程济世，想到与他曾经在一起的场景，于是这种回忆就立刻变成一段故事的展开，自然、贴切地成为小说的叙事环节而并不外在于小说。《应物兄》里，类似于"前天下午""那是四年前的事了"这样的句式，并不是故事的旁证和支线，它就是主体叙事的一种起头方式。以《应物兄》的故事格局和篇幅规模，这样的叙事方式似乎是一种必要的、聪明的选择。

《应物兄》叙事上的另一个明显的策略，是针对应物兄的话语，打破了话语与心声的界限。说与不说，并不是说话与心理活动的区别，作者在他的心理活动与他说出来的话之间，故意制造界线的模糊。小说里经常会出现这样的表述："他听见自己说道""他对自己说"，也会出现"他会不由自主地用第三人称发问""然后是第二人称""然后才是第一人称"。人称上的混用，说与不说之间的模糊，成了应物兄在小说里存在的最突出标识。应物兄看似口若悬河，口无遮拦，但实际上他并没有说那么多话，打破心口界限，让言为心声变成言与心声并置，让整部《应物兄》具有了别样的生气和奇怪的节奏。越轨的笔致，生生地融合到小说情节当中，与人物故事紧紧地联系在一起。这点小小的"创意"，同时也让人看到作者对笔下人物始终保持把控状态的自觉。《应物兄》还用小标题来标识起承转合，起小标题的原则是选取正文开头的一个词语或一个短语，这种统一的设定与叙述的随意出入之间也有某种微妙的联系。这种统一的设定,让小说故事的转接过程必须具有直接性的特点,被拎出来的词语或短语需要有一种不经意的"关键词"味道,确保小说故事朝着既定的方向行进。

十二

《应物兄》是一部以知识分子为表现对象的小说,讽喻性和轻度喜感是小说的基本面貌,博杂的知识与无尽的枝蔓是小说的独特风姿。但李洱的写作并非理性至上,也并非冷静严肃。小说中不时会出现抒情段落,而这种抒情,从文字上可以读出精彩,情绪上也颇给人以深沉的印象。这是李洱最认真的一面,他是带着乡愁来写这个庞大故事的。对于济州及其所拥有的风物,虽然程济世什么也没看到,但李洱却充满深情地面对着。比如"85. 九曲"一节的开头段落,这里不妨全部引出感受一下:

> 九曲黄河,在这里拐了个弯。
> 但只有在万米高空,你才能看见这个弯。
> 缓慢,浑浊,寥廓,你看不见它的波涛,却能听见它的涛声。这是黄河,这是九曲黄河中下游的分界点。黄河自此汤汤东去,渐成地上悬河。如前所述,它的南边是嵩岳,那是地球上最早从海水中露出的陆地,后来成了儒道释三教荟萃之处,香客麇集之所。这是黄河,它的涛声如此深沉,如大提琴在天地之间缓缓奏响,如巨石在梦境的最深处滚动。这是黄河,它从莽莽昆仑走来,从斑斓的《山海经》神话中走来,它穿过《诗经》的十五国风,向大海奔去。因为它穿越了乐府、汉赋、唐诗、宋词和元曲,所以如果侧耳细听,你就能在波浪翻身的声音中,听到宫商角徵羽的韵律。这是黄河,它比所有的时间都悠久,比所有的空间都寥廓。但那涌动着的浑厚和磅礴中,仿佛又有着无以言说的孤独和寂寞。

> 应物兄突然想哭。 连应物兄都被自己感动得哭了。我一点都不感到

这是随意的一笔或刻意的矫情，如果读下去，你一定能读出应物兄灵魂深处的感动和忧伤。

就写作本身来讲，《应物兄》无所谓高潮，也没有冲突的了结，所以它可以随时打住，也可以一直蔓延下去。即使只是一场幻灭，一晌贪欢，李洱似乎也不应该借一场车祸让故事停下来。我愿意看到他让笔下的人物一直说下去，说到筋疲力尽，说到重复自己，说到江郎才尽，甚至读者都感叹李洱也江郎才尽了，卖不出什么东西了，让我们看到路的尽头，或者去走我们视线不及的路也无所谓。但李洱还是为读者提供了一部严整的小说，它看上去有头有尾，十分完整。

《应物兄》留给读者无尽的想象和感慨。小说故事有最后的句号，但人生的况味却没有终点。李洱已经很好地完成了自己的任务，他可以等待和准备下一个十三年的写作计划了。

《扬子江文学评论》2019 年第 5 期

悲喜剧中的人间美好

——读鲁敏长篇小说《金色河流》

我当然认为《金色河流》是个不错的书名,不过,对鲁敏为什么要以此作为名却并不了然。读过小说似乎有一点理解了,"河流"即人生,也即人海。"金色"则具有两面性,既是诱人的金钱以及财富,也是超越金钱的金子般的心灵。《金色河流》,正是对这两重世界的描写和表现。它们不是分离的,也并非在比较中并行,而是在一种纠缠与矛盾中,在心灵深处的挣扎中翻卷出万千姿态。这或许就是对生活的真实描摹,既有物欲对人的控制,也有人性的闪光。金色河流,既泥沙俱下,也泾渭分明;作者写出了眼前的烟火生活,也写出了理想的、高洁的精神世界。

《金色河流》是小说,同时可以读出自觉的戏剧性追求。绵密的现实生活表现中暗藏着戏剧性结构,呈现出戏剧性的情节冲突,在悲喜参半的情节推进中,小说逐渐推出一个正剧式的严肃主题:人应该如何面对物欲,在合理利益和正常欲望面前,心灵和精神应该如何保持自己的光泽。必须说,这是一个非常值得讨论的人生课题。同时还必须说,鲁敏是通过丰沛的故事,在充分保证了小说性的同时将这一命题推到读者面前的。小说中既有他所坚信的答案,也给读者留下了充足的思考空间。

《金色河流》中的人物关系构成就带有戏剧性特征。以一个人物为中心,逐渐向周边扩散,形成主次分明的人物关系,又因种种显在和潜在的、直接的和间接的交错关联,构成一种网状形态。小说中塑造了穆有衡这个中心人物,并将故事主题聚焦于他在财富与人性面前的抉择上。这个主题是现实里发生的故事,也可以理解为某种情景设定。一个人拥有一笔财富,这笔财富，既有"第一桶金"的道德背景，它的来处本身就充满了张力；又面临在生命终结之时如何处置的两难选择，它的结局仿佛是个谜。穆有衡是一位民营企业家，但并非多么大富大贵。正是这样的人，会对有限的财富格外上心，尤其会去思考财富所从何来，去向何在。小说因此而富有张力、弹性、变数。就像一条河流的走向，总会因地势变化而有弯曲，有缓急。

事实上，鲁敏似乎对戏剧性有格外偏好。穆有衡立下一个影响故事走向、让人性可能发生裂变的遗嘱，使故事朝着戏剧性方向不断发酵。长子穆沧在傻痴中仿佛又有大智，次子王桑看似玩世不恭，事实上也有自己内心的笃定。二人似乎都没有对继承财富表现出格外的热心。次媳丁宁扮演了朝着财富努力的角色，但也绝非小丑式的表演，她的种种努力带出了多重社会世相。另一个叫作河山的外来者的闯入，让故事变得更加扑朔迷离。穆有衡是河山这个乡村女孩的助学者，慈善之举的背后，其实潜藏着另一个重要的故事。穆有衡确认了河山是自己的故友何吉祥的女儿后，就刻意将河山引入自己的家庭，其目的不是简单的救助，也不是真的为了让她跟自己的傻儿子穆沧成为夫妻，而是想通过这样的方式，将自己的财富最大限度地转移到河山名下。因为，穆有衡的"第一桶金"是何吉祥遗留给他的，希望用于资助自己的后代。穆有衡在"必要"的占有后，内心一直存有深深的道德歉疚和自责。能够以自己导演的方式回馈河山，既是对老友的实质性回报，也是自我救赎的一种刻意追求。小说中还有一个游走式的人物谢老师。他的旁观式介入，是维护小说故事的戏剧性结构形神皆不散的重要力量。这样的设置，也特别容易让人联想到话剧里某些角色的功能。

每个人物都是带着故事或故事背景出场的。他们都跟穆有衡有关联，更因对金钱的态度而发生紧张与戏剧性往来。本来是现实里的烟火场景，家庭里的琐碎恩怨，却因铺垫好的背景而产生出特殊的色彩和效果。穆有衡这个不大不小的企业家，在他出场时已是因中风而致偏瘫的病人，家业的未来本身就是一个悬念，其中潜伏着一场不可避免的危机，随时会引发一场亲情消散的悲剧。全书充满奔向这个悲情结局的故事，情节线索仿佛一一向此收束。然而，在不见反转和突变的情形下，故事却朝反向奔跑，最终合力形成了另外一种力量：道义的力量战胜了贪欲。小说在故事的展开过程中,事实上一直在这两条线索上来回奔走,导致同一个人物的行为,两个人之间的矛盾,往往会同时产生两种以上的效果。

这是一场关于人性的探讨,但这个命题绝不抽象和玄虚,因为它们就发生在现实生活里,在我们的耳闻目睹里,更在我们程度不同的亲身经历里。这是一次人性的诘问,也是一次精神的考验,是对行为的考量,也是对心灵的拷问。人是否能经得住这些"闯关"式的考验?作者的答案是正向的,肯定的。这是小说故事的合理推演,也是作家内心深处的理想。但这理想并非建立于直接的表白、呼唤,而是小说中人物故事合情合理的发展逻辑所致。

从根本上说,作家所要塑造和表现的,是中国人性格里的道德基因、中国人的文化坚守、中国传统与现代合成的伦理精神共同促成的结果。穆沧对财富无感,王桑也一样没有欲念,丁宁为求怀孕而费尽周章,但最终却做出放弃继承财富的决定。河山也没有将聪明用在占有欲上,她被"拖入"一场可能的战争中,最终找到和领悟到的,是爱与亲情的珍贵。王桑痴迷于昆曲,与好友一起为振兴昆曲艺术而执着努力,对传承民族艺术有着深深的眷恋和不懈的追求。

穆有衡,这个并非"首富"级别的财富拥有者,这位在改革开放的大潮中成长起来的民营企业家,他的身上肯定有不可避免的缺陷和不足,他的成长史中也势必有"第一桶金"经不住追问的隐衷,他也从未公开表达过"视金钱为粪土"的超然。小说中的其他人物,在坚守立场、保持内心高洁的同时,也一样并没有对物质和财富本身持鄙夷态度。这正是小说主题现代性和辩证性的体现。

小说说到底是要传递精神力量,表达思想内涵的。穆有衡从始至终所抱有的道德感,他在事实行为上做出的选择,正是一个正直的中国人在内敛中表现出的道义力量和感人情怀。我们倡导作家、艺术家努力讲好中国故事,建构中国叙事体系,展示新时代中国人的形象,特别需要在创作实践上给出有活力和说服力的例证,特别需要在饱满地表现人间烟火的过程中传递精神力量。从这一意义上讲,鲁敏的《金色河流》在人物塑造、故事结构、情节叙述以及精神内涵上,具有特别的启示意义。塑造一群可信、可爱、可敬的中国人形象,他们的身世既特殊又普通,他们的言语既平实又有思考，他们的行为既平凡又不同凡响。作为小说里的典型人物，他身上也体现着当代中国人的美好心灵和价值理想。让生命的河流闪耀人性的金色光泽，让金色河流如时代大潮一般奔涌向前，永不停息。

《人民日报》2023 年 5 月 23 日

艺术与时代的互相映照

——读冯骥才长篇小说《艺术家们》

《艺术家们》是一部轻盈、灵动、浪漫、好看的小说。引人思考且读之内心时有触动，这是一种难得的阅读体验。我为作品中的人物为艺术、为爱情、为责任的喜怒哀乐感动，也为作家冯骥才仍然保持着如此强劲的创作力以及艺术表现力，并能拿出一部既好看又耐读的作品而感动。

《艺术家们》描写了艺术家这个特殊群体，通过这个由少数人组成的群体，映照出长达半个世纪中国社会时代的变迁。既写出了一群人对艺术的执着追求和坚守，也写出了时间、历史，以及活跃其间的文化艺术思潮，是怎样带给艺术家以及他们的艺术创作，包括他们的艺术观带来了自觉和不自觉、主动和被动的改变。这种改变既有升华、有转型，也有扭曲、有无奈。作品从艺术及艺术家们的生存状况这个角度，为我们打开了一个认识社会和时代的窗口，而且是一个极具穿透力的窗口。

小说的表现对象是艺术家这一少数人组成的群体，但进入其中，却能看到一个丰富复杂的人生世界。我以为，《艺术家们》所呈现的，至少有三点值得特别关注：第一，作者是如何书写艺术家们的艺术行为和艺术观念的；第二，作者在作品当中如何表现历史，以及这些历史是如何介入和改变艺术的；第三，作为一部描写艺术家生活的作品，一部关乎文化、艺术思考的作品，成功塑造了艺术家及与其相关联的女性形象。我特别想说第三点的原因是，在个人的阅读印象中，无论中外，大凡思辨性强、文化色彩重的小说，往往会在人物形象的清晰度和饱满度上打折扣，女性人物尤其难以树得起来。《艺术家们》中，几个女性形象给人留下了特别深刻的印象，而这些形象对于这部作品的灵动、好看、浪漫，起到了非常重要的作用。甚至，这些女性的言语行为，与小说要表现的关于艺术的思考、诘问，有着或隐或显的关系。

先来看小说中对艺术家们的塑造。作品指明了写的是"艺术家们"，这是一个复数，重点写了三位艺术家：楚云天、罗潜和洛夫。不过我在读的过程中倒总有一种感觉，其实小说写的就是"艺术家"这个身份。说是"艺术家们"，其实是在探讨裹挟在历史风云中的艺术家可能的三种人生道路，不同的心路历程。也就是说，楚云天如果是小说主角的话，罗潜和洛夫就是楚云天的另外两个"化身"。小说中也分明有通过楚云天看世界的叙事视角。即楚云天其实在思考一个问题，如果自己不是这样的出身，不是这样的经历，所持的不是这样的艺术观念和艺术态度，那自己会是罗潜或洛夫中的一个吗？罗潜和洛夫的经历和结局，大多也正是通过楚云天的观察、讲述甚至部分是"转述"表现出来的。楚云天在不断的观察中也在不断地反省，罗潜和洛夫在一定程度上就是他的另外两种可能。从这个意义上说，小说说到底只塑造了一个人物。"这一个"是楚云天，更是"艺术家"，这个"们"既是三位在艺术上志同道合的挚友，又是可能走出完全不同人生道路的"那一个"。作品在复杂中有很强的向心力和凝聚力，就是楚云天作为"这一个"的人生经历和艺术观念成为作品的主色调、主旋律。

我还冒昧地猜测一下，《艺术家们》带有一定的作家自叙传色彩。这是一部将以下两大元素相结合的小说：虚构的人物和故事、写实的艺术观念表达。楚云天是贯穿式的人物，罗潜、洛夫则是他不这样则那样的幻影。小说把他"变成"三个人物，以延展主题，丰富内容。当然，作为三个人物，他们各自都是独立的，因为他们有不同的经历，也有不同的命运。

接着看作者如何表现时代与艺术之间的关系。谁在改变谁，有没有互相改变的时刻，尤其是时代社会是怎样改变艺术和艺术家们的。当然这种改变除了大的社会时代背景之外，还有个人的世俗生活，以及人们在世俗生活面前不得不做出的选择。后者同样也是改变艺术家艺术态度和艺术行为的决定性因素。这正是《艺术家们》主题复杂多重所在。其中既有大的时代背景、社会世相、文化思潮的介入，也有人间烟火、世俗生活带来的纠缠。

楚云天在作品中既是主人公也是重要的叙述视角。罗潜和洛夫两个人的人生经历，他们艺术观的变与不变，大多是借用楚云天这双眼睛去看取和观察的。洛夫有了家庭后，生活带给他的诱惑和压力逐日增加，他放弃了自己秉持的艺术态度，最后走向投河自尽的命运结局。罗潜一直坚守着纯粹的艺术理念和理想。但是，当楚云天驱车去郊区乡下看望他的时候，发现他过得非常窘迫。罗潜后来也娶妻生子，有了自己的家庭。为此他不得不去开画廊，最终又因失败而"潜"隐于红尘之中。这一切，都是楚云天一直在思考、反思自己的参照。就这样，小说写了"本是同根生"的艺术可能或者必然要面对的相同问题和不同命运。

小说的时间跨度很长，接近半个世纪，却不给人板结、生硬的印象。从写作的角度讲，我以为，叙事视角的选择，即楚云天承担了隐性叙述人的角色，是带动全篇灵动起来的因素之一。同时，小说对时代生活的描写显然带有回望式的口吻，体现在当下视角的运用上。作者对二十年、三十年、四十年前的时代与社会，是站在今天回望昨天，叙述语言本身也留下了一些相应的痕迹。小说里的时代背景，从艺术的角度讲，"文革"十年是"画任务画"时期；新时期初期，先锋艺术的出现，既是一种潮流，也是一种时尚，呈现出一种既丰富多样又泥沙俱下的状况；到第三个时期，商业大潮的冲击带来艺术格局的变化。从叙事上讲，它们都是被回望的"过去时"。说"文革"十年时，用"那不是一个舒畅的时代"，"那时代，图书馆内大部分图书都封存了"；写改革开放初期时，说"那是一个光鲜的时代"，或者"在那个标新立异的时代"；写商品化时代，也是说"在这样的时代里"等。都是用站在今天说昨天的口吻。但这是小说叙事，而不是个人回忆录。这种表述在作品当中有很多，这样叙述的口吻，本身也含有评价历史的态度，既有情感投入又有回望中的反思，既有批判也有回味，具有多重意味。

再看几位女性形象的成功塑造。小说中的几位女性人物给人留下很深印象，而且这几位女性最终跟艺术家们、跟艺术本身是有关联的，她们不是配角、陪衬，更不是玩偶式的角色。楚云天的妻子隋意，两位跟楚云天有情感纠葛的女性田雨霏、白夜，洛夫和罗潜的妻子，无论着墨多少，都是小说故事里不可或缺的人物。

小说里有一句话："云天与雨霏的告别，才是人生道路上的真正的告别。他没有嫌恶她，因为他看过太多的人被生活毁灭，他要坚守的是自己的艺术观不在生活的重锤下变形。"楚云天面对女性时，引起的思考中总少不了艺术，也必然归结于艺术。因为他对女性如对田雨霏，原来的印象和他在多年以后重见时的感觉相对比，不仅是对一位女性的认知发生差异的感慨，更是他对自我的反省。以楚云天为代表的艺术家，特别强调艺术的纯粹，这种纯粹不是虚幻和清高，而是强调艺术必须具有的品质，强调灵性、激情、美感和思想深度。楚云天对艺术纯粹的坚守，与他同几位女性的情感纠葛之间，有某种内在联系。当楚云天多少年以后再见到田雨霏，发现她变成了一个对物质、利益特别在意的女性时，他的感慨里也含有对艺术本身纯粹性的反思。而白夜嫁给富商的归宿，表明她对名利的欲望从来就没有减弱和改变过。与其说她爱的是楚云天，不如说是渴望得到楚云天因艺术而拥有的名和利。这让楚云天更加深层、更加多面地思考自己坚持的艺术，到底在多大程度上是纯粹的，以及如何去坚守这些关键问题。隋意代表了楚云天内心深处理想女性的最高品质。他最终坚持等待隋意归来，坚信这种坚持必有回响，与他在艺术上的坚守和信念，从根本上是一致的，因此他也可以完全释然于对田雨霏、白夜旧情的放弃。洛夫的妻子只知道利用艺术追求利益，在一定程度上对加速洛夫走向自尽起到了助推作用。罗潜的妻子则对艺术毫无感知能力。

楚云天、洛夫、罗潜从一开始的共同坚守到最后分道扬镳，隋意及其他几位女性对艺术的认知程度和对待艺术的态度，本质上是一种互为映照、互相印证的关系。几位女性的性格及其变化，同时也是艺术家们的艺术观发生变化的写照，作家是把她们当作艺术家的"艺术模特"来塑造的。这些人物的成功塑造，她们在小说故事里如此具有活力和烟火气息，对于整部作品从始至终都曲折好看，发挥了十分重要的作用。这也体现出冯骥才笔法上宝刀不老，分寸拿捏得当，表现力极强的创作实力。

还有必要强调一点，小说中写的是艺术家的生活，通篇流露出对文学的热爱、尊重，强调文学素养对艺术家的重要性。这也很能让人联想到冯骥才本人的多重身份。这些观念，的确有助于引导读者在阅读过程思考文学、艺术、人生、时代的复杂关系。

《光明日报》2023 年 4 月 24 日

中国故事的讲法

——关于葛亮长篇小说《燕食记》

我读葛亮的长篇新作《燕食记》，是从去年夏天的一次旅行中开始的。那是在湖南益阳，在住所的自助餐厅，我居然像一个"老益阳"一样向朋友推荐益阳松花蛋。但其实，这只是因为我刚刚在《燕食记》里看到了这一名词。后来知道，此物果然是当地名吃。我因此更加相信《燕食记》是一部关于中国饮食文化的地道读物了。

不过，《燕食记》不是一部关于饮食文化的"百科全书"，而且并不以直接的饮食指导和饮食文化知识传播为写作目的。也就是说，《燕食记》不是一部类型小说，也不是一部行业文化小说，葛亮从一个小切口带领读者进入大世界。到最后，透过绵密的故事，呈现在我们面前的是主题鲜明的主流叙事。葛亮有更大的抱负，更高的追求。即作家根据自己掌握的知识，加以文学想象和艺术创造，引领读者走进一个具有独特文化符号的人生世界，是一部综合性强、融合度高、信息量大、各种元素都很饱满的作品。

我认为，近年来的中国长篇小说创作呈现出多种元素融合为一体的趋势。即在一部小说中，各种元素、各种要素同时出现，进行组合，处理得精巧即可称之为融合。传统与现代，历史和现实，纪实与虚构，专业的知识与明晰的故事，包括创作上的多种手法，融合于一部作品当中，体现出作者的匠心。葛亮的《燕食记》同样带给我这样的印象。

首先是纪实和虚构。《燕食记》讲述了一个传奇式的人物故事，支撑这个故事的人物荣贻生，是"同钦楼"的行政总厨，他超凡的能力，跨越半个多世纪的人生经历，虽只聚集于饮食制作，尤其是莲蓉饼的打造上面，却由此展开了一幅风云变幻的多重而复杂的时代画卷。几乎所有的人物故事，都围绕他展开。这个人物即使有原型，必定也是糅合了种种的"综合体"，是作者借此穿透历史的聚集点。小说中还有无处不在纪实痕迹。比如在地域描写上，围绕广州、香港的地理，几乎完全是一种实写。虚构的人物穿行在纪实的空间框架里，呈现出一个别样的小说世界。

小说的纪实痕迹，有时是作者刻意留给读者的。从一开始小说的叙述人"我"，不是小说人物，不是故事的参与者，却算得上一个介入者。因为他以学术的名义，前来做一次田野调查。因为要开展一个关于茶楼文化的研究项目，所以要对同钦楼的历史和文化来一次深入研究。小说还带入作者自己在香港读书，在岭南一带生活的痕迹，稍微熟悉葛亮的读者都会知道，这实际上是他故意留下的纪实痕迹。从这个意义来说，这部小说在叙事上找到了某种独特的路径与策略。饮食本身的确是一种文化，同时又是具有强烈地域性的文化。对于这种文化没有认知或不熟悉的读者而言，如何通过小说来接受这些"知识点"，并被这种陌生的文化所吸引，其实是个难题。葛亮这种看似漫不经心的介入方法，让读者不经意间被带入其中，读过之后则会得到一种满足。

其次是地方性知识与现代性表达。密集使用地方性知识，尤其是饮食与方言俚语，突出了小说的独特标识，这几乎是近一两年来中国当代小说作家的一种集体行动。方言在小说中已经不再是人物对话中的某些点缀性存在，而是作家叙述语言的一种特别形式。这种叙述方法几乎冒着读者对方言认知不足，阅读存在障碍的风险。对于作家则有一个如何把握和处理的问题。《燕食记》大量使用粤语方言，难度显而易见。可是随着阅读的深入会发现，这种半懂不懂之间自有妙处。比如小说开始部分写茶楼"点心妹"工作的程序，其实是一种非常简单的劳动，描述了茶楼基本工作的一个流程。作者使用了很多我们不熟悉的关于茶楼、饮茶的专有名词，并夹杂着粤语词汇，造成一种陌生的、奇异的效果。拆开每一个字，可能有些不大容易理解，但是把它们组合起来，似乎又读懂很多，而且有一种很强烈的现场感以及岭南色彩。

在一定程度上，《燕食记》让我想起近代小说《海上花列传》。《海上花列传》是吴语小说，在使用吴语这一方言叙述故事上，它是彻底的和极端的。以至还出现了张爱玲现代白话文版本的《海上花》。鲁迅对《海上花列传》评价非常高，其中一个原因就是认为记载如实，许多描写都是现实中实有，无论是上海还是苏州，场景环境都平实自然。我以为，《燕食记》正有异曲同工之妙。

最后是学术准备与文学想象。在饮食文化的写实框架当中注入虚构的人物故事，葛亮必须要同时做好两方面的工作。一方面是在包括饮食文化的地域文化方面，他要做扎实的学术史料研究，就小说从容不迫地描写的各类美食制作流程、享用情景而言，葛亮应该做得很到位。另外一方面，作为一个小说家，葛亮必须要把人物故事立起来。可以说，以荣贻生、五举等人物的形象、性格、命运，他们人生历程当中的种种传奇经历，都十分值得回味。小说写的是二尺面案上的烟火故事，本是平凡人生的直接呈现。如果要写出大的动静，则必须得让人物远离厨房而参与到更大的事件当中。《燕食记》的意味体现在，故事基本上没有离开饮食本身，却绝不凡俗。作者将荣贻生和他爱徒之间的恩怨情仇，矛盾的最终化解，写出了某种惊心动魄的感觉。甚至可以说，面案上的风暴，也一样颇似武林与江湖，写出了强烈的动作性和侠义色彩。在此基础上，又能将社会时代的风云变迁化入其中，将人与故事涂抹上多重而复杂的色彩。小说充满特别的地域风格、散布着独特的行业知识，又带着某种侠义风味，这些最终又全部汇入到时代风云当中。葛亮为此所做的学术准备可谓充分，构思可谓精巧，表现力可谓强劲。可以说《燕食记》是一部非常饱满的作品，对读者来说称得上是一次阅读盛宴。

一部写"吃"的小说，又写出了百年历史。人间烟火和大的家国历史的融合，在写作上是有挑战和难度的，分寸拿捏十分不易。大历史写得太淡，会变成一个可有可无的概念；写得太重又容易湮灭故事本身。《燕食记》坚持写人间烟火，大的历史有时候虽是不经意间闪现，却是一种巨大的存在。

小说叙述方法上的轻盈从容，尤其以纪实的名义出现的部分，为整部作品的灵动可读起到不可或缺的作用。作品上半部以表现师傅荣贻生和粤菜为主，下半部以徒弟五举为主并带出本帮菜，从结构上说其实是比较板正的做法。但因为有叙述人的穿插出现，作品的结构被带活了，他起到穿插和所谓藏闪的作用，该隐的时候隐去，该出来的时候闪现，通过叙述人对人物做出不着痕迹的取舍。有些故事本来很重要但并不重点讲，而有些故事随着采访的深入又会得到充分表现。

《燕食记》是一部将传统题材进行当代转化，在地方性叙事中体现全局性眼光，进而成为一部具有自觉的现代性要求的小说，也是近年来长篇小说创作总体趋势中颇具代表性的作品。对于如何在当今时代讲好中国故事，具有值得探究的启示意义。

《文艺报》2023 年 4 月 14 日

小人物与大时代的直接对话

——读魏微《烟霞里》

作为小说家,魏微常常显得"不合时宜"。很多人对她的创作寄予很高期望,她却矜持、固执甚至是故意不出手。偶尔,她也会在文章或言谈里表达创作的决心与计划,同时又吐露难以推进的焦虑与痛苦,这就更让人对她下一步的可能性产生遐想。拥有极高的小说创作天赋,却迟迟不能用作品满足人们的期待,这种焦虑中是不是也潜藏着创作出大作品的可能呢?及至2022年,魏微拿出了她"沉寂"多年后的一部长达四十万字的长篇小说——《烟霞里》,终于算是给了关注她创作的人们一个交代。

读《烟霞里》,突然觉得魏微变了。以小城镇为背景,写家庭里的烟火气,写伦理秩序中的爱恨情仇,在无事的悲剧中写出一种令人难以释怀的淡淡的忧伤,这种忧伤又含着一个游子对故乡、对亲人的眷恋,这是魏微创作的长项,是她小说的鲜明标识,也是很多人喜欢她作品的缘由。《烟霞里》却让人读出了另外一种小说风貌,展现出魏微强大的也是冒险的小说抱负。她执意要突破从前的自我,打破既有的小说格局,实现自己的创作理想:为一个小人物撰写编年史,也为一个大时代做记录。人间烟火的挥之不去中,更可见时代风云的潮起潮落。真的没有想到,魏微会这样处理笔下的人物和故事。

如果说从前的魏微是踢毽子、练太极,这一次则画风突变,要做举重者和拳击手了。这哪里是"一个人的编年史",分明是要为一个时代画像。说一个时代都小了,从"文革"到改革开放新时期,近半个世纪的中国经历了怎样的风起云涌,世事变幻,魏微要为这样一个巨变的、转型的时代提供自己的小说记录。

　　这是小说，同时也是一种社会分析和评判。这是对一个人人生经历的叙述，更是对社会变迁的直接描写。《烟霞里》仍然有鲜明的魏微小说的印记。一座小县城，与之相关的一两个小村镇，一个乡村女子的成长史。小说具有强烈的自叙传色彩，讲述家庭成员在大善的前提下发生的各种矛盾纠葛与行为冲突。但魏微这一回显然增加了"重型武器"，"打击力"显著增强。从李庄这样一个小村镇开始，逐渐扩展到县城清浦，再扩展到地级市江城，地域的拓展也是家庭奋斗史的写照。这一过程中，魏微仍然坚持着自己以往的叙事风格，即小人物裹挟在大时代的风云际会里，渺小却坚忍地活着；他们奋斗但不能说是奋斗者，因为他们大多没有体现出奋斗者的姿态；他们顺应着时势潮流，因为他们并没有逆流而上的勇气；然而他们并不愿意苟活，不愿意只满足于吃饱喝足，他们的精神和情感总是处于活跃的状态，而且各自具有程度不同的反思能力。平淡的生活因此并不完全是平庸的，即使是不值得过的生活，却也有值得记录的地方。这就是小说的功能。

　　魏微在《烟霞里》里直接和历史对话，可以说她的发力是全方位的。自叙传的色彩已经不仅仅体现在和自身经历某些方面的相似和联系，而是将自己的出生、成长、命运、归宿和盘托出，几乎就是一部近乎非虚构的人生盘点。因为主要人物田庄的英年早逝，这种自叙传色彩又和强大的虚构发生了错位、对冲。说实话，呈现在我眼前的小说面貌让我有一点为魏微担心，这太为难她了——一个在小城镇的人物堆里感到舒适的她，突然要评判历史，向时代发问，为未来留下记录。

　　《烟霞里》由两个文本构成，一是田庄从出生到成长，从求学、入职到迁徙、成家的自述。在自述的过程中，打开的是李庄、清浦、江城等由乡村到城市的面貌，是田庄父母、兄弟姊妹、祖父母以及围绕在他们周围的一系列人物林林总总的故事。一是田庄出生、成长过程中，中国社会发生的各种重大变革。特别是田庄从李庄出发，一路走到她早已心向往之的广东，置身于中国改革开放的最前沿。最微小的生命个体与重大的历史事件以及时代风云奇妙地结合在一部作品当中，时代风云像巨浪冲击着每一个个体的生命，也像一道长城，耸立在每一个个体生命面前。于是小说中呈现出两种看上去截然不同的文体。田庄家族的故事依然延续着魏微一贯的叙事风格。小城镇的生活景象，每个人内心虽不巨大却很激烈的激荡与冲突。另一条线索，有关时代背景的铺陈。小说从田庄出生的1970年起，以编年体的方式，逐年讲述田庄的生长历程。这种严苛的方式使得小说无可回避地要将每一年的时代背景、重大事件都写入其中。于是，一种报纸新闻体的讲述就不时加入其中，成为小说的论说部分。这些背景，基本上是一个小说家在用社会分析和新闻评论的方式，讲述自己见闻、经历以及事后追踪到的重大新闻，一个国家的社会变迁就这样被小说家化入自己的故事讲述中。我说魏微创作风格的突变，而且是冒险式的突变，就是指这一部分的加入。它们字数上占有相当比例。

这里就存在两个问题。一是以魏微的年龄、经历，有些历史事件并不都是其记忆中的一部分，有些则又是稍有一点年纪的读者都曾亲历过的。如改革开放后每一年中国社会潮流、文化思潮的涌动，世界范围内的重要事件。魏微究竟能在多大程度上提供人们未知的新鲜内容，如何确保这些信息对小说来说是有效的，对读者认知而言是新鲜的？比如写到2001年发生的"9·11"事件，她依然是用描述式的笔法，讲述了该事件的全过程。除了对国内外大事要事的记述、评述，作者还结合田庄的个人职业，叙写了世纪之交中国文化思潮的流变，包括社会科学研究、评价体系的种种现象，文学思潮、文学创作的色彩纷呈。就此而言，自叙传的色彩依然强烈地映照在人物尤其是田庄身上。这也在很大程度上确保了时代背景的交代与小说中的人物故事发生内在的、切实的关联。

魏微为此无疑是下足了功夫，做出了最大限度的努力。应该说，社会编年体对她提出的挑战更大。总体上看，她在这方面的完成度较高。她做到了基本准确地加以表述，并且在与人物故事，尤其是与田庄人生历程的结合上努力做到了有效对接。田庄是出生在乡镇上的普通女孩，她的父母却又不是完全的务农者，这让她的成长始终与周围的环境既融合又有区别。幼年的田庄就被送到父亲出生的城市江城居住，在爷爷奶奶的呵护下长大。父母及之后的兄弟姊妹也都搬到县城清浦居住。李庄、清浦、江城，三点一线间构成田庄独特的成长空间，让她可以较早接触《人民日报》之类的读物，不但识得了高难度的文字，而且懵懂间对天下大事有了领悟的

"特长"。来到广州工作、生活，成家立业之后，这种感悟就成为田庄个人生命历程中的内在组成部分。田庄因此变成了这样一个人物——对家庭亲情非常敏感，尤其是对祖父母有很强的情感依赖，与母亲的时有抵牾；对父亲的理性认识，让她的情感和心理充满张力，她对周围世界的认识及人生经验，很大程度上来自处理家庭成员之间关系的经验。但是，她却很少关注个人的情感需求，尤其是进入青春期之后，对于同爱情相关的情感，总处于茫然和被动状态，这使得她的人生因此多少有些寡淡。然而或许正因为心智既有过早成熟的一面，又有明显的缺陷，她有可能对社会时事产生"偏科"式爱好，从而使小说中对于社会背景的交代变成合理的存在。虽然这还不是全部的理由。

我认为对魏微来说，最难的不是把田庄这个明显有着自叙传色彩的人物写好，哪怕是以编年体的方式写好她的成长史。而是在于，如何为她的成长提供强大的社会背景支撑，如何让这个微不足道的小人物裹挟在大的时代风潮中，既看出社会时代对她成长的影响，又看出经她的眼睛过滤后的社会时代有怎样的景观。如何把这两种完全不同的文体，两个互不关联的世界有效地捏合到一起，创造出一个互相交叉的立体多维的小说世界，这是魏微给自己出的难题，是她从最初设定目标时就已经注定要面对的挑战。处理好这种关系，做到叙事上的统一，逻辑上的自洽，并非易事。

魏微面对一个天然的困难。从一个人出生开始的记述，当然不可能以其本人的口吻全部完成，相当多的部分需要由一个超出角色的叙事人来承担，否则，不是逻辑不通，就是做不到均衡。田庄生于1970年，一直到她有了判断事物对错，看清周围形势，揣摩人心的能力之前，她幼年时的经历，中国社会发生的各种大事件，社会变革的趋势及潮流涌动，都不可能以田庄的视角来完成叙述。于是，我们在小说中读到了一个既不是田庄，也不是小说作者的叙述视角。这个叙事者没有身份，不是人物，而是一种笔调，是一种假设的、假定的存在。这个叙事视角被称作"我们"。这个"我们"具有全局性眼光且超然物外，有的时候，这个"我们"有点像影视剧里的画外音，帮助人们理解人物不能直接说出的内容。这个"我们"是谁？我们并不知道。这个"我们"在小说的开始部分成了必须存在的叙述者，很多说理的内容大都由"我们"来承担。"我们认为，在中国有许多事是不能深究的,家庭尤其是;人生的不幸,首先是从家庭开始,而不全是由社会造成的。我们作为儿女,对父母多有批判。则我们作为父母,又做得如何呢?当然也不够好,如此,便由下一代来批判,来纠正。"这样的表述在开头部分时有闪现。

读到小说的结尾部分,这个"我们"逐渐得到合理解释。虽然魏微没有直接说出,但她为此做了自圆其说的工作。这就是,所有这些故事,原来是由田庄的几个朋友共同完成的。为了把故事写好,田庄的几个闺蜜还请来了一位叫"魏微"的作家共同完成。"魏微"很愉快地加入讲述田庄编年史的撰写工作中,并和大家一起讨论田庄人生故事的种种。这就是"我们"了吧。这里既有作家"魏微",也有其同龄人。她们是一个组合,是我们开始读到的那个奇特的"我们"。魏微的这一神来之笔可谓大胆。这样做不但让种种不同的叙事变成合理,而且还拆解了田庄就是魏微个人自叙传的联想。这是一种叙事策略,也影响了读者对人物故事的认知。当然,这个"我们"在小说后半部分逐渐退隐,这是随着田庄可以自主识别人事、辨别是非而自然发生的。

从小说的阅读效果而言,这是可以成立的,并无别扭之处。魏微突然放开了写作的手脚,不再小心翼翼地前行了,《烟霞里》是一次转型,也是一次升华,可以想象,此后的魏微会在创作中跃上一个新的平台。四十万言的小说,讲述一个女性一生的生命历程,记述近半个世纪中国社会的变迁。人物从幼小到成熟的成长过程中,身体、心理所发生的变化,要以编年体的形式一步一步捋下来。半个世纪的中国社会发生的巨变与转型,一波接一波的社会思潮、文化潮流,随着改革开放的不断深入发生着变异,一个小说家要全面了解、掌握。魏微要为这一切"编年",还要寻找二者的结合点,使之融为一体。魏微写作的疆域突然扩张,理想抱负陡然增大。从她在创作上寻求突破的角度讲,我对此颇感欣慰,且视其为有可能打开新空间的一次大胆尝试。

难度也是全方位的。仅就语言表达来说,随着半个世纪的风云变幻,中国社会的流行语也在不断变化。小说既要生动描述一个时代的生活,又面临一个困难,即要不要恪守时代生活的真实,严格把握好流行词语的出现时机。《烟霞里》其实已经遇到了这样的问题。尤其是小说的开头部分,即田庄的幼年时期，那时的中国还处于封闭状态，魏微为了叙述上的生动，为了和今天的读者迅速呼应，在某些地方使用了今天才有的流行语。我不认为她是无意识、不小心这么去做的，而是有刻意为之的成分。因为有了"我们"这个超然的全能叙事视角的存在，这些"穿越"式的词汇仿佛也有了一定的合理性。不过我相信，这些词语，或者说这样一种叙述方法，在读者中是有可能引起讨论的。比如这样的描写："那年田家明十九岁，迎来了他们这一代人的高光时刻。后来他说，整个剧场燃了、爆了。"这显然是"我们"在用今天的口吻、词汇在描述过往的生活。再比如："李勇的荤，第一在于胖，第二是嘻嘻哈哈。其实胖和嘻嘻哈哈，都未必指向荤，但两个合在一起，就会起化学反应。"这已经是直接使用当下热词描写过去的生活了。有时，魏微也会以更客观的口吻来描写。如："她首先是端庄，站有站相，坐有坐相，李庄人不知道这叫'仪态'，总之看上去不大一样，很顺眼就是了。""仪态"一词的使用者是谁呢？是田庄吗？还是"我们"？似乎都是，又似乎都不是，是一种更加超然的叙述语调。

要完成这样一部大作品，需要处理的难点和把握的平衡很多。这是一次挑战，也是一次冒险。魏微显然对此有清醒的意识，并在创作上努力做到合理呼应。尤其是两种截然不同的文体，小人物的日常生活和大时代的沧桑巨变，该如何恰切地结合为一体，这是必须从构思开始就要设计，过程中又随时需要精细处理的。需要小说家有清晰的构想，更需要高超的技艺。田庄很早就开始读到主流报纸，从而对天下大势有超乎常人的关注与判断。同时，也为小人物与大时代的关系努力寻找到了直接对位的理由。"一部改革开放史，无论怎样书写——民族复兴、伟业、盛世……支撑它的无数个体欲望的因素总是一种客观存在。无数像孙月华这样的人，自1980年代初欲望就被唤醒……"这些描述，本质上是为小说里这种"大"与"小"的对接寻找理由和依据。

魏微的发力之狠还体现在小说中人物故事的结局上。1970年出生的田庄，其生命终结于四十二岁。这种结局在小说的后半部分已经有了"预告"，从而使故事讲述超出编年体的"体例"，具有了某种共时性的特征。我相信，英年早逝这一命运结局，不是为田庄个人设计的。作者要表达的不是对个人命运的叹息，她是要让故事戛然而止，历史也由此画上句号。

一个人生命的终结,也是一次凤凰涅槃,是一种对于新生的期待。历史的车轮当然会滚滚向前,新的生命每一天都在诞生,时代也会打开更加丰富多彩、复杂多重的画卷。这就像魏微本人的文学创作一样,只要写作的热情和决心在,一定会在未来打开更加广阔的世界。"一个人的编年史"可以有无穷无尽的续篇,我们有理由期待魏微的不断呈现。

《收获》长篇小说 2022 年冬卷

关于王跃文《家山》的读解

不知道从什么时候开始，评论文章必须得起一个悬置式的题目，这个题目最好是概括性的，可以一句话涵盖评论者的阅读发现和论述精髓。我们看"五四"以来中国新文学史上那些评论大家，从茅盾到李健吾，评论文章的标题，往往就是评论对象即作家作品的名字。这种做法多么省事、多么简洁，而且把一切让位给作家作品而不是突出评论家个人。之所以现在才说出这个发现和感受，是因为面对王跃文的长篇新作《家山》时，我为寻找一个合适的标题而费尽苦心却终不得。是的，面对这样一部写家乡也是写中国，写历史也是写理想，写儿女情长也是写家国情怀，既有书卷气又突出民间性，既讲究书面语言又大量使用方言俚语的作品，要想用一句话涵盖它的内容、主题、创作意图、艺术特征，道出它所描绘、叙写的环境、场景、故事线索，真的很难。而这或许正是王跃文想要达到的目的。《家山》是一部易读且耐读，但想要复述出来又很难的作品。这正是小说的功能所在——在简洁与复杂、清晰与混沌中呈现生活的面貌。《家山》并不构成阅读上的挑战，却强迫批评家要花很大的力气才可以尝试阐释。

在我心目中，王跃文是一位讲故事的高手。20世纪90年代以来，他已经以一系列长中短篇小说证明了这一点。他可以写自己身处其中的生活，活画出看似寻常却已变异的众生相；也可以写自己生于斯长于斯的故乡，那是一种漫随流水的不变中可见波澜的生活；还可以写与自己无论从生活的时代还是地域都相隔甚远的人物故事。只要是通过小说可以表现的，似乎他都驾轻就熟。《家山》是王跃文在以往创作基础上的一次再出发，他让自己蓄积已久的创作力来了一次大爆发。在王跃文个人的创作史上，《家山》无疑体现了他想要达到的理想境界。他不离开出发的原点，又必须要向更远的地方出征。《家山》凝聚了他多方面的创作追求，呈现出一种复杂多重的面貌。

何为"家山"？小说的第二十三节，在陈劭夫写给父母的信中有这么一句话："喜闻父母及家中顺吉，家乡瑞雪，河山安宁。"由此也就知道，小说中的"家""山"，可以视为一种理想：家庭和家乡人顺遂吉祥，家乡山水安泰无恙。这是一个看似简单的理想，但要使之成为现实却真的很难。《家山》就面临着这样的难题。在一个烽火连天、动荡不定的时代，一群人为了一种共同信守的理想而坚韧地生活着，守望相助中又有通融理解。从而，共同的理想凝结成一种信念，理想之花植根于现实的土壤之中，始终不会泯灭。王跃文一定要这么写，让不可能变成可能，让看似虚幻的说辞变成坚硬的现实。在他的小说世界里，这一切都得到了真实的呈现、真切的表达。

小说里的家乡叫沙湾，看不出有任何隐喻性，这也印证了"家山"的确是王跃提炼出来的一种对家乡的定义，以证明它在人心中的分量。沙湾是这么一个地方：它是湖湘之地的一个小山村，这个村子几乎是个"一姓村"，因为除了一户姓朱外，其余的全部为陈姓。与它相邻的村落叫舒家坪，是沙湾人往来县城必经之地，两村人交往走动自然也就十分频繁。

小说正是按照这样的秩序进入叙述的。开头的故事像是流行小说里故事的开端，沙湾村民和舒家坪的村民展开了一场你死我活的械斗，直至出了人命。而这桩恶性事件还发生在甥舅亲缘之间，舅舅四跛子在万般无奈下将杀红了眼的外甥舒德志给"剁了"。他们本是将沙湾与舒家坪的亲缘提升为血亲一家人，却因为"今朝没有舅舅外甥，只有陈家舒家"的疯狂理念，发生了这样无法挽回、令人痛心疾首之事。然而无谓打杀的由来更显荒谬，只是因为沙湾独姓朱的男人朱达望一句酒后疯话，惹得舒家坪人同陈姓家族大开杀戒。这样的开头，让小说陡然有了戏剧性。误会、凶杀、创伤、悔痛。

之后的故事围绕着如何化解这场不可化解的矛盾展开。然而，作家为读者展开的是一幅"清明上河图"，也是一幅"千里江山图"，而并非一幅描绘械斗故事的连环画。陈家四跛子杀死自己的亲外甥舒德志，让本来的姐弟变成了不共戴天的仇人。这个死结直到小说的第十七节才完全解开。四跛子将自己的次子送给姐姐当儿子作为补偿,无论是沙湾还是舒家坪的村民,都希望两家能从此化解仇恨,姐弟俩和好如初。一波三折之后,这个目的终于达到了,两个村的村民又可以从容往来,一片祥和。为了这次和好,沙湾村的佑德公早已暗中去了舒家坪表明态度。"骨肉就是骨肉,哪里打得散",这几乎是两村人的共识。《家山》的主题就在这打打杀杀中逐渐显现。

王跃文要写出一种大家都愿意恪守的道德,都愿意维护的秩序,一种斩不断的文化之根。所有这一切都可以归结为出于善而得到和。和善之美映照着整个国家和民族,才使得生生不息成为可能,才使得艰辛之中仍然不缺少美好,纷乱之中依旧保持着公序良俗。

写村斗这种"拧巴"的故事或突发事件,却不是为了写出完全反向的主题,这只是小说故事的引子,更"拧巴"的是整个故事发生的时代背景。故事发生在乱世,国家、民族处于危难之中,好男儿大都奔赴战场,一群男女老幼生活在传统的乡村里,坚守着一种共同追求的秩序。他们跟外面的世界有脱离不开的关系,同时又努力保持着自己的生活样貌。这是一种更大的冲突,也是一种更艰难的坚守。小说其实集中于一个家族,即沙湾的陈姓,聚焦父子两个人物,即佑德公和他的儿子陈劭夫。佑德公是传统公德的化身,也是智慧的集成,还是权威的象征。沙湾的大小事宜、外事内务,全都由佑德公来处理,一切规章,都由他来解释、"修订",一切纷争,均由他来摆平。这种角色在传统中国的乡村生活中十分常见,《家山》中的书写更显集中与权威。佑德公发挥着《红楼梦》里贾母式的作用,又更显通达和聪明。他的儿子劭夫总是为沙湾带来一股新风。这个为国征战的青年男子,有理想有抱负,同时又守孝道、爱家乡,妻子、儿子也都留在家乡。书来信往,问的是家事,叙的是亲情,传递的是乡情。他的回乡有如清风一缕,让沙湾生气顿生。小说中写他第一次回乡时的情景:"劭夫的马毛色油光水亮,马蹄踩在石板路上叭嗒叭嗒响。他把大盖帽子取下来,招呼正在薅田的乡亭叔侄,都讲班辈规矩。碰着几年不见的,个子长高的伢儿,劭夫就问:'你是哪个屋里的?'见着班辈高的伢儿,哪怕四五岁的,劭夫也要躬身招呼:'儿儿叔,我还没见过你哩!'"风度翩然,道德几近于完美。劭夫更是将现代新风带入沙湾的新生力量,他给佑德公讲述时事新变，还启蒙了妹妹贞一走上读书、参军、征战的人生新路。劭夫劝佑德公的话也很简洁："村上的人好，祖德祖风光大。整个国家要好，光是这个靠不住的。说到底，国家制度要好。"劭夫始终扮演着这样的角色，既孝敬父母，热爱家庭，关心家乡，又能够以顺应时势的姿态，引导着一众亲友走上既保持传统秩序，又践行时代新风的道路。

这是一种让理想照进历史的叙事。王跃文理想化地设置和处理人物与人物关系，努力通过合情合理的故事，让这一切成为妥帖自然的情境。陈劭夫、朱克文这些在沙湾成长起来的青年，不但没有在姓氏家族问题上产生隔阂，更在家国大义上显示出了共同的抉择和担当。为了书写摒弃旧的风俗，小说中专门写了妇女缠足、放足的过程。无论是县衙门发布的公告，还是沙湾男女老少达成的共识，这个极具象征意味的符号化风俗被终结了。为了体现未来发展，小说中专门写了发展水利和兴办教育两件大事。陈扬卿和齐峰义务兴办乡村小学，可谓功德无量。陈扬卿为全县水利竭尽全力，四处游说奔波，寻求县长的支持，也得到了其父亲逸公老儿的肯定。兴修水利的动因之一，也是要传承"禹帝之德"，是一种追求高尚的举动。《家山》在人物关系的设置上尽显人人恪守美德的风范。在处理陈舒两族争斗，陈朱二姓纷争时，已经展现了所有人为了维护和谐而表现出的宽容大度、隐忍克制。在处理家族内部的人际关系上，一样以美为底色，以善为本色。女性人物无论是姊妹、姑嫂，还是妻妾、妯娌之间，都以和善为前提，以融洽为目标。读来仿佛有理想国的味道。

但更重要的也必须指出的是，《家山》中真正的道德之美都建立在对时代背景的铺垫之上。战争的烽火通过陈劭夫等人的行为和书信，可以让人时时感知到。小说所展现的更是无论前方后方，无论男女老幼，无论是否识文断字，所有的人都有一种守护家园的意识，一种保家卫国的使命感。在此背景下展开的乡间故事，也就带上了历史的尘埃，成为理解和认识历史的路径。这种传统之美、道德之美在残酷的现实面前也许有其虚幻和脆弱的一面，但正因此它们才有守护的必要，才显示出坚守中的坚韧。

前面所述，都有关《家山》的价值追求。《家山》在艺术上最突出的特点，是书卷气与民间味道的结合，是书面语言同方言俚语的糅合。在我的观察里，近年来，尤其是进入2022年，在多彩的长篇小说创作格局中，作家们必须尽显其能,尤其要突出自己作品的标识性,让这些标识成为个性,成为展现独特性的理由。大家却不约而同地又跑到了同一个轨道,这就是以地方性来展现独特性,以对风俗文化的描写彰显文化色彩,以方言俚语的大量使用体现艺术个性。作家们不是以外来者的姿态,观赏式、好奇地写出某种奇观和见闻,而是把故乡作为理由强调自己所写的一切如何不可替代、不可模仿、不可复制。无论是介绍民情风俗,还是描写风景器物,"北方""南方"这些模糊的概念已经不足以满足作者,而一定要具体到一座城市,某个县、乡甚至某个自然村落才算到位。过去两三年,迟子建、刘震云、胡学文、罗伟章、林白、乔叶、邵丽等,都在他们的长篇新作里将故事的发生地设定为自己的故乡,突出表现带着乡愁的"故乡感",小说创作也成了作家向故乡致敬的行动。

《家山》是其中颇具代表性的作品。王跃文把方言直接带入叙述语言,而不仅体现在人物对话中。无论读者是否能直接理解语言的含义,作家都从不做任何旁白式的注解,而是通过反复使用让读者去领悟和感知。这样的句式布满全篇,俯拾皆是。比如"长大抬阿娘抬不到"一句里,"抬"是娶,"阿娘"是媳妇。"乡亭叔侄"近似于父老乡亲,"易不易得回来"相当于能不能回来。在特别的乡音里又有某种古风,这些语言因此并不是以土得掉渣来展示民俗,反而体现出某种现代性。这也是个饶有兴味的话题。《家山》里,当写到劭夫的家信,县衙门发布禁止强迫妇女缠足以及兴修水利、兴办教育的公告,学校里的读书声响起时,用的是一种文白相夹杂的书面语言。这种语言与方言俚语的大量使用形成对比和呼应,产生了某种特殊效果。语言的独特还强化了人物性格。如四跛子被姐姐喜英当面咒骂时,当桃香虽一字不识却大量使用民间四六句到衙门里痛快陈述时,乡间女性的个性得到了充分彰显。似乎任何其他表现方式都不能比拟。

《家山》是王跃文精心制作的一道大餐,有地方性但绝非"地方小吃",突出民间色彩但不以"土气"为美,执着于传统文化之美,但同样散发着现代性。从时代背景的铺垫到传奇故事的点化,从人物关系的设置到矛盾冲突的波澜,处处可见其用心之精细,甚至连人物名字都为价值理念的表达发挥着烘托作用。佑德公、福太婆、逸公老儿、美坨、德志、德全、齐峰、扬卿、克文、克武……都营造着某种特别的氛围。翠云出家，修根是道士，佑德公又是儒家文化的民间象征。这些描写透露出作者的创作抱负，即在一部作品中呈现和容纳尽可能多的内涵。就此而言，《家山》无疑是一部值得深入剖析的长篇小说，对于理解和分析当下长篇小说创作的趋势具有典型意义。

《文艺报》2023 年 2 月 24 日

地方性如何成就现代性

——读乔叶《宝水》所思

小说发展到今天,从创作者的实践角度讲,在很多方面面临难题。按照传统的观念,选材要严且要独特,主题开掘要深还得易懂;艺术表达上"高招"更是似乎早已穷尽,很难寻找到新意而且还要有突破;人们的阅读视野无限扩大,什么新鲜的都好像早已"曾经拥有"。然而时代生活在发展中变化,小说家不能拿出新故事、新主题、新表达,那等于没有完成要完成的任务。这的确是一个普遍性的挑战,使尽浑身解数仿佛都不够用。这几年,通过对多部长篇小说的分析,我试图说明一点我所见的中国小说家们寻找突破的努力方向:融合。即努力将传统与现代,流行小说的元素与严肃小说的主题等进行新的融合,以打通各种既定的壁垒,形成既能赢得广泛读者,又能保持主流特征的创作局面。

发展到2023年,集中阅读这一年疯狂产出的长篇小说,我又有一点属于自己的新启悟,即小说家们突然集中强化地方性。这种地方性至少具有两种功能:一是在突出地方性的同时强调故乡感,即所谓地方性,其实是作家本人的某种故乡情结;二是这种地方性并不是作为现代性的对立面存在的,它努力地与现代性融为一体,甚至成为其中的重要组成部分。相得益彰中显示出作家们新的突破路径,这可真的称得上是"办法总比困难多"。这几乎成为我对过去一年中国长篇小说创作最为突出的印象。一些我们研讨、评论比较集中,影响比较大的作品,差不多都在这一点上给人留下深刻印象。乔叶的《宝水》就是其中颇具代表性的长篇新作。

《宝水》是乔叶精心研制的小说"实验品",她为小说中各种元素的合理存在和合理调用筹谋,可谓费尽了心思。这种精心设置也是作者的匠心所在,证明她的创作是用心的、认真的、耐人寻味的。

　　这是一部主题鲜明的作品,直接书写新时代乡村振兴。宝水是太行山区的一个小村落,因为发展的需要,这个小山村很快变成了一个名声在外、游人不断的新型乡村。小说的主人公地青萍像一个"闯入者"一样见证并参与了宝水的发展。说她是闯入者也不全对,她的身份具有多重性和模糊色彩。她虽然来自省城象城,但其家乡福田庄跟宝水属于同一个县:怀川。怀川上面的地级市叫予城。如果跟象城拼合起来,那就是河南的简称"豫"。地青萍本是象城一家报社的记者,提前内退使她具备又无牵挂又可工作的条件。宝水虽不是她的家乡,却是她和已去世的丈夫豫新共同的朋友老原的老家。她随着老原来到宝水,既找到了散心的地方,缓解了失眠,还为宝水的建设投入了力量,发挥了特长,并与这里建立了感情。她来到宝水并愿意长驻,显得顺理成章。因为她和老原都是中年单身,所以也自然而然地走到了一起,仿佛是众望所归,还免除了闲话。

　　乔叶为人物穿行于小说空间做了精心设置。当然,最大的设置是故乡。我们都知道乔叶的来处,她虽已居京数年,但创作的根无疑还在中原。这本身也契合了《宝水》里无处不在的"故乡""老家"情结。这让人想起鲁迅在《中国新文学大系·小说二集》的导言里所说:"凡在北京用笔写出他的胸臆来的人们,无论他自称为用主观或客观,其实往往是乡土文学,从北京这方面说,则是侨寓文学的作者。"但在这里,"侨寓的只是作者自己,却不是这作者所写的文章,因此也只见隐现着乡愁,很难有异域情调来开拓读者的心胸,或者炫耀他的眼界"。也就是说,作家在异乡写故乡时,目的不是给外乡人展示家乡的"异域情调",而是在乡愁中展开对现实的描写。乔叶为她的主人公地青萍设定了一个半出半入的身份——她不是宝水的村民,但也不是外来的游客,她在旁观也在参与建设。她的老家是福田庄,与宝水同属怀川一县。她在这里还遇到了曾经跟自己的奶奶有过交集的长者九奶;这里的乡风她熟悉且亲切,又在十里不同音的比较中可以讲述和分析异同。地方性就由此一步步地展开,构成了一个不出中原却纷繁不定的人生世界。

由于地青萍本人是知识分子，文化人出身，又和乡土有着割不断的情缘，这里曾经的一切、正在发生的一切，仿佛都和她有关；她同时又可以超拔地做一个观察者，过滤、评述所见的一切人和事。地青萍的既是本乡又是外来的身份，宝水既是故乡又是他乡的模糊性，正是乔叶要寻找的一种状态，这种状态既符合她对当代乡村发生的变化的情感认知和理性分析，也符合她在小说叙事与主题表达上想要营造的效果。

小说的地方性最突出地表现在语言上。由于地青萍是文化人，小说中的描写和叙述语言主体上其实还是以书面语言为主。但其间又大量加入更具活力的方言俗语，由此强化人物故事所属之地的地方性。这种方言俚语还不是"中""中不中"等带有标识性的河南方言，而是予城乃至宝水、福田庄独特的方言俚语。这些方言俚语的介入，大大激活了小说的动感，乔叶也在此间显得游刃有余。比如"卓"这个字就大量出现在人物对话中，地青萍这个小说故事的显在叙述者，有时会跑出来解释一下："'卓'是予城土话，出色之意。"小说中，"那可不是美得更卓""怪卓哩"这样的表达时有出现，大大增添了人物的活力和故事的生动性。再比如"扯云话"这一俗语，貌似独属于宝水村。"这里聊天不叫聊天，叫扯云话。"这引得怀川人地青萍都啧啧赞叹。有时，乔叶会让地青萍直接以作者的口吻向读者叙述方言里的奥妙。如对"撺"和"圪"的各种用法的叙述，其实已经有了一点文化小说的味道，跟小说主体故事并不完全紧扣了。但这是一种氛围营造的需要，正是这些生僻、古怪的字眼，让人对地域产生新奇、好奇之感。乔叶在多方面"利用"和发挥了地青萍身份悬置所带来的叙事利好。比如对宝水村的方言俚语，如果地青萍全然是个陌生的过客，那她要么无感，要么无"知"，很难突出小说因语言而产生的地方性。正如地青萍自己所说："有福田庄垫底，这些土话对我而言可谓是轻车熟路。"她因此既可以完全听懂，又可以在比较中描述，将语言的奥妙、微妙最大化地加以表现。

《宝水》结构是一年四季，以四季交替的形式推进。冬——春、春——夏、夏——秋、秋——冬，构成小说既严整又开放的结构形态。这样的章节划分法，事实上也暗含了农业文明对一年四季的基本认知。乔叶发挥了自己对乡村生活熟悉的特长，刻意对农俗农谚进行了介绍式的叙述。对谷、麦、陈茵、蒿等，都有或来自农谚，或来自农科知识的介绍。这些农业农村知识，使得小说天然地拥有了某种文化属性。同时，它们还让《宝水》中对地域的叙述，不是外来者视角下采风式的印象记，也不是把乡村抽象为某种文化符号，而是对"三农"问题有所介入和思考，是对农业生产、农民生活、农村发展有描写、敢面对的叙事。

对乔叶来说，适度加入一些地方性知识，无论是方言还是民俗，基于本来的熟悉和创作前的准备，都是可以通过努力做到的。对她来说，真正的难点或许在于，在这样一部以故乡为底色，又要表现新的时代生活尤其是其变化发展的作品中，如何能够既保持主题表达的鲜明，又保持小说性或者说文学品质，这实际上是乔叶给自己出的一道难题。

应该说，在乔叶可以把控的范围内，她已经达到了相当的成熟度和高度。从这一角度讲，我认为《宝水》的基本构成是：一个人物，即地青萍。两个或三个故事中心，一是正在悄然发生变化的宝水村，这是地青萍身处其中的环境；一个是她的故乡福田庄，以及福田庄引出的予城、象城。她以某种看似不经意的方式，让宝水和福田庄发生关联，在互相映衬中展开更加广阔的人物世界和更加复杂的故事线索。地青萍和死去的丈夫豫新相识、相恋、结婚、育女的人生历程，使得小说没有停留在今日宝水巨变这一个点上，而是随着地青萍的思绪不断延展。小说以宝水的现实生活为主体，适时加入地青萍将之与福田庄的比较，书写她因这比较产生对家族、家庭的回忆。这些回忆里有甜蜜也有苦楚。这些生活内容同样属于地青萍，但又和宝水的现实不具有直接交集。这样，乔叶就很好地实现了她的创作目标——既写出新时代条件下宝水发生的历史性变化，又表现出北方农村以及它的子民们的乡愁。小说中写到的死亡基本上都发生在地青萍的家庭里，丈夫、父亲以及奶奶。这些生离死别的故事跟小说主体有什么关联呢？你可以说没有，但其实它们之间的内在关联是很直接的。读者可以看到宝水村一天比一天更好的变化，又可以感受到一种生活里的不易、艰辛，人与人之间复杂多重的纠缠，以及情感上的纠葛。这就让小说有效地突破了很可能出现的题材隐忧，即因为重在主题新变而可能带来的对文学性的损伤。或者，如果作者为了保持文学性，在表达上所犹豫，便又会导致主题上的淡化。通过地青萍引出的多重世界，乡村振兴的实践和乡愁乡恋的情感融为一体，让人读出振奋，也读到某种神伤。这是乔叶小说智慧的体现。我以为，她所有的设想和设置里，对这样两种色调不同的乡村景象或人生景观的构想，再加上她努力不着痕迹的表达，是水平很高的构思与谋划。要把一种热烈的火红和某种淡淡的色彩糅合到一起，还让人可以自然而然地接受，实属不易。这种处理的对比性，我们其实可以从小说中两位奶奶的去世情景看出。地青萍自己的奶奶去世是一件让她感到难过的事情，而宝水村的九奶去世，首先是被定性为"喜丧"，然后整个吊唁和出殡过程，变成了全村人乐于参与的仪式，成为乡村仍然要发展，民风变得更加向善向好的佐证。小说甚至就是在这场喜丧结束的同时收尾的，留给人们的是一幅祥和的现代乡村生活图景。在乔叶笔下，这种对比绝不是刻意的，也并不强烈，它们在不经意中达到了各自所应达到的效果。一个预示着新时代生活的变化，一个则勾起人淡淡的、无尽的乡愁。

也是从这个意义上说，《宝水》在生活场景的一体化和多样性，传统与现代的对比和共存上，既使小说保持着生活的质感，又不失与时代生活包括同当代小说创作潮流相适应的现代性。那些大量穿插其中的地方知识以及方言俚语、民间习俗，不但没有让小说回到从前的老路上去，而恰恰是使其在朝前走的路上添加了独特的文化标识。乔叶带着浓郁的故乡情结，强烈的故乡感进入她所要描写的乡村世界，小说多处不惜以超然的叙述者口吻，用带着思考的语言叙说着"故乡"和"老家"的内涵与意义。每一章开始，地青萍打算随老原去往宝水村时，故乡、"老家"就成了他们探讨的话题。第三章的"烧路纸"一节，基本上是以地青萍的口吻，独白式的语言，探讨"老家"对一个人究竟有什么意义以及意味着什么。当然这种思考并没有跳出人物生活的环境与氛围。"老家意味的，是亲人。哪怕他们已经死了，但只要他们在那里活过，死后也埋在了那里，那么，你就是老家的人。"

当代作家如何面对传统题材，直接地说，当代小说如何表现正在变化的乡村，以及在变与不变中如何处理和把握它们的关系与比例，如何在小说的地域性、民族性和现代性之间寻找恰切的融合方式，地方性如何能成就现代性，现代性怎样包容并且激活地方性，这些既是需要深入探讨的理论问题，也是需要在实践中不断探索的创作问题。在这个意义上，《宝水》提供了重要的启示，为如何书写乡村生活的新与旧、变与不变，提供了更多思考，值得珍视。

《中国当代文学研究》2023 年第 3 期

小说让庸常变得不庸俗

——张哲小说读解

我不认识张哲,因为其作品入选"21世纪文学之星"丛书,可以断定是一位青年。因为要作这一篇短评,通过一次电话,方知是北京的一位年轻女编辑。

她的小说却展现着另一种气息。

张哲小说的题材多是关于日常生活的。关于家庭,关于婚姻,关于庸常生活里面那些难耐的、无奈的元素。看不见的波澜,却非常牵动人心。有时有一点喜感,更多时让人感到说不出的悲凉,然而又夹杂着某种感动人心的温暖。并不那么都市化,也不那么年轻得让人陌生,很有阅读的价值,也很值得玩味。

准备写张哲小说的这篇短评时,我正打算重读福楼拜的《包法利夫人》。小说其实只读了译者李健吾先生的《译本序》,倒是找来观看了一部英国拍的同名电影,比较切近地重温了一下小说主题。进而还观看了一部法国人摄制的"衍生"电影作品《新包法利夫人》(中译名)。观后感慨良多。不知道为什么,这两部电影以及李健吾的译本序,倒切切实实地让我忽然联想到了张哲的小说。从文化环境到历史语境,它们并没有直接关联,但有一点似乎非常相近,那就是,小说总会面对这样的主题:表现人们是多么恐惧于、不甘于过一种平庸的生活,然而打破这种平庸的格局,必定会付出昂贵的甚至生命的代价。平淡甚至寡淡的生活,平凡或者无聊的人生,通过什么以及如何才能改变?如若不能改变,又将如何一天接着一天地去面对?这些问题其实已经超出了小说的范畴,或者说,小说里不可能有现成的、普适的答案。但小说至少起到了一个作用：庸常的生活即使无法改变，但一经成为小说故事，就有机会变得生动，变得并不庸俗。这就是小说的功能。

张哲很擅长描写人物的微妙心理，并将这种心理拉长为充满矛盾冲突的故事。《二手玫瑰》写了一对夫妻，丈夫林见福似乎沉闷内向，过着百无聊赖的退休生活；妻子白玉贞看似狂放不羁，总想开宴会，保持某种她理想中的生活状态。二人在外人面前一副恩爱的样子。然而，表面的平静下面却有掩藏不住的寂寞。白玉贞过惯了场面的生活，却只能以自己的朋友如何风光为话题向儿媳妇梁月显摆。林见福心里总回味着曾经的部下汤茜茜如何委身于自己。小说的高潮，是白玉贞难耐无聊，以宴请林见福部下为理由自摆酒席。众人聚会时，林见福从同事那里知道了汤茜茜早就跟现任领导走到了一起，白玉贞则只想让宴会继续下去。在这种严重的心理分离中，林见福喝多了，眼里所见和心里所想都是另一个人，醉眼蒙眬中顺手将一支塑料玫瑰花拿来献给了白玉贞。苦酒、闷酒，表达的是心里的失意，而白玉贞仍然满足于场面的热闹和风光。充满讽刺意味的一场家宴，几近于一场闹剧，然而来客和主人心理上互不沟通，只有小说叙述者掌控着内里的隐秘和内在的节奏。要说小说没有故事，处处都是对话和情节；然而要说其故事性很强，又没有一个集中的故事。即使是林见福跟汤茜茜的往来，也只在林见福的回忆中闪现着一点踪迹。但众人的言语交错中，林氏夫妻各自只管自己的内心活动和行为细节，构成了一幅有点讽刺又有点辛酸，有点喜感又有点悲凉的人生图景。林见福醉后躺在妻子怀里，白玉贞认定即使自己已不再是当年的"白总"，但毕竟还有林见福可以依靠，不能不说又是一种含着真情的生活画面。

年轻的张哲喜欢观察中老年人的生活，很擅长描写中老年人复杂的心理和情感。其笔墨的分寸和尺度，让人读出一种新感觉小说的味道。《金花》讲述了一个叫冯金花的月嫂在主人家里发生的故事。冯金花有丰富的带孩子经验，这让年轻的母亲陈茉始终没有办法超越，不得不让她来安排育儿的一切事宜和规则。小说一方面叙述了陈茉如何伸出援手，帮助冯金花渡过生活里的难关；另一方面又在带孩子的问题上同冯金花进行着女人间的敏感的、看不见的较量。小说的结尾，陈茉眼看着冯金花可以很轻易地让哭闹的孩子安静下来,自己身为母亲却做不到,心里有说不出的滋味。到最后,已经需要到教室上课的孩子安安却不认识照片上那个曾经让他安然的阿姨金花是谁,这让陈茉内心产生了很大触动。这种触动是什么?究竟是作为母亲最终得胜的喜悦,还是分离带来的陌生感让人茫然?作者没有直说,只说这情景让陈茉"延展"出"欲说还休的记忆",或"欲罢不能的断念"。这就是小说的意味,张哲有信心也有耐心表现出一种小说才能传递的意味。

张哲总能写出个人状态的跌落以及家庭生活的裂缝,并以其尖锐和耐心描写这其中翻卷着的波澜。但你会发现,她又常常情不自禁地为笔下的人物寻找着心灵的归宿和精神的依靠。回归家庭,回到那个最初的原点,在那里得到真正的慰藉和安宁,这几乎就是张哲自觉寻找到的小说主题。《解语花》特别能说明这一点。小说写一个叫查玲的少妇,丈夫因病去世,一个人过着寡居生活。遇到一位叫谢淼的游泳教练后,她的生活发生了变化。有了约会,有了温情,有了挂念,人生突然间充实和丰富起来。为了和谢淼顺利地相处,她把家中有丈夫的照片都隐藏了起来。然而正是因为谢淼偶然间看到她与丈夫的一张合影,这段各怀心思的情缘立刻被斩断。谢淼再也不敢来纠缠她这个"有夫之妇"了,丈夫虽然早已离世,却仍然是查玲最可依赖的保护和支撑。感情的回归几乎是逆转式的,却体现出挥之不去的执着与定力。查玲意识到,自己的人生根基就是这个家庭,"根是春海,枝是查玲,根的存在只为了枝头那一朵红霞的花"。"解语花"因此成了一个可以笼罩整篇小说的象征。

年轻的张哲似乎特别愿意探究比她长一辈的女性心理,特别想走近她们的生活,理解她们的内心。就此而言,她的小说多采用女性视角,人物却又并不那么年轻。她以老道的笔法做善解人意的书写。那些故事里包裹着生活的不易,人生的难题,无论是困局还是尴尬,最后的钥匙,都掌握在人的内心以及心与心的沟通中。《鲣》就是那篇让我联想到《包法利夫人》的小说。小说的主人公李鸳是一位追求时尚生活的都市女性,无论她在感情和职场上遇到过多少坎坷,但她给人留下的印象和保持的形象,永远是光鲜的样子。去国多年后回来,一身名牌证明着她的成功。然而小说情节急转直下,原来李鸳过着"我"并不知情的悲苦生活。国外的丈夫银铛入狱，自己不得不通过骗国内的同学朋友度日。在初中同学群里，"我"是唯一不想让大家对李鸳开骂的人，结果却被"踢出"了群聊。小说很有代入感地把"我"和李鸳放到了对等的地位上。小说故事由此变得复杂而开放，把李鸳以及与其相关的生活层面一点点打开。故事变得多重而好看，在此过程中写出无法把控的人物命运。李鸳和"我"曾经是那样天真无邪，对生活充满美好向往，然而在现实的残酷面前，心中的美好却渐行渐远。在写出生活残酷的同时，张哲更写出了一种内心的坚韧，一种对人的理解的努力。"鲣"也是一种隐喻，即使不能同李鸳或"我"完全对位，但它的确让人产生联想。"它们善与鲸鲨为伴，是饵料，是盟友，为鲸鲨采集食物，故受其荫庇，形成特殊的共生关系。"张哲没有点明这一隐喻与人物的对位关系，既是因为二者不完全对位，也是因为不忍心对位，但其指向却不言自明。同时我还要说，在叙述这些故事的过程中，作者有一个始终不放弃的理念，那就是对人物的同情与理解的追求。

可以说，张哲理解同代人以及上一辈人的执念，会让人产生一种"老吾老以及人之老"的印象。《此情可待》里的老屈和廖老头，他们对女性的尊重，对孩童的关爱，都让人读出一种天然的善良和美好的人间真情。《女人四重奏》则又是张哲对中老年女性生存状况的集大成式叙写。每一个人都有自己的命运，人生也各有波折，让人唏嘘不已的同时，人与人之间的那种友情、相互间的关爱，一样使人印象深刻。《共生的骨头》有一点悬疑味道，无论是人物设置还是故事走向都不无极端之处。然而作者在叙述过程中流露出的暖意，却分明可以透过那残酷的事件感受得到。张哲尽了自己的全力把握着小说的主题走向和意旨所在。

在此次集中阅读之前，我对张哲的创作留意不多。而集中阅读的最大好处，就是能够比较全面地了解一位作家的创作风格和总体特点。我以为，张哲小说还有一点也体现出她写作的沉着和老道，那就是她的小说其实很有北京地域特色。尽管除了《鲣》和《女人四重奏》外，她很少在小说中直接写到北京这个城市的名字，但那些人物对话，尤其是叙述语言中散发出的味道，让人感觉到这就是发生在北京这个地方的人和事。她并不表白和彰显"京味儿"，但语言很有地域的特点和味道。那种味道，是在人物对话的碰撞中迸发出来的，也是从叙述者的文字中流露而出的。张哲并不为这些词语做任何一点解释,以显示自己的地方知识及其优越性。比如《女人四重奏》里的"烟买熊猫或者中南海,再从护小给我买二两炸松肉",这种随手就写,语言节奏极快,来不及也没想着要解释"护小"含义的写法,倒在不修饰中体现着一种自然流露的状态。张哲小说里那些女性的性格和表达方式,也都有一种扑面而来的生活气息,而且体现出某种北方人的性格特征。人物相互间的调侃和自嘲也颇有意趣。

  数量并不算多的中短篇小说作品,已经显示出张哲独特的创作才能。如果能将生活的扇面打开得再宽展些,将故事的层面和冲突的线索构设得更复杂些,她一定会迈上更高的创作台阶,展现出更广大的小说世界。

《中国当代文学研究》2023 年第 1 期

喜感之外，喜感之上

——对张者小说风格的解析

近日读长篇小说《远水》，发现那个熟悉的张者又回来了。宏大的背景，严肃的主题，轻度的喜感，却一样能上演悲欢离合，生离死别。不禁又联想到他之前的很多小说，并想谈谈张者究竟是一位什么样的小说家。

一

作为小说家，张者的代际定位似乎是模糊的，这与他的年龄和创作都有关系。他的小说体现出某种不确定性。说不确定，似乎也不是很准确，比如题材，他先写知识分子生活，后来又写了抗日战争题材，近几年又在"兵团"题材连续推出长篇新作。这当然也可以理解为一种题材上的拓展和丰富，但我又感觉到，这一过程中，张者也在试图寻找最适合自己的小说定位。在价值取向上，张者的小说喜感很强，这与他要表达的主题之间究竟是什么关系，利弊得失如何评价，的确也是令人纠结的问题。张者的创作从题材上看主要有三类，一是大学校园即知识分子题材，以"三桃"系列《桃花》《桃李》《桃夭》为代表，也是他迄今最具影响力的作品。二是关于"兵团往事"的叙述，有《老风口》和《远水》两部长篇先后出版。三是革命战争题材的创作，《零炮楼》的出版和同名电视剧的改编，证明他在叙述故事方面确有自己独特的一套。问题来了，张者是如何把这几种看上去互不关联的题材糅合到自己的创作中去的，它们在形态上又有哪些异与同可以让人斟酌呢？

二

我是从《桃花》开始认识张者小说的。说实在的，中国现代以来知识分子题材的创作从来都是含有一种喜剧性在其中的。因为知识分子，无论是传统的还是现代的，其胆小和懦弱，其功名心和贪欲，其知识上的优越感和生活上的低能力，都会在关于他们的故事中带出某种喜感。同情也罢，嘲讽也罢，轻度的喜感肯定是看点。从鲁迅的《孔乙己》《幸福的家庭》，到钱锺书的《围城》，再到王朔的《顽主》。作家所处历史方位不同，自身的学养和身份不同，对待笔下人物的态度也自然多有差异。但有一点或许是一致的，那就是小知识分子或将自己定位为知识分子的人物，他们身上即他们的性格和行为当中，不时会透露出某种喜感。或搞笑，或滑稽，或因为太过自以为是，或出于在现实中遭遇窘迫。这似乎成为一种题材处理上的传统风格，张者还能有多少花样翻新吗？而由其"桃"之三部曲，却分明可以读出一种属于张者的喜感。有点滑稽，有点轻佻，有点讽刺，又不无同情。人物的身份定位明确，又夹杂着某种市井气息，谈吐中不乏所谓的学问，又流露出赤裸裸的利欲熏心，校园生活的秩序背后又有某种纷乱不堪。张者总是能够紧紧抓住关键人物、关键故事，在小说筋骨之间加进自己的议论。通过对背景的交代，烘托出一种只有当时当代才有的大学校园氛围和知识分子生活。"知识经济时代，把导师称为老板是高校研究生的独创，很普遍的。"老师变成了老板，接下来发生什么故事都不奇怪。张者写出了知识分子庸俗的一面，知识本身也可以变成攫取利益的工具和手段，身份、头衔也可以变成行走江湖的名片。这其中当然不乏知识性的渗透和散发，让小说平添了某种看点。可以说，人物故事、校园环境、知识趣味与油滑戏谑、调侃玩闹、嬉戏取乐混杂为一体。人物形象并没有变形，事件仿佛就是生活中发生的种种，令人感到陌生好奇而又似曾相识。

三

张者本来可以在校园生活、知识分子题材上一路开掘下去，强化自己的风格,确立自己的"品牌",寻找自我的突破。但他似乎注定不是一个固守一地的人,他想尝试各种题材。他想实验,更想证明。于是,我们读到了他讲述抗战故事的《零炮楼》。不过,你一样不要期望读到一个描写正面战场的抗战故事。张者笔下的抗战是与普通中国人的日常生活密切相关的,而且一样不无喜剧色彩。但这种色彩主要是通过作者的叙述语调制造出来的,人物的行为仍然保持着主题需要的应有的严肃性。将人物取名为"二大爷",叙述就不可能不是口语化的。在作者独特的叙述语调中,这些故事多少有点变形,但最终保持着正义战胜邪恶的道义要求。这种将抗战重大主题同百姓日常生活相对接的做法,其实在小说史上也是可以追溯。比如马烽、西戎的《吕梁英雄传》,从为人物起名,到故事叙述,都有一种特别的味道,轻度的喜感与分明的爱憎相协调,日常生活的情景与同仇敌忾的战斗相交叉。从全民抗战的意义上讲,这种叙事符合历史真实,也使作品具有强烈的小说气质,很耐人寻味。《零炮楼》在一定程度具有相同的意味。当然,其故事的走向、高潮以及结局的制造,又显现出更强烈的动作性和夸张色彩。其中的得失自然还有很大的探讨空间,不过张者的小说风格倒再一次在新的题材下得到验证。

四

张者最近的两部长篇小说,是《老风口》和《远水》。他又回到了原点,回到了自己记忆最深刻,也是最熟悉的地方:兵团。在新疆当代发展史上,兵团创造出来的这一段历史,充满了传奇故事。这种传奇性,一方面,来源于从天南地北来的一大群人果真创造出了人间奇迹,另一方面,也源自这一奇迹发生的进程中,又有多少人的命运因此改变,发生了许多悲欢离合的传奇故事。所以这无论从哪一个方面来看,都是文学的好题材,是创作的富矿,值得书写,且值得反复书写。在写兵团历史的小说中,曾经给我留下深刻印象的是董立勃。他的《白豆》《烈日》等一系列兵团题材中长篇小说,曾经为当代文坛带来了一股清风。兵团的往事如此复杂,令人如此动情,浪漫中又有悲情,奋斗中不无辛酸。这在之后读到同样是兵团环境下成长的张者的小说,却又为读者打开了兵团历史的另一面。在我看来,《老风口》是张者用力最大,构思最精心,叙述上的特点最鲜明的小说。相对而言,也是张者最为庄重的一次创作。小说中设定了一个或不止一个特别的叙述者,可以分别使用"你""我""他"三种人称来完成叙事。这种叙述方法具有灵活性,让小说显得格外灵动。一部长篇作品里不时会出现抒情的段落,这种抒情十分真挚,也充满了画面感。"你还记得那遥远的胡杨林吗?就是那枯死的胡杨林呀!那沙漠边缘的林带不知死去了多久,树叶早已落了,树枝也被大风刮去,只剩下干枯的树身。"这是小说的开头,紧接着的第二节开头就对此做出了回应:"我当然记得那遥远的胡杨林,因为我就出生在那胡杨林边上的军垦连队里。那个兵团的连队叫26连。"这一呼一应,不但让叙述变得鲜活,同时也交代着故事的背景,推进着故事本身。由《老风口》仍然可以看出张者隐藏不住的嗜好,那就是想来一点轻松与喜感,但他又很好地控制着自己,努力地,同时也是自然地完成了一次认真、严肃、庄重的关于重大历史、重大题材的叙述。因为所有的故事都是由一个不见踪影的、事先设定的叙述人来"间接"推动的,这种间接性却产生了意外的效果——作品的小说性明显增强,故事背后的意蕴能够让人感知,对一段重大历史的叙述总是带着真挚的感情。《老风口》是张者的一次十分投入的创作,也是一次饱满的完成。人物鲜活,故事传奇,奇特而不无喜感的故事后面,有对历史的思考,有对人物情感的理解,有对土地和土地上人们的深情。这些都保证了这部作品的正剧色彩和主流品质,是张者创作历程中的又一个高峰。

五

《远水》是对《老风口》的续写,更准确地说是《老风口》的"喜剧版"。小说的题材一致,仍然是兵团生活,年代背景大体一致,写兵团的创建与发展史,故事展开的层面也很相似,即兵团的建设过程中,个人命运在其中的沉浮。小说中的环境、人物也有共同点,如26连、胡一桂,等等。小说在叙事上也采用了不同叙述人以不同视角介入故事的方法。基本上是奇数章节为全知全能视角,偶数章节则由主要人物黄建疆(黄老斜)的弟弟作为叙述人来补充故事、评价人物,努力使故事立体化,使主题层次更多，内涵更复杂。

有了《老风口》，为什么还要有《远水》？很显然，张者眼里的生活、笔下的人物必须以他最擅长的方式再出场一回，否则他肯定是憋得慌，欲罢不能。《远水》具有刻意的喜剧化设置，同时又努力想要强化纪实性。刻意的喜剧化设置，表现在主要人物黄建疆的相貌、性格设定上。他从出生时就显出异样，因为父母忙于建设，根本无暇照顾刚刚出生的婴儿，黄建疆活下来了，却成了斜视，而且像他这样的孩子在周围还有很多，及至他们长成少年之后组成了一个专门的团队。因为这个生理上的小小局限，黄建疆不但得到了一个比真名还要流传更广的绰号"黄老斜"，而且他的命运也因此一波三折，充满荒谬、荒诞、荒唐。他天生聪明却性格乖张，上学时纪律性远比学习要差。因为无法正视别人而常遭误会、常受批判不说，高考时都因此被判作弊。从此他走上了命运的不归路，几经磨难，几经沉浮，让人忍俊不禁又哭笑不得。小说的最后，张者却来了个急刹车和大转弯——即使蹲了禁闭也依然桀骜不驯的黄老斜，突然变成了一个大英雄。他凭借自己独有的聪明和警觉，顺藤摸瓜地发现了恐怖分子的培养之地。在一举打掉这个隐患之后，黄老斜不但受到了表彰嘉奖，而且成了人人信服的黄连长。这个光明的尾巴在充满喜感故事的一路狂奔中出现，本身就是小说喜感的一个来源。

然而，正是通过黄建疆这个人物，通过有点变形、有点夸张的一连串故事，张者却推导出一个重大主题：兵团人从一开始就是奋斗者、奉献者，可以说是献出青春献子孙。他们无怨无悔，充满革命乐观主义精神。人物身上的喜感，也是这种乐观精神在故事里的体现，二者可谓做到了最大程度的融合。虽然我有时候觉得张者有在喜感的路上狂奔的嗜好，有些情节略显夸张甚至有油滑之处。但不可否认的是，兵团人整体上乐于奉献，即使条件艰苦，却仍然十分乐观，奋斗不止，坦然接受命运的安排，努力在奋斗中实现人生价值。黄建疆这样的人物，你可以认为他没有规矩，不懂方圆之术，但他从未怨过任何人和事，总是以饱满的热情去做自己想做、愿做的事。他最后的立功看似偶然，有点像《阿甘正传》里的阿甘总是偶然成功一样，但偶然中又有着必然，那就是他热爱兵团，热爱戈壁，热爱新疆，热爱这里的人们。就此而言，黄建疆是一个可知可感，生动鲜活的形象。

纪实性是张者在《远水》里故意留下的印迹。首先，作为一部小说却插入了大量关于兵团人的历史照片，有劳动的情景、生活的场景、人物的形象、自然的风光，虽不求图片的精美，却无一不是真实的历史中留下来的老照片。这些照片与虚构的人物故事相配合，夸张的小说故事却有与正史相融合的感觉，这同时也是一种小说设计上的小小创意吧。其次，张者历来都在写自己熟悉的生活，无论是大学还是兵团，都是他长期生活、浸润其中的环境。《远水》是张者全方位展现其生活痕迹的作品。他成长的新疆兵团，故乡河南乡村，西南城市里的大学，都在小说里不时出现，对巴蜀自然风光的留恋也是小说叙述人反复提及的，而张者正是居于此间的作家。小说的第一节里，身为高中学生的黄建疆"不无深情地说：'我的那方水土在四川，那是我母亲的故乡，在嘉陵江边，那是一个美丽的地方，那是我心中的远水。'"。这是一种假定，也是一种纪实。"远水"的题意原来在此。眼前的戈壁滩上，小小的绿洲叫作"一碗水"，足见其小、其珍贵。而那个叫"远水"的地方，才是梦中的家乡。然而，无论是命运的安排还是自主的选择，黄建疆和他的伙伴们，就如同他们的父辈们一样，始终没有离开"一碗水"，没有离开这个他们奋斗的地方。比起情节和信息上的纪实，这种人生信念的真实表达才是最大的纪实吧。张者努力这样表现，也很丰富饱满地做到了。

轻度的喜感几乎成了张者小说的标识，自然也是他不会放弃的风格。作为长期关注他创作的读者，我也能最大限度地体会、理解他在喜感背后所做的努力，所要传达的严肃主题。当然，我还不得不说，毕竟更多的读者是凭"第一印象"定位作家作品的。就像黄建疆因斜视容易让人产生误会一样，充满喜剧感的故事背后，也有一个如何做好表达的问题，包括对故事本身的夸张、变形也有一个分寸拿捏的课题。在此意义上讲，张者今后的创作或许需要在保持自己一贯风格的同时，进一步思考如何处理正与喜，夸张与真实，轻松故事与严肃主题之间的关系。喜感之外要产生怎样的外溢效应，喜感之上应如何达到更高的境界，这是他在保持小说的灵动鲜活和自我风格的同时，要在实践中让自己的创作逐渐走向成熟和深化的命题。最后，我还想借用鲁迅的观点和张者探讨一下小说分寸感的问题。

虽然这一定是他已知的道理，但仍然可以说一下。鲁迅在谈讽刺艺术的时候，很突出地强调过两个观点。虽然张者小说的喜感并不等同于讽刺，甚至就不是讽刺，但毕竟在道理上是通用的。

鲁迅在杂文《论讽刺》里写道："我们常不免有一种先入之见，看见讽刺作品，就觉得这不是文学上的正路，因为我们先就以为讽刺并不是美德。"这是意在纠正批评界或文人学士的一种偏见。"其实，现在的所谓讽刺作品，大抵倒是写实。非写实决不能成为所谓'讽刺'；非写实的讽刺，即使能有这样的东西，也不过是造谣和诬蔑而已。"这是对读者和作家的双重告诫。

在《什么是"讽刺"？》一文里，鲁迅写道："'讽刺'的生命是真实；不必是曾有的实事，但必须是会有的实情。"又说："如果貌似讽刺的作品，而毫无善意，也毫无热情，只使读者觉得一切世事，一无足取，也一无可为，那就并非讽刺了，这便是所谓'冷嘲'。"如果把文中的"讽刺"一词置换成我所说的张者小说的"喜感"，在一定程度上也是适合的，如是，这道理对我所论的张者而言也是适用的，至少是有启示价值的，或者，至少可以拿来一起讨论一番小说创作道理的。鲁迅在《漫谈"漫画"》里也讲过类似的道理。或许"漫画"更接近张者的"喜感"，不妨再引用几句供我们一起思考："漫画的第一件紧要事是诚实，要确切的显示了事件或人物的姿态，也就是精神。"漫画"当然也可以不假思索，一挥而就的，但因为发芽于诚实的心，所以那结果也不会仅是嬉皮笑脸"。我觉得其中的道理，张者在很大程度上做到了，但作为创作的理论，也有需要经常去体会、把握之处。不知张者以为然否？

《当代作家评论》2022 年第 5 期

最先锋的新拓展

——孙甘露《千里江山图》读札

只要提到孙甘露这个名字,立刻就会涌起20世纪80年代的文学记忆。他甚至只属于80年代,属于曾经一度是中国当代文学主潮的先锋小说。等我再到"线下"认识孙甘露时,离开80年代已经差不多二十年,一切都已物是人非。先锋文学也基本上成了一个历史概念,对经历者还算是记忆中的昨天,对更年轻一代的人来说,不过是文学史教材中的一两个章节。现实中的孙甘露完全不是我想象中先锋小说家的样子。他谦逊、热情、周到、低调、随和,让我这个整天处于俗务中的人觉得远不能比,遥不可及。他让我怀疑,这是一个蜕变了的孙甘露吗?他身上还有小说家的气质吗?

孙甘露是先锋小说家里"最先锋"的。因为他在这一方面起步早,成名快,代表作传播广,文学史研究提及率高。还有一点,绝大多数先锋小说家仍然坚持走创作的道路,但随着创作的深入,他们中的多数已转向另外一路,更贴近烟火生活,更愿意写实。这么多年里,还经历了谍战小说的潮涌,悬疑小说的惹眼。而孙甘露,似乎还一直停留在先锋小说的创作里。他的创作仿佛停在了当年的高峰之处,所以也没有办法判断他是否转型。

《千里江山图》是一张答卷,小说家孙甘露回来了。"沉寂"了这么多年,孙甘露的小说配得上这个气势恢宏的标题。而且,更让我兴奋的是,《千里江山图》是"硬核"的重大革命历史题材,又是极具故事强度的长篇小说,同时其叙述格调还保有新鲜的、充满活力的、动人的、让人着迷的先锋意味。他符合我的阅读口味,印合了我近年来一直强调的长篇小说创作正在走现实主义与现代性、严肃小说与流行小说不断融合之路的判断。是的，以上所有这些说法，仿佛在《千里江山图》里一壶全收了。这让我相信，这些年，不管孙甘露在忙什么，内心始终放不下对小说创作的执念。这让我想起卡夫卡的那句名言，不过我想把前后两句话倒置过来借用一下：他的工作是把房间的一角刷白，他的理想是做一名艺术家。

一、定格化的人物出场

《千里江山图》正面书写了20世纪30年代初，发生在上海的一场惊心动魄的地下党与敌人进行的殊死斗争。因革命需要和形势所迫，中共中央需要从上海转移至瑞金。这一重大决策事关太多绝密信息和秘密行动，包括浩瀚这样重要人物的转移，"千里江山图"是这一行动的代号。而国民党一方则竭力破坏这一行动，追杀参与其中的共产党人。一场殊死较量在看得见和看不见的两条战线开始了。所有这些，从小说写作的意义上讲，是一个可以想到的故事外壳或背景铺垫。孙甘露把这故事揉开了、化开了，按照自己的方式进行了重新组合、拼贴、推进。小说的章节没有标明序号，这在一定程度上暗示着，不同的章节如果进行次序上的微调、置换，似乎也是可以的。小说在线性逻辑上有预谋，但在情节上并非完全按顺序排列。

开场是一次秘密会议的集结。人物，正反两方的人物逐一出场。这个出场的方式有些特别，仿佛是戏剧导演在为即将登台的演员塑型，设计他们各自不同的亮相方式——如何各有样态以示区分，又如何排列组合聚在一起。这个描写的过程中，没有对人物身份的介绍，也没有对他们形象、面目的描写，仿佛在聚光灯的照射下，人物一一登台亮相，有一种说不清楚的气氛上的紧张感。

首先是卫达夫，一出来就"感觉今天有点异样"；接着是易君年和凌汶，他们结伴而行却又背对背说话；再接着是秦传安，在关于音乐的描述中紧张地看表；然后是田非，秘密会议室的落实者，他的动作是不停地"摸摸口袋"，保证最重要的物品都在；接下来是崔文泰，他在进入会场前很认真地吃了一碗猪杂汤，是佯装淡定还是开了个小差，与后面的情节有所呼应；最后是林石，他在观望，也在看表。

这样的出场方式有一点戏剧化，而且还是定格化的，作者即是导演，为每个人物塑型，同时也让他们依次出现在舞台上，营造出一种特殊的紧张气氛。是的，营造，此外不需要任何字词描述这种近乎窒息的紧张感。定格化，人物由此一个个立在舞台上摆出造型。

会议还没有开始，紧张的气氛开始变得纷乱。抓捕他们的人出现了，于是开始了对一场逃离的描写。重点是崔文泰，他似乎真的害怕、恐慌，而且又是借"猪肉"脱身。直到最后知晓了这位的命运才能意识到，孙甘露的这一描写实为妙笔。他会写，而且沉得住气。

反派人物的出场相对简单，但当秘密会议的六位成员被捕入狱后，关于审讯的现场描述再一次呈现出聚光灯下的舞台效应。游天啸审讯董慧文的情形仿佛是从某一部电影里剪辑下来的。且看这一段：

> 游天啸摁灭烟蒂，像变戏法那样，从卷宗袋里摸出一沓照片，码齐，正面朝下放到桌上。他从里面抽了一张，在手上晃了晃，脑袋向后仰，装腔作势地把照片送到董慧文的眼前：
> "是他吗？"
> 董慧文愣住了，她看到了照片上的自己。
> 游天啸缩回手，看到照片上是董慧文，扔下照片，又换了一张。
> "我不认识这个人。"

上点年纪的读者，一定会联想起某个电影画面。类似这样与人物身份相吻合的程式化描写在书中还有很多。这是孙甘露区别对待人物的一种预设。反派人物是类型化、程式化的，但很有表现力，足以引起读者注意。人物动作的程式化、标准化、身份化，目的是造成一种效果：让众多片段式、碎片式的情节组合成一个完整的故事。

在《千里江山图》的叙述过程中，不断出现新的人物，这或许不符合通常的长篇小说写法。过多新的人物出现，会给人一种借新角色来推动情节发展、影响故事走向的印象。但《千里江山图》却属于另外一种情形。

主要角色定位后，其他角色就以符号化的形式出现。他们在某个环节上起某种作用，然后悄然退场。在先锋戏剧里，这似乎是允许的，甚至是一种表现手法。当然，小说后半部转移到广州展开大量情节，新环境中出现新人物也属合理。像莫少球、老肖以及"孟老"这些人物的出现都比较晚，但在小说情节链条上又各自起着不可替代、不能删除的作用。

在中共地下党的重要人物当中，浩翰基本上没有出场，他是个传说，只是在最后时刻闪现了一下。老方也是被人提及比直接出场更多的角色，龙冬同样如此，读者也是借人物的各种转述完成对革命、牺牲过程的认知。小说里最重要的正面人物陈千里，也并非在小说开头就出现了，但这完全不影响他在书中的中心位置。因为之前的描写足够紧张，所以陈千里一出场就置身于某种浓郁的气氛当中，接下来就看他如何施展身手了。

作者在第一节里就让众多人物逐一出场，核心人物陈千里又迟至第六节才出场。这种特殊的戏剧化处理，让《千里江山图》一开始就具备了别样的风采。

二、叙述者的俯瞰式观察

孙甘露让人物逐一出场，并在他们亮相时为之打上不同色调、不同亮度的追光灯，分明让人感觉到一个叙述者的存在。他掌控着灯光的方位、色调、亮度，也调遣着人物的位移，为他们交错、相遇制造机会和路线。这个从来都没有以任何形式跳出来的叙述人不可见却可感，可以确认其存在。这个叙述人不是高高在上，但明显站位更高，几乎是俯瞰式地观察着正在上演的一切，故事的走向，最后的结局，人物的命运，都逃不脱这个叙述者的调遣。这个小说叙述人如同一双眼睛。但我必须说的是，孙甘露没有把它写成一双冷眼，这双眼是有态度的，当它穿透人物表面，直抵其内心时，所进行的描写分明是有态度、有温度的。叙述人和小说人物有时会重叠，有时又明显分离。比如写陈千里出现在大光明大戏院，"戏院门旁，那幅表现主义风格的巨大招贴画上有中意两种文字"。其中，"表现主义风格"这个观感和结论，是谁下的？是陈千里还是孙甘露？我认为是叙述人代为表述的。当陈千里与易君年首次面对面时，双方的心理战是通过动作描摹完成的，同时也暗示了故事的走向。"易君年又点上一支烟，脸上忽明忽暗。陈千里觉得自己看不清对方的表情。"其实看不清的是内心活动。"他在躲闪什么？陈千里心想，夜色中他隐约感觉对方窘迫地笑了一下"，指向已很明显。两人分手后，易君年出门的路上把陈千里刚才递给他的一本《笑林广记》"扔进了一辆路过的垃圾车，拉车的骡子垂着头毫无知觉"。这是一处闲笔，却传达出某种意味。秘密揭开后再回头看，易君年的举止处处流露出他的反派本质。而这些观察和描写，多半是叙述人从看不见的某个隐蔽的高处观察到并告诉读者的。

小说中，中共地下党里有两个内奸，易君年和崔文泰。比起易君年的善于隐藏与狠毒，崔文泰不过是个趋利而动的可悲可鄙的角色。正像一开场他是吃着猪杂汤出场，背着猪肉逃离一样，一切都指向他可恨中的可怜。同时，作者也写出了他尚存的一丝出于卑怯、软弱、恐惧的反省能力。"他从来都不是一个会反省审视自己的人，平生头一回，他惊奇地觉得身体里有两个不同的人，在彼此不停地讽刺挖苦对方。"这样的描述，只能由叙述人代为完成。崔文泰其实无力也顾不得做这样的反思。

《千里江山图》中的许多情节极具画面感。典型如陈千里和死敌叶启年在叶桃墓前的对话式对抗，不但言辞上针锋相对，毫无放松之处，两人的心理动机、内心较量也一样呈剑拔弩张之势，让人观之有沉浸之感。故事并没有动作上的打斗，然而正义与邪恶、胜与负在两人各自退场时的情景描述中已经表现得极其清晰。

写陈千里："他长舒一口气，望向墓地上空，天色不知什么时候起了变化，浓云密布，像是要下雨了。他凝视着叶桃的墓碑，上面只是简单地刻着叶桃的名字和生卒年月，朴素如她在世时的面容。平静，令人依赖，视死如归。"

写叶启年："从墓地到河边的那段路，叶启年完全不知道是怎么走过来的，他面无人色，浑身像被抽去了骨头。寒风席地而来，墓园中的落叶被卷至半空。"

叙述人的态度就隐藏在这看似写景的叙述里。与革命意志相匹配的情感表达，都在语言中流露而出。

用第三只眼观察世界，表现人物，这是先锋小说本来的做法，孙甘露当然深谙此道。但这一回他并非冷眼，而是带着态度去观察，是带着评价去描述。心理描写，既是个人心理活动的外化，同时也是深入骨髓的解剖，真可谓辣手、老道。

三、逻辑线索的高密度运行

《千里江山图》是新鲜出炉的，但我的阅读却始终不能脱离这一个思路：小说里还有哪些是当年的技法，一看就知道作者当年是哪个门派的掌门。而且，我好像还真看出点这方面的门道，感觉非常亲切，仿佛不出所料似的。

现代小说在情感表达上的确变了，但并不是变得冷漠，变成"零度"，而是表达方式在很大程度上变得克制，每个人物都仿佛心事重重，若有所思。情感逻辑没有那么强烈了，小说靠什么运行？逻辑。逻辑推理的合理性，逻辑的缜密性，逻辑的复杂程度，小说家对这一切的调度能力成了创作的重要考验。智性成为现代小说的重要品质。《千里江山图》是重大革命历史题材作品，孙甘露对革命者的崇敬和深挚的感情是完全可以感知到的，而且十分打动人心。但作者却没有跳出来抢叙述人的话语，没有用大段的抒情表达自己的创作意图。他为小说故事发展做了严密的逻辑部署，周密、呼应，都做得非常到位。人物行动本身就体现出大义凛然的正气，生动的描写本身就是一种抒情。《千里江山图》的大结局，身手不凡的陈千里将潜伏在我方的最大特务卢忠德除掉。与此同时，他的战友们，包括他的弟弟陈千元，一个接一个地往塘桥镇上的一个小饭馆集合。这些"客人们很少说话。他们知道小饭馆外面有大批特务，在那片黑暗中躲着很多敌人。他们知道不久之后自己就会被捕，也许会牺牲"。是的，这是护送浩瀚同志安全去往瑞金这一特别行动的一部分。陈千里也知道，"那些同志马上就会被敌人逮捕，还有千元。为了'千里江山图'，他们义无反顾，勇敢地让自己成为'诱饵'"。所有人都为了革命的目标放弃了逃生的机会，大无畏地选择了牺牲生命。写如此感人的情节，孙甘露依然保持着冷峻的、周密的叙述语调。小说最重要的是逻辑线索，即是否可以沿着前面的故事理解人物是受到什么的力量驱动而走到这一步。理解者则会感受到惊心动魄，因为人物看着是去饭馆，事实上是赴死；如果缺乏对故事逻辑的理解，则只能看到有人在饭馆里要酒要菜。

《千里江山图》的逻辑结构呈现为大小涵盖、平级交叉、交错冲突、呼应对位的严密完整。每个人物的行为、言语，最重要的是要符合事先规定好的相应逻辑框架。比如崔文泰，虽是次要角色，却使人印象深刻。因为这个人物从来就是既胆小如鼠又贪得无厌，这决定了他的摇摆性和缺乏目标。他最终被国共两方都视为叛徒，而他本人讽刺性地在一无所有中毙命。他一出场就是贪吃的形象，又靠猪肉逃离危险。他自以为聪明地脚踩两只船，唯一大胆的行为就是监守自盗，以为可以带着一箱金条去过梦想中的好日子，没想到却只得到几个脏兮兮的秤砣和废报纸。他走投无路却仍然贪生怕死，在被抛入水中的最后一刻还想讨价还价。这么一个小角色被孙甘露写得极其真实而生动。从小说叙事的角度讲，就是因为对人物的定位和故事逻辑的设计，使得着墨并不算多的描写十分到位，十分精准。小说中的另一个人物卫达夫也体现了作者在形象设计上的精确。卫达夫被捕后惨遭酷刑，他被诱逼着招供，时时处于心理的临界点上。且看这一段他被吊打时的心理活动："卫达夫又犹豫起来。太快了吧？他想，第一轮他就开始说话，这样他说的话太不值钱了。他们也许会不当回事，那他就白白做了一回叛徒。他决定再坚持一轮。他摇摇头，不肯说话。"卫达夫这是要变节吗？事实上，这是卫达夫作为一个足智多谋的革命者的一种策略。他愿意再多忍受一遍酷刑，是为了达到使敌人麻木的目的，他内心计算的是如何尽力完成使命，而非寻求个人的苟全。这样佯装变节本身就要付出更多更大的代价，就显示出人物勇于革命的勇气担当。正是因为有了这样的前后照应，我们才能从一个人物的故事链条上读出这么多的意义内涵。小说的最后，是陈千里的内心独白让读者彻底知晓谜底。"为了把钓饵直接下到叶启年、卢忠德的嘴边，卫达夫故意被特务抓去，假装叛变。"当陈千里想要从卢忠德那里留下卫达夫的时候，"卫达夫却拒绝了那也许是唯一的逃生机会"。

类似这样的逻辑线索还有很多。"千里江山图"计划、图书馆的秘密会议，一个接一个的险象环生，一个接一个的人物出场，正是在严密的逻辑架构中，这种立体交叉才显得井然有序且生机勃发。

在现代小说里，人物如果既具有类型化特征，又不是用类型化就可以框定的，方可称塑造成功。这可能和我们通常所说的典型塑造还不完全重合。在这一点上，《千里江山图》显示出强大的表现力。陈千里这样的智勇双全者被描写得出神入化，但每一个故事，每一个情节，甚至每一个细节都经得住推敲和追问。易君年、凌汶的对手戏，加上龙冬的非直接出场，三者构成的三角对战，相恋相杀中的正义与邪恶之分，其实很容易掉入传奇故事讲述的漩涡中，但孙甘露让故事保持了应有的强度、厚度和温度。道义的力量在其中起到重要的支撑作用。叶启年的老辣狠毒，他对卢忠德的控制，因为女儿叶桃之死而对陈千里的仇恨，他最终的黯然神伤和挫败，分布于小说的不同章节里，成为另一条贯穿全篇的线索。可以说，反派人物是类型化为主而适度点染其各自的个人性；正面人物是在强化其个人性格、足智多谋的同时，又能够将他们共同的敢于斗争、勇于奉献的革命精神灌注在不同的人物身上，表现出他们共同的共产党人的精神气质。

的确，读者不会从小说里读到一句哪怕是背景交代式的非小说语言表述，也不会从中读到大段助推故事发展的抒情，却仍然可以感受到强大的精神力量。孙甘露展示了储备足够丰富的叙述策略和手段。就像一个高级的棋手，可以在对弈中展现其高超的棋谱调运能力和点石成金的独特技法，从而在符合逻辑规律的同时展现出迷人的个人风采。

四、用城市地理"炫技"

《千里江山图》有一点是让人始料不及的，那就是小说中城市地理的无处不在。这几乎是小说里最显在的元素，构成了密布其间的网络。孙甘露在调用这些地名的时候，最显自信十足，这极大地增强了小说的可信度，也增加了故事的吸引力。孙甘露出人意料地对上海、广州、南京等城市的大街小巷做了极其细致、精确、绵密、繁复的描写。当然，说精确是一种假定，因为至少我这样的读者对他所讲述的城市地理并无真实认知。而且，由于故事发生在八十年前，所以这些地理元素绝大多数已经荡然无存，这种追溯式的"历史地理"，说不定也真是"街谈巷语"的小说家言了。我宁愿把它理解为一种叙述策略。它的大量的、急切的、大珠小珠落玉盘式的涌现，让小说呈现出完全不同的风貌。成熟的小说家难免会在写作过程中炫技。我以为《千里江山图》是一部扎实、诚实的小说，如果非要找一个炫技的因素的话，那就应该是无处不在的城市地理。

关于这方面，小说中倒有一个经典表述。当卫达夫故意让敌人抓捕，眼睛被蒙上黑布押送时，他仍然能判断出自己被拉往何处。"上海的马路他熟悉得像自己的手指，他猜他们要把他押送到闸北。"

这也可以理解为孙甘露的自况，或者是他的一种叙事策略。小说里时常会出现背菜名式的地名罗列，而且还要用方位表示出它们之间的关系。这是一种很独特的炫技，这标志着，孙甘露让叙述者变成了无处不在、俯视一切的观察者。"过了马浪路、卢家湾、打浦路桥、潘家木桥，在亚尔培路站陈千里下了车，车站就在肇嘉浜岸边。"这是一种"卫星定位"式的描写。

除了上海，小说中对"老广州""老南京"地理的描写也让人称奇。当卢忠德向陈千里编造凌汶失踪的谎言时，对街景的描述就起了某种取信的作用。卢忠德说，天一亮他就赶到濠弦街，在那条后街找了半天，后来才发现自己弄错了，他应该从一棵大榕树下向右转，而不是再往前，因为后街要按照濠弦街的方向来算，既然濠弦街在南面，后街就应该在最北边，而不是沿着那条直巷继续朝东。

卢忠德骗不了心中早有定数的陈千里，然而孙甘露却足以迷惑还在阅读过程中的读者。报菜名式的地名罗列，对蜘蛛网般的大街小巷进行清晰描绘，大大增加了小说的"历史纪实"色彩，增加了读者对故事真实发生的可信度。上海的里弄就是一个构造复杂的舞台，人物穿行其间，让人目不暇接，颇有入迷之感。

传统文学经典里，广为流传的，除了人物命运和故事结局，还有可以根据作家的描述去复原小说里的器物、场景、环境。大观园据说就是可以复原的。这样的小说传统已经失去很久了。我当然不会认为《千里江山图》找回了这一传统，但的确可以认为，通过对地理方位的炫技式描写，小说的可读性、传奇色彩大大增强了，也大大增加了悬疑故事的可信度。故事叙述的可信不仅来自合乎逻辑的推理，也来自对生活世相的描摹，尤其是信手拈来式的描摹。

五、姓名符号及穿缀物的有效运用

小说家写小说是不是讲究，必须从细节处看起。有如一个人的穿扮，服装的新旧、档次是一方面，从加入什么样的配饰、点缀也能看出许多。《千里江山图》是讲究甚至到了考究程度的小说。这是因为，不仅是每一个人物，就是每一个物件的出现也都有它独特的用处。这些物件是我很多年前从一篇关于鲁迅小说的学术文章里读到的一个概念：穿缀物。比如《药》里的"人血馒头"。

《千里江山图》中的穿缀物不止一两个，但最重要的有两个：骰子和茄力克香烟。骰子在第一节就随着众多人物的出场而出现。它是接头暗号，也是身份密码，它是抓捕者的证据，也是同志间的信物。小说的第一次敌我对峙中，多出一对骰子就成了埋下伏笔的重要情节。易君年向凌汶、陈千里描述当天会议的情形时，骰子是描述的重点，也是陈千里推理判断和心理较量的依据。

小说中的另一个关键穿缀物是茄力克香烟。这是易君年"牌子不倒"的嗜好，也成了陈千里突破侦察的关键。正是通过出示茄力克香烟，陈千里确认了易君年就是卢忠德，就是杀害龙冬、凌汶的凶手，是潜入我方的可怕、可鄙的敌人。"骰子"和"茄力克"也是小说中章节标题的名字。除此之外，小说里还闪现着一些其他穿缀物。如一张夹在书里的马戏厅票，一则登在晚报上的广告，一箱被调了包的金条，等等。它们一个个都是小说构图中的散点，不同程度地起到点化情节、增强故事动感的作用。当然，小说中最重要的意象是"千里江山图"，它是一个并非实物的代号，也是小说中最大的隐喻。

小说里的人物代号也成为增强悬念的小小技法。从"老开"到"西施"，指认符号就是破解密码，悬念增加陡然。当然，最大的符号指认是易君年与卢忠德的"重合"过程。陈千里的智慧最突出地体现在他对易君年细微言行的观察和怀疑上，最终在茄力克香烟的"协助"下，他确信无疑地推理出易君年就是卢忠德。从小说叙事上讲，孙甘露绝妙地让两个符号在一个人物身上交错出现,造成某种间离和重合、交叉的复杂效果。比如写陈千里"让易君年来接应他",同时又写"陈千里判断卢忠德回到上海,一定会继续与林石他们联络";描写陈千里"一把拉住卢忠德往后屋去",边走边叫他"老易"。而对方呢?"'特务怎么知道我那个地方?'卢忠德狐疑地问。"这真是妙极了的写法。谍战故事分明写出了先锋小说的意味,而且丝毫不失本色。

孙甘露没有刻意将悬念弄成按下不表的噱头逗引人不"换台",也没有让神秘的情节撑着故意不放,以显示自己制造情节的能力。尊重故事,就是尊重历史,尊重故事走向,就是尊重读者需求。易君年是卢忠德这个真相的浮现,作者并没有使劲摁住不表,愣要为难读者,而是随着情节进展,案情一点点清晰,自然呈现而出。

《千里江山图》的叙事过程中,适度采用了交叉补充法。即同一故事,通过不同的人事后的描述慢慢完整,逐渐清晰。当然由于涉及敌我斗争,而且是地下斗争,不同人物对同一故事的追忆和描述,也会使事实变得更加模糊不清。但需要强调的是,孙甘露并没有刻意大量运用这种叙述方法。他并不是格式化地交叉补充,而是为了前后印证,落实某个情节或揭秘某个推理,使之更加完善,从而适当运用。

《千里江山图》还有很多看点值得玩味和分析。篇末的"一封没有署名的信",以及附录里的"材料一""材料二",我在读小说之前先看了一下,以为是作者为了增强小说纪实性而加进来的史料。读过全篇再看,则宁愿相信这些也是叙事的一部分——内容跨度大,不进入小说主体,但又轻巧地、不经意地满足了读者的好奇。贯穿了全篇的悬念虽已破解,但读者会像电影观众一样,很想知道"多年以后",这些人物的归宿、结局又是如何,尘埃落定才能让人最终踏实。创作者有义务这样做。

总之,孙甘露展开的这一幅《千里江山图》是值得远观近赏的佳作,足以证明他这么多年并非沉寂,而是在独自酝酿着,构想着,最终为读者带来一次一挥而就的精彩呈现。

一部好剧的诞生

——从小说到电视剧的《装台》

一、一部剧带火一个"冷词"

　　电视剧《装台》在中央电视台综合频道黄金时段播出,各方反响不错。这部剧改编自作家陈彦的同名小说,陈彦凭借长篇小说《主角》获第十届茅盾文学奖。而《装台》是一部反映戏剧舞台装台人这些普通劳动者生活的作品,一播出即引发强烈关注,其中有许多值得总结、可以说道、提供启示的地方。

　　据说,《装台》改编成电视剧时,曾经有过一个听起来比较都市化、时尚化的名字:《我待生活如初恋》。这个剧名来自一句流行语:生活虐我千百遍,我待生活如初恋。

　　看完全剧,觉得此说也不是很不靠谱。的确,装台人这样的小人物,生活里充满了艰辛,却又顽强地活着,还无怨无悔地热爱、拥抱着生活。取名如此,不是很有道理吗?而且毕竟是电视剧,为了收视率,谁不想起个吸引人的剧名呢?近些年来,眼见得一些古装、乡土题材电视剧,装在很散文化的剧名里。

　　"装台"是个生僻的词汇。它与艺术无关,其"小众"的程度注定了很难传播。的确,从电视剧是大众艺术的角度讲,必须把这个小说名改成流行语。然而最终,电视剧仍然以《装台》之名播出,我以为这是一件幸事。不是说因此就保证了电视剧的严肃性,也不是说因此就为一个行当提供了声名远播的机会。而是说,艺术,应该有从容不迫的姿态。借一个热词炒热一部剧也许无可厚非,但通过一长串人物故事让一个陌生的、冷僻的概念引人关注、形成话题,更可见艺术作品的魅力。而我以为,《装台》的热播正有这样的意义。

因为《装台》,让"装台"这个词有了被看到的可能。

对一部作品来讲,尤其是在今天,起什么样的名字变得很重要。作品太多了,没有特别的标识如何能引人关注?要尽量大众化、流行化、时尚化一些,如果贴近心灵鸡汤,或者揭示了某种内幕、八卦等,似乎更容易"走红"。也有时要想办法"酷"一点,让标识性更突出。这就跟书法一样,春联体最实用,丑书抢眼球。然而,我还是想强调,艺术创作,贵在从容不迫。

有一次,和作家麦家聊天,他有一个说法让我印象深刻,他认为,阿来的小说《尘埃落定》救活了一个成语,即"尘埃落定"。本来世人已经很少引用这个词了,然而因为阿来的小说,这个词活了,流行了。我觉得此说有理。麦家最新的小说起名《人生海海》,是不是也有以小说名让一个方言词流行开来的想法?我不知道。但他的《解密》其实也为"解密"一词在媒体上、口语中的流行起到了一定的作用。其他如电视剧《潜伏》,也是一个剧名推热一个词语的例证。

一位作家、艺术家为自己的作品起什么名字、题目,似乎也真的是有点讲究的。比如贾平凹,近二十年的长篇小说名,几乎都是两个字。《废都》《浮躁》《高兴》《秦腔》《古炉》《带灯》《暂坐》……我能想起的作品,都是两个字。尽管他也有过《怀念狼》这样的长篇小说,但二字结构却似乎是其偏好或执念。

《装台》让"装台"热了,或者,"装台"没有成为制约《装台》热播的因素。这个小小的点是不是值得一说?

一部作品起什么名真的应该慎重。我上面描述了以"热剧"带火"冷词"的惊喜,以名字生僻证明内容为王的艺术铁律,但并不能因此认为起个流行的名字就一定意味着轻佻,也绝不意味着作品名字一定是越短越好。古今中外名著里,什么样的作品名都有,甚至还有《1984》《2666》这样的"数字化"名著。有的作品,名字长得超出人们想象,却也说不定反而能让人留下深刻印象。

前一段时间召开《装台》研讨会，好几位专家都提到了剧名问题，大家仿佛都有一种"装台"二字终究被保留了下来的欣慰感。以此强调缘分，还真是有趣。

二、《装台》的文学性与戏剧性

《装台》讲述了装台人刁顺子的三次婚姻和他的人生经历，刁顺子踏实肯干，带着几个兄弟承接为各种演出装台的活计，虽然身处底层，始终贫困，但心中一直有灭不掉的灯火。小说以一个装台人的视角描写了西京城里的人生百态，表达了作家对人的生存境况的感受与思考。

《装台》是一部关于边缘人的作品。让边缘人物成为中心，文学艺术是最多途径。对一个舞台来说，装台处于所有与艺术沾边的行当之外。然而作家陈彦把他们写成了艺术舞台的一部分。电视剧坚持了这一主题主线。

强调了装台人的不可缺少，不是强调没有他们的生命里就没有艺术，而是强调了劳动者以默默无闻的付出为艺术的华彩搭建了空间。选择装台人群体加以表现可以说是一种独特的题材选择，更是出于作者在舞台的声光电中念念不忘劳动者的感情和创作观念。

装台者是从外县来这里谋生的，领头的刁顺子来自城中村。《装台》真正展开的是装台者五味杂陈、辛苦、艰苦，却也充满快乐的人生。他们的朴实也是一种达观，他们的乐观也是一种价值观，他们的忍耐力也是一种境界，他们的互相关爱也是一种善良。他们生活里的故事、生命中的感受，充满了丰富的色彩、戏剧性的情节、悲欢离合的曲折。在这些温暖的情感和深沉的主题下，装台者这个身份，似乎恰好是一种借用。他们代表的已不是装台这个小小的行当，而是许许多多普通人的生活状态，是中国人心灵底色中的诸多闪光与美好。

本来是着眼于聚光灯照不到的一个小群体，却折射出普通人如流水般的生活。因为他们的身上反映出的情感、品质，又远不是装台这两个字可以涵盖的。《装台》是对平凡人的典型化塑造，对平凡人生的生动叙述。它展开的是一幅比舞台要大得多的人生天地，但发生的一个个事件又都和舞台有关。

关注小人物也拥有的深沉情感和美好品质,通过他们的细碎生活折射一个时代的巨大变迁,反映生活里那些急速的改变和永恒的不变。这正是《装台》始终秉持的创作自觉,也是《装台》文学性的体现。

说到文学性,还需补充一下。并不是强调文学性就高于其他性,而是说,作为其他艺术形式的母本,文学经常以看似平静、波澜不惊的故事,指出、暗示、自然流露出深沉的、重大的主题。文学作品中也许并没有弄潮儿的身姿,而那个时代的潮流涌动却能让读者深刻地感知。

传统文艺理论有一种说法,任何艺术形式发展到极致处都是不可改编的,改编过程必然会丢失栖息在原来艺术形式里的内涵。比如鲁迅的小说,就很难改编成影视作品。电影《祝福》的改编是最成功的,但在祥林嫂悲剧的深度上,显然还与原著有距离。鲁迅本人对《阿Q正传》的改编保持警惕,因为担心那会只剩下滑稽。事实证明,这个担心并不多余。

然而,这种观念在最近二十年来已经改变,而且是世界范围的改变。小说家强调自己是"讲故事的人"(莫言语)。南美的魔幻现实主义、欧美的主流小说,多有以通俗故事包裹严肃主题的例证。我曾经举过土耳其作家奥尔罕·帕慕克的《我的名字叫红》为例,谋杀、侦破、言情,地域文化、民族宗教的描写之下,有着对历史、对人类命运的深沉思考。

这就是文学性之所在。《装台》坚持为读者和观众提供好看的、生动的故事,故事的背后,又有对时代生活的描摹,悲欢情节中,可以感知人物内心涌动着的对美好生活的向往,以及互相关爱的温暖。受众可以感知创作者深刻的悲悯、同情,对人物、对生活本身的爱。

陈彦是在戏剧领域里"潜伏"着的小说家,他的小说自然具备了很多戏剧性特点。

在艺术上,长篇小说的成败很大程度上取决于结构。在今天,结构的好坏更是小说分出高下的标准。当代小说产量极大,如果要我说长篇小说哪方面普遍有欠缺的话,我认为是结构。以一个人物为线索引出一连串故事,故事的发展不能织出一个立体的、情节互相关联的网络,这是很多小说艺术上不够精致、让人读完觉得回味不足的重要原因。陈彦做到了。他的小说具有复杂的人物关系,既有纵向的推动,也有相互间的纠缠,在纠缠中推动的故事往往能制造出更强的戏剧性。而且，陈彦自觉在作品中添加戏剧性因素，以此影响着人物故事的走向和作品的意趣。

电视剧《装台》强化了这种戏剧性，剧中情节有的甚至是新的添加。比如，剧中有位叫"黑总"的角色，是小说里没有的。他会时不时地站在城中村的街上，冲着眼前的人说出一两句看似无厘头似乎又有些道理的自言自语式的评价。他的话都不是怪话，都是报纸上、电视里的标准词儿，强调的都是人们应当遵守秩序、和谐相处。比如看到顺子跟人争吵，他说："吵什么，和谐社会嘛！"看似跟故事无关，却别有意味。让人想起《宝岛一村》里的那个从台上飘忽而过、口中念念有词的老太太，也让人想起鲁迅《风波》里时不时自言自语的九斤老太，虽非实指，却又针对着故事。

还有就是讽刺带来的戏剧性。即使是在正剧里，也需要有适当的、适量的讽刺。这些讽刺体现出的不是刻意的恶意，而是趣味和善意。《装台》里的讽刺表现在丁大师这个一本正经、自以为是但又忠于职守的人身上。铁主任的夫人人称"丹麦人"，这一绰号也是对"初学的时髦"者轻轻的讽刺。还有，他刁大军，死要面子活受罪，但又善良纯正；举止行动让人担心，又引人关注；他的富是装出来的，出手阔绰既是一种装富，又带着真挚的亲情。

《装台》的戏剧性还体现在人物关系的组织上。包括刁顺子、素芬、杨波、菊、二代、八叔和他的前妻及朋友、刁大军、玛蒂等。这些人物相互交叉、交融、冲突、聚散，组成一个个特殊的关系网络，再延展至其他街坊邻里，熟悉的、陌生的人群中。舞台上的主角们，秦腔团的团长、靳导、各种角儿，是以铁主任为线索打开的另一社会层面。所有这些，共同构成一个立体、丰富、饱满、合情合理的戏剧世界。

三、从文学到影视，互相成就

电视剧《装台》以强烈的地域标识引人注目。近二十年的中国综艺舞台上以及电影里，以陕西关中方言、秦腔为主的地方文化艺术，已经有了很强的传播力。《装台》直指古城西安，钟楼、大雁塔、古城墙，各种美食，特点鲜明的关中方言等，共同营造出一种积淀着周秦汉唐古风的西安味道。方言俚语里不但有特别的字词,更有此地人自嘲与他讽相杂合的诙谐与风趣。而这种诙谐风趣中流露出的,又有种互不见外的亲切,让人想到人物们达观淡定的神情以及乐观通达的心态。这些强烈的地域标识,让电视剧《装台》拥有天然的特色,而且整体上并不妨碍其他地域,哪怕是南方观众的欣赏。

但我依然想说,电视剧《装台》里的地域性表达,有时略有过多、过度甚至刻意之嫌。比如,丹丹从京城来到西安,受到其好友刁顺子的热情接待。在二代的饭店里,顺子为丹丹准备了全套的关中小吃。只见他如数家珍地一一将菜名报来,对方则频频点头,啧啧赞叹。看到这种情节,难免让人觉得是在故事里楔入"文化宣传"的做法。顺子在看望自己的老师时,也不忘将"腊牛肉"等地方美食夸上两句。剧中那首类似说唱的插曲,已经直接唱出了"这就是陕西"。全剧感觉时有借剧情推广地方风物的印象。而在我看来,无论是《装台》还是西安,似乎都没有嫁接在对方身上推广自己的必要。

艺术评论本身就是见仁见智的。对于电视剧的改编,我还有一些不同的想法,以做交流、讨论。比如,顺子的女儿菊性情乖张,出言不逊,二代以真情相待,苦苦追求,却总是被近乎羞辱地对待,然而二代依然痴心不改,这种情感在内在逻辑上似乎缺少说服力。同样的还有三皮(杨波)对素芬近乎病态的痴情,也似乎需要有更合乎情理的铺垫。八叔及其前妻戏份略多,而他们的感情线索与装台人的关联性较弱。还有,像丹丹这样的演艺界"大腕儿",装台人顺子是她在此地最亲密的朋友。不是说友情不可以突破社会阶层,但毕竟让人觉得,这种天然给定的关系让人多少有点茫然。

当然,总的来说,尽管电视剧中有一些还可加强的地方,但瑕不掩瑜,不影响我们评价这是一部难得的好剧。

可以看出,陈彦的小说因兼具文学性与戏剧性,为改编带来了很多方便。这也再一次证明,小说的确可以为其他艺术形式提供母本。在我看来,现在正是小说改编影视的最佳时期,也是二者可以相互成就的黄金期。原因在于,小说正在由纯文学向融合型文学过渡,影视创作制作在艺术上更加成熟。传统意义上,确有纯文学不适合改编影视剧的说法和认识。米兰·昆德拉就曾说过观点大致如下的话，一部小说如果可以改编成影视作品而不丢失其意义，那就是该小说不够纯粹的证明。

这一观点是极端意义上的说法。事实上，情形正在改变。由于电影、电视剧在艺术上不断成熟，许多传统文学经典也多有被改编成电影、电视剧的。比如陀思妥耶夫斯基的小说，算是纯文学里的极品了，但其多部小说被改编成影视剧并产生深远影响。托尔斯泰、卡夫卡、海明威、君特·格拉斯……还有太多作家的名字可以罗列进来。就连昆德拉本人的小说，也有改编成电影的情况。根据其名作《生命中不能承受之轻》改编的电影《布拉格之恋》也成为著名影片。即使是流行小说改编的电影，也一样可以成为电影中的佳品。如根据斯蒂芬·金的小说改编的电影《肖申克的救赎》，就是史上最伟大的电影之一。

电影、电视剧是另一种艺术，而不是略差一等的艺术。

小说自身也在发生着理念、风潮的转变，严肃文学与流行文学的融合趋势愈加明显。突出故事、强调故事要"好看"，借鉴通俗文学里讲故事的节奏起伏，正在成为严肃小说的创作新趋势。过去是强调通过"无事的悲剧"显示文学之"纯"，现在是通过融合使文学可以流行于社会大众之中。这是文学保持生命力、影响力必须做出的调整。剩下的就是考验创作者的融合能力了，即故事是否能讲得精彩，以及好的故事是否可以承载文学原本具有的思想深度。

无论如何，小说因此更易被改编为影视，好作家的好作品有了借助多种途径广泛传播的机会和可能。近些年来，中国当代小说与影视结合的成功范例可谓不胜枚举，陈彦的小说改编是又一个也是最新的例证。可以预计，今后更长时间内，文学与影视的这种结合将更加普遍。

《人民政协报》2020年12月28日

集合优势力量的小说总攻

——关于陈彦长篇新作《星空与半棵树》

很难描述我眼里的陈彦,纹丝不乱的发型和擦得透亮的眼镜,整洁的衣着和稳重的步态,没有任何不良嗜好——他仿佛过着从容的、有既定秩序的生活。这是小说家?可是,明明有他业已完成,且一部胜一部扎实可读的长篇小说作品在那里。当然,他的小说亦是秩序井然,跟他本人留给我的印象并不违和。

2023年年初,陈彦的长篇新作《星空与半棵树》横空出世。之所以用这样的词,是因为它大大颠覆了我对陈彦的既有印象。原来,他的沉稳平静下面有着如此多的冲动和激情、热烈和沉思,原来他掌握着那么多的方言俚语和哲理名言,真可谓是风声雨声读书声、家事国事天下事,都在一部小说里激烈地对冲着,纷繁地纠缠着。这是一部声音强劲、动作夸张,描写生动、叙述奔放,悲喜兼具、主题鲜明的小说。小说中,各种野蛮生长,又不失内在秩序;各种激烈对抗,又不失作者的主心骨。这是陈彦为自己彻底松绑,尽显丰沛才华和创作才能的小说,可以说调用了他所有的能量,集合了所有的优势力量,汇聚成一股强劲的小说洪流。与其说是他在小说创作上的一次"变法",不如说是他创造能量的尽情释放。小说家需要有这样自由挥洒的勇气,不管不顾而非亦步亦趋。

在小说创作上,陈彦已有的"戏剧三部曲"《装台》《主角》《喜剧》,充分证明了他在小说创作上的不凡才能。不过,讨论陈彦的小说创作,不能不参照他的另一个身份:戏剧家。他是长期浸润在戏剧界的小说家。戏剧本来是一个比小说还要古老的行业,不过在今天,戏剧的复兴颇具气势,而且吸引了很多小说家前来比试。连莫言都信誓旦旦地说:"我发誓,我要尽我的余生成为一个戏剧家。"看到这样的表态,我的第一反应居然是,陈彦,不就早已经游走在小说与戏剧之间,且深得其中的奥理么。

无论如何,《星空与半棵树》丰富而又博杂,生动而又不失深刻,对读者来说,这无疑是一次可以获得满足感的阅读旅程;对批评家而言,它提供了足够深广的阐释空间。说实话,当我想要以一篇批评文章表达自己的阅读感受,并希望将这部小说推荐给更多读者时,却突然感到,怎样的一句话,都无法凝练地概括出那么多的内容、主题以及艺术风格。我注意到,陈彦在创作谈里使用了这样的题目:《我爱仰望星空,也爱人间烟火》,这很准确地表达了他个人的创作追求。但很显然,小说所提供给读者的要丰富得多。

一、"二元对立"的戏剧性

在小说与戏剧之间,陈彦始终保持着对二者的尊重,很少把它们"搅拌"到一起。在我的印象里,他的几部代表性小说,在改编成其他艺术形式时,陈彦都不去亲自担任编剧。反过来,他的戏剧作品,也多是直接的原创。在我的认识里,这是他对小说和戏剧同等热爱的证据,同时还是他不想把二者简单看成改编与被改编关系的证明。总之,他至少是位"有两把刷子"的文学家。

《星空与半棵树》是一部戏剧性极强的小说,这种戏剧性应当是陈彦自觉追求的。他要把小说和戏剧进行一次打通。小说明显借用了戏剧,尤其是中国传统戏曲中的许多元素,这让小说呈现出不同凡响的面貌。

小说采用戏剧式的结构,这种戏剧式结构主要体现为"二元对立"的明晰性。小说始终将这种二元对立的紧张关系作为结构方式。"星空"与"半棵树"本身就是一种对立关系。小说故事的主体,是北斗村村民温如风的一路上访,以及围绕他的上访展开的"围追堵截"。这种总体上的对立紧张中又有各种离奇的、夸张的,但也是合情合理的对立紧张。以这个故事核为中心,向上是"星空"与"半棵树"的对立。这是代表和象征着两种价值观的意象,分别代表了理想主义和现实主义的对立紧张。安北斗的仰望星空,既有某种不合时宜的喜感,又代表着宁为玉碎不为瓦全的执着。对安北斗的坚持,小说在描写上有种让人忍俊不禁的喜剧感,同时也在价值观上表现出某种认同,在情感上给予理解,让人心酸,也令人感动。"半棵树",则代表着物欲横流中的世俗欲求,其中含着对利用权势进行资源掠夺、霸占的批判。仰望星空,这是比一般的理想主义更加渺远、空洞、不可捉摸的幻想,更无直接功利性,因此也更加具有理想色彩。"半棵树",是非常切近、具体的利益象征。从现实角度讲,"半棵树"所代表的利益或许是可以忽略的,但在象征意义上,却不比一座煤矿的争夺更不值得关注。正是在这个意义上,温如风的坚持才让人同情并产生某种尊敬。温如风对"半棵树"利益的执着诉求,同安北斗对星空的向往,在本质具有同构色彩。它们都代表着某种理想,只不过一个远在天上遥不可及,一个近在咫尺却一样难以实现。

  温如风的上访,向下引发的二元对立关系是一连串的。温如风与村霸孙铁锤之间的强弱对比,孙铁锤的以强凌弱和温如风的永不言败,构成了小说中最为直接、鲜明的紧张关系。对孙铁锤来说,对半棵树的侵占是无需过虑的小事;对温如风而言,在并不直接影响其生存的前提下,却坚持要通过不断的上访来申诉,这半棵树被强化为一种对尊严、权利的不懈要求与保护。他上访的目的非常具体且个人化,但其背后的精神和要实现的目的,却代表着某种观念的觉醒、意志的力量和不屈的信念。在温如风和镇派出所所长何首魁之间,在温如风和安北斗之间,在温如风和所有相关的村民、镇上的干部,县里、省里的相关领导之间,无处不在的对峙,无数矛盾的化解,为小说串联起一个复杂的、立体的结构。

  这正是小说结构上戏剧性的体现。在复杂的网状结构中,以一组接一组"二元对立"的方式组合起来。所有的人物矛盾、故事线索都由一个中心点引发而出,这就是温如风的上访。无论牵出多少人物和故事线索,温如风这个中心点始终没有消失,直至小说结尾。因此,故事纷繁而线索明晰,整体复杂而局部明晰,成了小说在结构上的鲜明特征。在我看来,这样的结构方式,特别类似于中国传统戏曲的剧情结构,即多样呈现以及核心要素之间的并行交叉。

  除了这种潜在的戏剧性结构,小说的显在结构同样突出了戏剧性。小说的开头和结尾有如一个封套，用象征性的猫头鹰独白，框定了中间的一百个章节。序幕通过猫头鹰的独白呈现了它与人类的观念对峙。尾声又表达了它与人类沟通之难，劝诫无效后对人类自以为是的固执的无奈，语气中含着看穿一切的超然，不失挑战意味的喜感流溢其间。第74节里安北斗梦见自己与猫头鹰对话，第76节仍是"猫头鹰说"，由此可知，猫头鹰是故事主题抽象化的点穴者和评判者。第98节，直接就是剧名为《四体》的独幕剧。猫头鹰作为独白者上演了它对人类为了生存和利益，更为了满足贪欲而对大自然进行的无休止的开掘，并对这些行为造成的恶果进行了渲染式的含着愤怒的批判。中间还出现了"阎王""黑无常"的插科打诨，更有小说人物孙铁锤、狗剩、何首魁、跛警察、安北斗、花如屏的依次出场。加上序幕时已经出现的温如风，影响小说故事走向的主要人物都在这几个戏剧折子里出场，小说人物一跃成为戏剧人物。而且小说故事里两个重要人物孙铁锤、何首魁，就死在这部独幕剧里，这样的处理十分离奇又很有隐喻色彩。作为封套和"画外音"的戏剧，就这样成为小说叙事的有机组成部分。因此，结构的戏剧性不是一种添加，而是一种楔入。

  戏剧元素在这部小说里俯拾皆是。小说中多次描写安北斗、温如风、南归雁进入乡派出所时见到的场景，几个没有名字的犯罪嫌疑人被铐在院子里，派出所雇来的"帮手"正在呵斥、恐吓这些被铐者。这不是一种小说情景上的重复，而是一种对于戏剧性场景的强调，一种特定氛围的反复制造，甚至也可以理解为戏剧舞台程式化设计在小说里的运用。小说里随时可能跳出戏剧元素，有时是叙述语言，有时是人物对话。比如第28节写到那个名叫"存驴"的青年因追逃而意外死亡，除了出殡时的喜感和舞台画风外，还写到村民们的议论："大伙也都议论，驴就没个好名声。""老戏《窦娥冤》里最瞎的一个丑角叫张驴儿，《包公三勘蝴蝶梦》里一个瞎瞎丑也叫赵顽驴。看来这就不是一个正经名字么。"这样的"概括性"关联，其实是基于作家本人戏曲知识的信手拈来。第29节写一位叫"蔡表舅"的人拿着腔调说话，说他"开始说话还软软的，调门也低，突然就像秦腔花脸唱到激昂处，一下翻高八度音，用假嗓门，也叫'罩音'宣叙咏叹起来"。这就直接是戏剧理论的专业表达了，但的确很具说明效果。上访专业户温如风居然也会背着二胡，拉着《赛马》和《二泉映月》上路。孙铁锤即使在坟上大演闹剧,也不忘了用《龙凤呈祥》等大戏制造气氛。《一棵树》《捉放曹》《哑女告状》《刺目劝学》《白蛇传》《西京故事》《起解》等戏名在小说故事里的出现,秦腔剧团的场景,都营造着一种特别的戏剧氛围。作者经常会把人物放到戏曲环境中讨论现实故事,因此产生奇异的勾连效果。尤其是温如风,几乎很专业地用一些戏曲人物和场景来比喻他与安北斗之间的谁是主角、谁是丑角的矛盾关系。曾经在陈彦"戏剧三部曲"里出现的秦腔演员忆秦娥,居然也成了温如风们观看的角色、讨论的话题。"西京天天有秦腔",舞台上的悲喜剧与现实里的上访路在小说里常常会合,创造出奇特的效果,使得小说叙事变得多元立体,十分精彩。

以上所述,不过是对从阅读中感受到的一些戏剧性要素进行了简单的描述与罗列。事实上,关于戏剧与小说的区别,戏剧性与小说性的不同,关于它们之间复杂的关系,作家、艺术家们一直在探讨着。比如,米兰·昆拉就曾谈过二者的差异:"在戏剧中,一个重要的情节只能衍生出另一个重要的情节。唯有小说发现了无意义琐事的巨大而神秘的力量。"不过,这样的比较并没有否定戏剧性在小说里的存在,而是强调小说家一定不要忘记,比起戏剧,小说可以展现"无事的悲剧"。从这一意义而言,《星空与半棵树》同样留下了许多值得讨论的话题。

二、活色生香的现实性

《星空与半棵树》具有强烈的戏剧性,这种戏剧性还包含着小说故事某种程度上的荒诞色彩。美好的东西被粉碎的悲剧中,包含着丑恶的东西被撕开的喜剧。但是,我在这里要强调的是,《星空与半棵树》是具有鲜明现实主义品格的小说,戏剧性与现实感在小说里互相烘托、互相映衬、互相渲染。在现实性这一点上,陈彦显然使用了既清晰又模糊、既明确又刻意的"泛化"策略。小说有明确的时代感,但没有具体的年代。它是离今天最近的昨天,甚至也是活生生的扑面而来的今天。这种时序处理,是象征性在现实性里的天然生成,是戏剧性和现实性的某种"合谋"。小说有大的时代背景,也有一年之内的四季轮回,却恰恰没有具体的年份。这是改革开放以后的中国北方农村,这样的历史时序正是从"半棵树"的历史描述中得来的。在孙铁锤和温如风家地头分界上，原来其实不止一棵树，这棵老树之所以能留下，是因为长在庙里，是"庙树"，没有人敢动；包产到户让一棵树变成了两个"半棵树"，温孙两家各据其中一半；不知哪一年，突然兴起了"大树进城"运动，村里的老树变成了有价值的商品。充满戏剧性的小说故事因此发生。作者没有用一句话、一个词告诉读者这是哪一个历史时期，在描述大树命运交响的过程中，历史时序、时代氛围已经不言自明，时代背景交代得再清楚不过。一树老树的命运是随着时代变迁而改变的，树权的有无和份额也一样留有时代印迹。一棵树的突然蒸发，绝不是一个人与树的抽象故事，背后牵动着多个历史线索。权利与权力，物权与物欲，这其中的矛盾冲突看似是一场闹剧，却牵出了许多引人沉思的严肃命题。

"树哪是贼偷的，其实是孙铁锤做局卖了。那晚全是戏，一折全梁上坝贼喊捉贼的好戏。"这出戏，是严肃的现实主义正剧，又不乏荒诞性和喜剧色彩。小说由温如风的一路上访牵出许多现实景象，这些景象让我们看到太多曾经熟悉、正在耳闻目睹的生活，知道了这些生活背后连带着的种种错综复杂的利益纠缠和矛盾纠葛。温如风从小小的北斗村出发，一路上走向乡里、县里、省城，直至京城，牵引出各级干部、各色人物，无论笔墨多少，方位何在，他们都是剧中人，也都是这出剧的观众，是剧情的推动者，也是这出大戏的"评论家"。当温如风到乡里慷慨陈词时，当他到县里据理力争时，当他在省里的重要场合突然出手引起轰动时，当他进京上访引来多方不安时，当代社会的种种世相被点化了出来。它们有时生猛，有时滑稽，时而可悲，时而可笑，有时像一幅世相漫画，有时又逼真得如同身边故事。这也让我不得不再说一遍，陈彦把小说性与戏剧性全方位糅合到了极致状态，二者可谓相得益彰，相映成趣。

我特别想强调的小说现实性一面是，在温如风上访故事这个并不复杂的设置背后，陈彦铺设了一个极具理想主义色彩的背景。这个背景，直接的当然是一路追踪温如风上访的安北斗，是安北斗热爱天文、仰望星空、探索宇宙的无法克制、不可泯灭的热情。但其实，在温如风身上，在"上访"这个小说核心故事之中，一样蕴含着理想主义情怀。如果能读出并理解这种情怀，就会知道上访不是一个人的官司，也不简单是世俗利益的抗争，而是一种达到了"无我"之境的更高诉求。这种诉求是将恶势力遏制的要求，是对理想的、抽象的权益的追求。固然，半棵树是温如风要获得和必须争取的权益，但是，这不是分多少钱的问题，而是树不能卖，更不能豪取强夺的问题。小说特别设置了这样一个前提——温如风其实并不缺钱，在北斗村，他们家的日子从来都算得上是"殷实"的。"温家人老几代都是开碓坊、磨坊的"，尽管受到过各种冲击，但温如风依然传承着勤俭持家的家风，"因人缘好，服务周到，尤其是能把机器里的面粉，给人家扫得干干净净，不贪便宜，而把邻近几个村的生意都揽了来。兄妹俩倒是把日子过到人前去了"。也就是说，半棵树不过值两三万，对温如风来说并不是非计较不可。但是，"当他听叫驴说，那棵树是孙铁锤贼喊捉贼后，就准备起来维权了"。"维权"而不是单纯争利，这正是温如风要上访的原因。他上访的目的，是要告诉村霸孙铁锤，计较的不是你卖了树没有分一半钱给我，而是你无权决定属于我那"半棵树"的去留。

温如风的上访于是具有了一种精神性的、带有理想色彩的诉求。因为这一点，他的上访具有对于个人利益的超越性，甚至可以说他是代表全体村民去做了这件艰难的事，踏上一趟艰苦的旅程。他的犟，他的执拗，他的不断奔突，有如一团火焰般灼人，也如一面哈哈镜，照出了许多不合理的世相。

那个奉命阻止温如风上访的公务员安北斗，是活在另一个世界里的理想主义者。星空就是他的诗歌，他的音乐，他的艺术。他年轻时因此获得了少女的芳心。然而在现实面前，他不得不掉转"镜头"，把望远镜对准温如风的院落，观察他的一举一动。一台望远镜，把天上地下的事全都勾连起来了。为了星空，也为了半棵树，安北斗用遍了自己望远镜的功能，茫远的理想和残酷的现实，都在这镜头里呈现着，让人会心，也让人心酸，让人欣慰，也让人唏嘘。

《星空与半棵树》中还有一位上访户，这就是一向与世无争的乡村民办教师草泽明。这是一位乡贤式的人物，他想为村民的后代播种文化，也想为老少村民都改一个有文化的名字，他更想守住中国乡村应该具有的秩序和伦理。无法改变外面的世界时，他只好自己"躲在小楼成一统"，做一个洁身自好避世者。然而，一个发生在眼前的事件让他再也不能安坐了，那就是孙铁锤在村子的制高点上竖起了一座巨大的石像,这个"长胡子"的石像居然是照着孙铁锤的模样来塑造的。这是对传统人伦的亵渎,是对道德底线的突破,也是对他人的公然挑衅。草泽明因此无法再安坐家中阅读《瓦尔登湖》之类的自然之书了。比起温如风,他的上访更具"无我"的纯粹性,更像一次维权行动。在草泽明眼里,温如风的诉求仍然脱不开形而下的利益要求,而他关心的是北斗村"形而上的恒常大道与经久赓续",是关系北斗村人千秋万代的事。在他的执着上访之下,那尊99米高的笑柄式石像被拉倒了。草泽明在小说里的存在因此具有极强的理想主义色彩,又具有鲜明的现实主义启示。

小说活色生香的现实性,来自陈彦调动自己熟悉的地方性、地方语言、地方文化与习俗,将它们融会贯通后形成的强烈的艺术效果。小说极具当代性的现实主义品格,这还体现在,陈彦站在对现实充分、深入了解和理解的基础之上,对生活在现实中的各式各样的人的认识和理解的基础之上,对社会发展的阶段性和不可逆的历史趋向理解和把握的基础上,做出了自己的艺术抉择。在我看来,陈彦不无喜感和荒诞色彩的描写下面,含着最大限度的温情,即使对那些行错事的人,也一样含着某种"哀其不幸、怒其不争"的态度。在小说里,真正的反派人物其实只有一个,那就是孙铁锤。其他的人物,无论是基层的干部,还是周围的各色小人物,多以正面为主。典型的如乡派出所所长何首魁。小说开头部分,处处可见他的粗蛮做派,做法简单,用人随意,而且时常与孙铁锤等人一起出入,大有沆瀣一气之嫌。不过随着情节的推进,故事的最后,才能知道何首魁其实是一位作风务实、做事接地气,尽职守责的好干部、好警察。这不是人物在故事推进过程中的反转,也不是谜底的揭开,而是一种逐渐浮出水面的状态,是让读者对一个人物在先入为主之后做出的调整和改变。这一调整和改变能否达成且是否具有说服力,全取决于作者笔法上的功力。

小说的现实主义品格还体现在,这是一部充斥着强烈生态文明诉求的小说。温如风在磨坊里的坚守,其实也是对绿色生产的一种坚持,与之相随的,是作业上的精细、服务上的周到和态度上的诚实。北斗村先后出现了很多改变秩序的事,普种烟叶、大树进城、点亮工程、印象北斗村等,都是对生态环境和传统生活秩序的破坏。无论是集体还是个人,都因此付出了巨大而沉重的代价。这些行为的过程中生发出的各种事件,都是对欲望的怂恿、人性的扭曲、公序良俗的破坏。上访其实就是因为对这些现象的不满而产生的抗争行为。在一定程度可以说,《星空与半棵树》是一部表现生态意识觉醒及其现实要求的小说。"星空"也罢,"半棵树"也罢,其实都是一种对理想生态、理想环境的追求,是这种理想的象征物。这样的理念和诉求在今天不但应时,而且及时。

三、"永远在路上"的寓言性

《星空与半棵树》同时也是一部寓言之书。它不是伊索式的寓言,也不是卡夫卡式的寓言,还不是陀思妥耶夫斯基式的寓言。《星空与半棵树》拥有于纷繁而坚硬的现实里浮现,或者就在现实性里蕴含着的寓言性,是读者在理解了小说中人物的切肤之痛后,进而产生的联想。人物的高度典型化和象征性,使其超出小说所规定的时空范围,让读者产生小说之外的唏嘘感慨,因而也就具有隐喻着某些人生哲理的寓言色彩。这种于真切的现实性、强烈的戏剧性基础上生发的寓言性,达到了现代小说具有的艺术境界。现实性、戏剧性与寓言性的结合,作家在处理人物故事时进行的艺术化处理和融合,人物故事所表现出的"一石三鸟"效果,显示出作家整合素材、处理题材、探寻主题时的超拔能力。

认真探究会发现,《星空与半棵树》的寓言性几乎是全方位的。首先,小说的核心故事就是寓言,主题是"永远在路上"。温如风维权的决定看似突然,却绝非偶然。草泽明的上访因其冲动性更强,因而寓言性也更直接。其次,小说的情境设计是寓言性的。一个秦岭深处的小小村落,名字叫北斗,一个以仰望星空为追求的人物,名字叫安北斗。村子里所有的人都有一个看似土得掉渣,又可能含着某种隐喻,甚至可以说具有某种后现代解构意味的名字,即所有男性几乎一律在"存"字后面跟上一个土得掉渣的字。这很符合北方乡村传统的取名习惯,也很有天然的喜感。同时,当这些名字集合起来,给读者带来某种视觉、记忆上的冲击的时候,又具有某种难以名状的寓言色彩。存锅存钵存碟,存缸存水存雨,存金存银存根,无奇不"存"。温如风其实叫温存罐,安北斗曾用名是安存镰。这是一个现实的也是奇幻的世界。再次,北斗村发生过一些显然留着时代印迹的"群体性事件",如大树进城、点亮工程等,既是似曾相识的现实,又是某种变形的喜剧情节,同时还是不言自明的寓言故事。只举一个小例子,小说第1节"半棵树"中写道,不知从何时起,城里人跑到乡下大肆搜寻奇异物件,"乡里但凡有点年份、怪模鬼样、土得掉渣的东西,都被篦梳一空。连正用的老夜壶,涮一涮,还带着尿臊味儿,也被用红绸子包着提走了"。这样的讽刺性描写里,显然具有某种让人会心的寓言色彩。

《星空与半棵树》呈现着借各种"二元对立"组合成一个复杂网络的人间百态。总体上看,是一种理想与现实、无邪的纯粹与赤裸裸的世俗,以及善良与丑恶之间的对立。这是一部世间百态的描摹之书,同时也是一曲理想主义的悲壮之歌。若能读出其中的理想主义情愫,会让人生出莫名的感动。可以说,小说里的主要人物都是理想主义者。安北斗是寄情于天空的理想主义者,看似纯粹的个人爱好,事实上却代表着某种无须在功利上有任何兑现的纯粹。温如风是地上的理想主义者,他一再踏上上访之路,根本上不是要求个人利益的补偿,而是追求公理必须也必定会战胜强权的真理。他的永远在路上,看似徒劳,其实也是对社会、法制怀着信念和信心使然。草泽明是精神清洁的理想主义者,他将洁身自好上升为对乡村公序良俗的守护,对恶势力公然冒犯底线怒火中烧,表现出一个乡间知识分子天然的使命感和责任担当。

还有那只猫头鹰,当夜深人静之时,它在一棵树的枝丫上说出那些含着些许调侃,带着某种不满,透出一丝失望,同时也怀着希望的话语时,那些独白其实也是一种对话,还是一种劝慰,更是一种警醒。无论道理大小,一样都具有某种哲理味道甚至寓言色彩。

在我看来,要想理解《星空与半棵树》的意义和价值,对其寓言性的认识不可或缺。

四、嫉恶从善的伦理观

标题所谈的似乎是一个老旧的话题,但放到现代小说里,又很有讨论的价值。现代小说似乎形成了一种约定好的做法，即好的小说应该隐藏对人物好坏、道德善恶的强调，因为小说要写出的是人的复杂性。在复杂性的名目下，恶的行动甚至也有可以被人理解的成分。我也是小说复杂性的信奉者，不过，今天我们也许还应该进一步追问，小说对美与丑、善与恶、好与坏，究竟应不应该有价值观上的明确判断和立场鲜明的表达？《星空与半棵树》带给了我们这样的思考。我说《星空与半棵树》具有十分鲜明的戏剧性，这样的评价里其实也包含着这样的指向：小说具有鲜明的惩恶扬善立场。这种明确的褒贬立场以及体现在人物故事结局上的价值观，正是中国传统戏曲中具有普遍性的主题表达。善恶对立存在始终，惩恶扬善就是最后的结局，这反映出，陈彦是骨子里的戏剧家。在这部小说里，他从里到外充分运用了戏剧艺术的价值追求和艺术手法。然而，奇异的是，这种看似传统的处理方法，并没有消解作品的小说性，甚至没有解构小说的现代性品格，这或许才是需要我们思考和探讨的话题。

小说中写了大大小小的各种"二元对立"。这些对立关系中，有的是从始至终不可调和的斗争，比如温如风和孙铁锤之间的斗争；有的本来就是善与善的观念冲突和立场错位，如温如风和安北斗亦友亦斗的关系；有的是有可能出现反转变化的紧张关系，如温如风和乡派出所所长何首魁之间的话语纠缠。小说鲜明地把孙铁锤放置到恶棍形象的位置，而且连他的父亲也一样劣迹斑斑，且对这一定位没有任何松动。孙铁锤是个脸谱化的人物吗？从戏剧性的角度可以这么说。没有他的难以斧正的恶以及无休止的恶行，温如风的"永远在路上"就失去了现实的凭据。我一开始对陈彦将上访从第一节写最后一节也感到疑惑，但掩卷而思，故事的寓言色彩，人物身上的执拗与充满韧性的战斗精神，无不在这样坚定行进的路上得以体现。何首魁是一个在故事发展过程中实现了形象反转的人物。但其实，这种反转更主要是阅读者先入为主的印象的转变过程。在叙述何道魁的故事情节中，其实从一开始就做好了这是一位好警察的设计。他反复强调的破案需要"证据"，看似是一种推诿和官僚做派，事实上的确也是对法律观念以及法律程序的强调。

在对善的褒扬和保护上，小说家显示出道义上的果断抉择和天然倾向。比如对温如风的媳妇花如屏的描写。她是一位长相已达"村花"级别的年轻女性，同时也是一位贤惠的妻子，一位守家敬业的乡村女子。面对周围的种种引诱，特别是孙铁锤的威逼利诱，花如屏都能始终做到身心抵抗，坚贞不屈。作家对这一人物的塑造具有某种理想化倾向。面对生活秩序的纷乱，花如屏总是对丈夫的行为给予最大限度的理解和尽其所能的支持，隐忍地过着艰苦的生活。不管最后结局上如何处理，花如屏留给读者的突出印象，就是她身上中国传统女性母性和妻性的完美体现。

在《星空与半棵树》里，安北斗这样一位基层的公务员，竭尽自己的力量完成上级交办的任务。这一任务与他仰望星空的爱好之间具有天然的矛盾。贯穿小说始终的行动是温如风的"在路上"，贯穿始终的意象，是安北斗的天文望远镜。具有讽刺意味和悲凉味道的是，这个本来可以在美丽的夜晚观察遥远星空的望远镜，更多时候却被用来监视温如风家里的动静。最遥远和最切近，最理想化和最世俗化，因为这台望远镜黏合为一体。安北斗曾经因为这台望远镜而获得年轻女子杨艳梅的芳心，并因此有了温暖的家庭；然而也是因为这台望远镜的转向，他失去了爱情，丧失了家庭，也看不到自己因此应该换来的前程。然而安北斗却无怨无悔地尽着自己的职责，他几乎是任劳任怨地工作着。温如风有多大的动力上路，他就付出了多大的辛劳去追寻温如风的动向。小说中写到的众多人物，从乡里到县里再到省里的干部，大家有着共同努力的目标，就是维持秩序的稳定，寻求公平正义的伸张。不能说他们心中完全没有私利和个人目的存在，但在总体上，包括在行为的具体目标上，都是对善良和正义的追寻。这是作家对小说主题的追求，也是包含在人物故事当中的价值取向和精神诉求。在一定意义上讲，这种惩恶扬善的态度及其处理方式，并不与小说的现代性产生矛盾和抵触，反而让读者从中获得了一种意外的满足。正如帕慕克所说的："小说必须回应我们关于生活的主要观念，必须让读者在阅读时产生这样的期待。"

《星空与半棵树》是一部留下巨大阐释空间的小说。从叙述语言的角度，陈彦大量使用陕南地区的方言俚语，以强化人物个性，突出地方性，这与当下众多作家在小说里的尝试是同步的。而且，不只是在人物对话中使用方言词语，小说的叙述语言一样刻意调用方言俚语进行表述，叙述语言和人物语言在很大程度上相互黏合。如"连住""朝回背"，等等，可以说比比皆是。对人物心理活动的描写更是夹杂着歇后语以及生活化的口语，用以表现人物内心的躁动不宁。

《星空与半棵树》并不是传统意义上的农村题材小说。安北斗、草泽明是不同代际乡村知识分子的代表，他们身上传承着传统文化，蕴含着科学精神。就连温如风也被小说家赋予了"文化"的功能。他不但熟悉各种传统戏曲的剧情、主题，而且还具有拉二胡等艺术天赋。由此，小说里又有大量知识性和书面化的词语。这样的混杂，构成了小说丰富而驳杂的样貌。安北斗的爱好——天文学知识——在小说中不时散播，与传统乡村的景象形成鲜明对比。小说中有100个章节标题，如果我们按照类别分析的话，最多的是两种，一种是关乎星空的天文学词语，从我们陌生的"柯伊伯带""中子星"，到略知一二的"再造银河系""暗物质""启明星"等，不一而足。另一类就是关乎地上万种生命的传统节气及节日，"惊蛰""清明"等节气名称成了小说里的章节标题。再加上一些戏曲词语，仅从标题就营造出一个色彩斑斓的世界。

一百个章节差不多就是一百个遥望宇宙、观察世界、理解人生、穿透人性的窗口。它们纷至沓来，初看没有秩序，细读又条分缕析。泥沙俱下，杂草丛生，热烈奔放，庄谐并置，悲喜交加，感慨唏嘘。正是在这个意义上，我以为《星空与半棵树》不仅是陈彦个人创作史上的一次转型与突破，一次能量释放与尽情挥洒，而且对于当下小说创作同样具有多方面的启示意义。

《星空与半棵树》是陈彦在小说创作上的一次集中发力。为了这一创作，他不但从多方面做了精心准备和构思，而且在创作过程中调动了自己多方面的知识储备与创作才能，展现了多方面的艺术技巧与艺术功力，称得上是一次集中优势"兵力"的小说"总攻"。带给读者的，是一次饱满的阅读体验，一种纷繁的艺术享受。

"飞蛾扑火"者的精神磨砺

——读李向东、王增如《丁玲传》

我与王增如女士相识多年,虽是一个单位的同事,我也知道她有曾经担任丁玲秘书的特殊经历,但在我们有限的交流中,她几乎没有多少谈起丁玲的时候。不过几年时间里,我不时会收到她赠阅的关于丁玲的著作,从年谱到传记,不下三四回。可见,丁玲于她,不是口头上的谈资和经历上的炫耀,而是持续关注与潜心研究。今次又受赠她与李向东先生的著作《丁玲传》,我本事务繁杂,未有开卷之心,在王增如的催促下,打算抽时间浏览。不承想,此书拿起来后就很难放下,尽管仍然是浏览的方式,却是整体阅读了一遍。合书回味,感慨良多。

我于丁玲研究领域成果几近于零,作为学习中国现代文学出身的文学人,丁玲的作品年轻时读过,印象里,《莎菲女士的日记》作为"五四"之后的小说可谓独特。作品中虽有庐隐、石评梅等女作家"烦闷"情绪的影子,也留有"五四"时期文学写作的腔调,但表达的意绪与感情明显要更加复杂且更具深度。丁玲的长篇小说《太阳照在桑干河上》是社会主题鲜明的作品,但作家的笔法却给人文学意味浓厚的印象。由此可见,丁玲作为作家是无可替代的,其作品也是足可深究的。丁玲一生的经历比她的作品还要复杂,要说穿越中国现当代文学史的"铿锵玫瑰",永远不倒下去的"铜豌豆",能否找出与她类似第二个人来都是可以讨论的。20世纪90年代,因中国丁玲研究会在山西长治举行学术研讨会,我因地缘关系参会并成为研究会的理事,但实与研究无涉,此后不断收到研究会会刊,因此也在非研究状态下时常得到一点关于丁玲及其研究的信息。今天捧读李向东、王增如为丁玲写的这部传记，认识更进一步。丁玲与我还有另一种缘分，都曾有在《文艺报》工作的经历，都在中国作家协会工作，她的人生经历，有如一面镜子，时时照出时代的变迁，这也让我得以从她的经历中更多感知中国当代文坛风云，认识文学理论与评论的历史，看出我们当前与前辈作家风范、境界的差距。这种特殊的感受，也是我阅读《丁玲传》的动因。

这本书冠以《丁玲传》的名字，但我以为它的确与一般的传记大不相同。虽也是对人物从出生到去世的线性描述，但作者所用的并不是"大处不虚、小处不拘"的资料加猜想式的写法，不是小说式的按照人物生平构制线索然后进行情节叙述的"创作"。作者所用的基本方法，是研究加考评。比如对材料的使用，作者大量占有并且活用材料，但都是直接引用，无不直接说明出处。从第一章开始，这种极为严谨的写法就给人留下深刻印象。刚开始时对这种写法还会有点不适应、不习惯，因为作者要以学问精神投入传记写作，把近水楼台的优势转换成学者式的爬梳。每遇一事，作者叙述的同时，一定会把掌握到的其他旧友、学者、作家相关文章里的言论引用进来，论及一件发生在1935年的旧事，可能会引用某位作者2006年的文章或著作。材料的引用过程中，作者有时会有评价，大多数时候是不评价，让材料的价值自动呈现，让读者自己去判断。因此这些材料有时候是对叙述的一种充实完善，有时却可能是一种对叙述的拆解，或使叙述更趋复杂化。但必须承认，作者如此用心用力的写作得到了回报，这是传记文学中具有特殊启示价值的一种写作，在当今中国的写作氛围中尤其难得。

李向东、王增如为读者描述了一个尽可能完整的丁玲，通过缜密的判断和丰富的采访、驳杂的引用，努力让读者回到历史现场，努力进入丁玲的内心世界。读罢此书，我们对丁玲一生的坎坷及其复杂的精神世界，对其性格和不灭的热情，有了许多深刻而具体的印象。

贯穿全书的丁玲精神被作者定义为"飞蛾扑火"，明知是赴死却勇往直前，这是很准确的。但这个成语式的比喻，要同丁玲个人一生的事迹勾连起来，还需要阅读全书，需要用大量的例证来充实。我从很多描述的细节中感到，这是一个不可替代的词，但简单理解极有可能遮蔽其人生的复杂性。

丁玲是一位作家，但她度过的是非文学的一生。丁玲所经历的，与其说是一个作家的起落，不如说是一个闯荡者的荣辱。她早在20世纪30年代的年轻时代即遭遇被捕，连鲁迅都已为其写了悼诗，而她又因此沾上了终生摆不脱、说不清楚的政治经历困扰。她的人生跌宕既是个人性格所致，更是时代风云裹挟的结果，既是她个人抉择的风浪人生，更是一种不可能摆脱的命运轨迹。生命的每一次辉煌都会是人生黑暗的前奏，每一次坦途都是下一个曲折的开始。她经历的是很多中国现代知识分子共同经历的，但她的经历更加曲折，更加艰难，几乎是一个时代、一种人的命运缩影。她从未向命运低头，尽管她对这种打击有深刻的认知。书中写道，1981年，她为李又然的散文集作序，谈到李又然的性格和命运，她说："觉得他仿佛是妥斯陀伊夫斯基小说中的人物。现在仍然觉得他挣扎一生，却很少得志，很少意气洋洋。他总是暗暗地为别人祝福，寂寞地过着自己的日子。他是一个善良的人，从没有害人之心的人。"这样的评价在一定程度上是丁玲的一种自况，丁玲性格的闪光之处在于，她的意气是在与命运做斗争时努力保持的状态。

作为作家的丁玲，永不放弃对文学创作的追求，她作品的文学品质也是值得多方面探究的。丁玲对自己的经历并非没有自知和反省能力，但她却很少顾影自怜，对自己认定的真理从未因处境的改变而绝望和退缩。她是那么热爱文学、渴望创作，无论是否处于创作最好时期和最佳状态，她最大的愿望不是职务升迁或场面风光，而是期盼能一直处在创作的思考、体察和写作状态中。比如，书中写丁玲从东北来到北平，参加第一次全国文学艺术工作者代表大会的筹备工作，但她在行前的日记中写道，自己一年来"四处奔波，成绩太少，以后应抓紧时间，多写，多读，多所思索，毋为一不学无术之作家"。她表示这次会议开完："以后不要再开了！让我能够有两三年的写作时间，让我回到群众中去！"她就是如此矛盾，一方面尽心竭力工作，一方面又心系创作，生怕自己变成一个空头文学家。《丁玲传》的作者能够深刻感知丁玲的内心世界，虽然书中没有直接论述，但我们可以看到，尽管丁玲受到了一次次挫折，但她并没有太多怨言，她甚至对能够因此回到群众中、回到可能的创作中是欣然接受的。只要能够和文学结缘，她并没有为不能身处高位而失落，没有在意失去权力和地位的打击。传记的最后一部分叙述丁玲为创办和支撑《中国》杂志付出的艰辛努力。不断到来的俗务，不可调和的人际矛盾，没有磨灭她对事业的追求。书中写道，出访澳大利亚时，丁玲在墨尔本看到几栋很精致的二层小楼，"她羡慕地对牛汉说：咱们《中国》有这样一幢房子就好了，让编辑们每年有两个月安安静静地住在里面写东西"。这个小小的愿望饱含着她对青年编辑的关爱，是她内心同自己的创作一样最大的心愿。类似的细节里，可以看出的是她对文学以及与之相关联的人和事的关注和热爱。

说真话是引起丁玲种种遭遇的祸根，是她被刻意误读或无意误解的原因，却也是她人格的根基。《丁玲传》称丁玲的人格力量是飞蛾扑火精神，而我在阅读中最强烈的感受，是丁玲说真话的精神让人感佩，是她明知代价有多大却仍然故我的精神令人动容。有太多的例证可以说明这一点。印象最深刻的是她复出之后，多次对文学问题的发言引来多方误读。这些误读甚至让她发出无奈的感叹："我又有一点落在五七年的情况中了。不过帽子是换了一顶，右的还没有完全摘掉，左的又来了。"但她顶着被人"扣帽子"的风险，坚持讲自己的心里话。比如关于文学创作问题，在文坛大张旗鼓开放风气的时候，她却针对一些创作中自己认为令人担忧的问题大胆直言，这些是很多同时代、同年龄的人即使也持同样想法，但万万不敢或不愿去公开表达的。她批评"宣扬文艺作品应该远离政治"，批评"盲目推崇西方"，"在表现手法上主张不需要主题、不需要人物、不需要典型、不需要时代感，只要表现'自我'"。她不满于一些批评文章"对新生作家爱之有余，对一些老作家很少关注"。她知道自己的言论可能引来的非议，但她坚信自己是打不倒的。这是她的性格，更是她的信念，是她不能自已的性格驱使，更是自觉担当的社会责任。她说："革命是什么？革命就是走在时代最前面的一股力量，是代表时代的东西。你跟它离得远远的，就脱离了时代，脱离了群众。"又说："我喜欢淡雅，但我更喜欢火热火热的，我是冷静不下来的。"今天来看，也许我们可以讨论丁玲的文艺观是否周全，但她的态度以及面对无形压力时敢讲真话的品格，却是非常值得珍视的。

讲真话的丁玲并不是一个炮筒子，如果那样简单看待，我们就失去了对她人格力量的真正感受。丁玲曾经向人们讲述过茅盾与阳翰笙的逸事。

阳翰笙希望茅盾能为自己的小说新作写序，茅盾却以其小说是"公式化"创作产品为由拒绝，而阳翰笙仍然执意请求，茅盾果然在序言里对作品大加批评。丁玲认为，茅盾的讲真话是可贵的，而阳翰笙面对难堪的批评却一字不动地将序言放到书前，这样的品格同样可贵。但说真话并不意味着一味地指责甚至骂人，丁玲讲述了茅盾写作"夜读抄"的情形，认为那里面充满批评的文字，但茅盾更多是作为自己的笔记，并未有拿出来发表的意思。"是以自己要求自己来论及作品的"，认为茅盾的态度"是谦虚的，也是极严肃的"。可见，在丁玲的心目中，说真话不是无原则地骂人，而必须以谦虚和严肃的态度为前提。丁玲就是这样一个作家，文心剑胆这个词，用在她身上，用来描述她的精神品格，如同飞蛾扑火一样，再恰切不过。

　　永远打不倒的热情，九死而不悔的激情以及由此而来的无奈和内心的痛苦，是丁玲复杂人生的主线。《丁玲传》是充满真诚的，但并非出于"亲情至上"的单纯热爱写就。丁玲的一生涉及的人和事可谓重大，足够敏感，但传记作者并没有以偏爱式的态度去臧否人物，一味呵护，一味辩护，而是说真话，讲道理，重事实，求真相，不避历史的复杂纠葛，但不做定论式的评价。这是非常难得的一种写作态度和方法。

《中国现代文学研究丛刊》2015 年第 11 期

深圳作为一个文学意象

——由三位广东作家的小说引发的感想

广东省作家协会组织研讨南翔、蔡东、王威廉的小说。我在集中阅读中,在他们各自鲜明的创作个性背后,居然找到了一点似乎属于共性的地方,不妨写来和大家探讨一下。我以为,三位作家最大的共同点是,他们都来自高校,都是学者兼作家,写作也都是学术论文兼文学创作。就创作而言,三人也有共同点,那就是他们都无一例外地写了深圳。由此我想到一个话题:深圳作为一个文学意象究竟意味着什么。

长期以来,作为虚构作品,小说中的故事发生地就如同人物一样需要作家去编构一个名字,哪怕是 A 城、B 市。也许超大型的城市可以无需这样的虚构吧,比如北京、上海。新时期以来,或许只有一个地方从一开始就是以真实的名称出现在小说里,那就是深圳。在小说里,深圳作为一种文学意象具有不可替代的指向和意味。比如,它没有地方性,它的一切都是面向世界的;它没有传统,时刻朝向未来;它的内里永远充满青春的活力,在秩序上与我们习惯的一切总是发生错位甚至颠倒。

南翔、蔡东、王威廉的小说体现出深圳书写的许多共同点——都在写人物置身这座充满活力又五光十色的城市时,如何处理自己和他人、和城市本身、和这个时代的关系。写其激动、亢奋,其迷茫、哀伤,这是第一点。第二点是,小说主角或者叙述人都有一个故乡在心里,犹如坐标,让人物时常去对位、比较,疗伤或往伤口上撒盐,都是通过与故乡比较而达成或者被强化。南翔的《伯爵猫》里,叙述人小芳的家乡是江西宜春,王威廉的《你的目光》里,男主人公的祖籍则是陕西。蔡东小说中的人物一样有来自北方的自述。第三点是，每个人在为身处这个充满活力、朝向未来、没有地域歧视的包袱、没有传统需要适应的城市而兴奋的同时，也面临着许多难以克服的生活上乃至精神上的难题。

三位小说家都着力写了人物的自我审视和反思，小说的价值观也很容易回到坚守某种传统的诉求当中。蔡东的《伶仃》写了一个妻子对无理由出走的丈夫的跟踪，跟踪别人，更是反问自己。《来访者》写一位心理咨询师与患者的往来，治愈别人的经历，同时也是反身自问的过程。王威廉的《你的目光》写了一个眼镜设计师的爱情经历。在那部小说里，王威廉始终在描写城市之"眼"对个人的"审视"。当"我"走向眼镜城时，会发现或会感受到："眼镜城跟别的高楼大厦不同，它是有目光的，因为在它正中的显著位置上，镶嵌着一副巨大的黑框眼镜，楼房那双看不见的眼睛通过它，探望着周围的一切。我总觉得它能看穿我的心思，我想些什么，它都知道。于是，我便在心底跟它默默对话。"这种被"看穿"的感受一直伴随着"我"，一部爱情小说，因此被写成一部自我被观察、被审视的作品。南翔的《伯爵猫》里，小芳始终在观察着一只猫的动静，也在观察着一个灯光维修工的行为。通过对这些看似没有关联的动静和行为的观察，营造出一种特殊的人际关系的紧张氛围。

一座活力四射的城市，一个因此让人义无反顾地热爱和身处其中的城市，却又同时带给人些许不确定、不安稳的感觉，甚至某种焦虑感。的确，在高速运转的城市里，在没有传统的包袱、没有地方性压力的城市里，某种因为"悬浮"而产生的不安与焦虑，一种渴望了解他人但又无时无刻不被人观察的紧张感，随时随地附着在一个人身上，潜藏在一个人内心。蔡东的《来访者》里，"我"因职业优势可以窥探到别人的内心。"心灵幽暗处迸裂的暗蓝色火花"，"世事人心最表层的一层泡沫"，每一天都包裹在我的周围。那些诉说有不可言说的隐秘，也有世俗的焦虑。比如一个同学发了横财，自己却只能挣点"死工资"，这一样也是需要排遣的苦闷和焦虑。

最重要的是要看作家们如何面对这些难题并为人物化解。这时候，我们就又看到了传统的闪光。这种"传统"势必会是一道我们习见的亮光，比如一些对人文关怀或"人文精神"的怀念，一种基于传统理念的爱情观的胜利及其带来的慰藉，一次自我寻找的安慰和释然。甚至对故乡的回味，或者在回味中的自我说服，都会成为教育别人、说服自己的有效途径。南翔的《伯爵猫》里，书店不但是让人在物欲膨胀的城市里寻找安逸的地方，也是成全爱情、维持友情、传播文化、完善道德的温馨环境。这一点坚守与大的潮流相比可能微不足道，但对一个人的精神而言又至关重要。王威廉《你的目光》本来有貌似大开大合的故事架构，到最后，"我"能求得内心宁静的根由，是"我"终于可以和阿姿订婚了。传统的大团圆结局如此顺利地让小说得到最好的收束，也是解决所有矛盾最核心、最稳妥的办法。"此刻，我的心情异常平静，不再凝滞，也不再浮躁。我确信我的心安了。至少目前如此。希望未来也如此。"这是小说的最后一句，也是故事的最后答案。蔡东的《伶仃》里，"跟踪者"卫巧蓉最后在大自然、小动物的感染下似乎感悟到了什么，"就在她转身的一刹那，环绕在身旁的黑暗变轻了"。在《来访者》的结尾，心理咨询师同"来访者"一起回味了各自的从前——儿时的记忆、故乡的习俗、熟悉的味道。"一种年代久远的可靠的殷实气息，叫人觉得善，叫人觉得安心"，"喉头突然涌上来一股熟悉的味道"，"这古老的味道让我鼻子一酸，眼睛潮乎乎的"。写到这里，才有真正的心安，才能发出"这世界真好，生而为人真好"的感慨。蔡东似乎特别擅长调用"故乡"的一切回味来安抚现时的内心，他最新发表的短篇小说《月光下》也是如此。这篇散文化的小说，让两个在时空上隔了很远的以姨甥相称的亲友相遇。相遇的地方是深圳，直接的感受是陌生，陌生的背后是生活的艰辛和人生的不易。而弥合这个巨大心理和情感裂缝的，是月光，而且在月光下回味故乡的过往，包括故乡的月光，才是小说占比最大的部分。因为只有月光，"它散射出母系的、心智成熟又充满感情的光，安抚夜空，也慰藉人世"。

  城市，或者说深圳，不是一个被仇视的对立物，而融入它需要依靠更大的力量。这种力量来自过往，更来自内心。人们的心之所向，一切努力和奋斗，现代化都市里难以理清的生活头绪，各种一言难尽的感受，一切喜怒哀乐的归宿，一切苦恼和焦虑的解决路径，原来都在这亘古不变的传统里,在出发的起点上,在人在孤独时的回味里。我只能说,毕竟我们的作家还是传统意义上的,还执着地坚信和坚守着文学的传统意义与现实价值。为了世道人心,为了心灵安宁,为了人与人的沟通和自身难题的化解,他们在这个本真的意义上殊途同归。这是人性的善与美,也是文学的善与美。

《羊城晚报》2022 年 4 月 25 日

关切

第三辑

简论与短评

"批评的批评"需要活跃

对中国文艺理论批评发展历程来说，改革开放四十多年是很重要的发展时期，文学理论研究与批评成就瞩目。尽管现在文学批评面临着很多问题，也常被诟病，但文学批评的不可或缺性，在文学事业发展过程当中发挥的重要作用有目共睹。

回想 20 世纪 80 年代，批评家的地位、影响力有时甚至超过了作家，那一代批评家对当代中国文学的繁荣发展起到了重要作用。但情形慢慢发生了变化，包括批评家身份的转换，以前长期以作协批评家为主，后来逐渐变成以高校的学者为主，这样，文学批评的现场感和文学批评的学术性在比例上逐渐产生了新的变化。文学批评的表达方式也在发生变化，由以写文章为主变成文章与研讨并举。

> 在我印象中，上世纪 80 年代的批评文章，既热烈讨论作家作品，也经常针对文学批评本身发言。"批评的批评"在当时很多批评家那里是一件自觉要做的工作。

现在，对于"批评的批评"慢慢变少了，能量减弱了，这是一个问题。今天，很多批评的理念需要重新识别。从 20 世纪 90 年代开始到现在，关于批评的理论探讨一直在非专业的外围概念当中纠缠着。比如说"捧"和"骂"的关系，似乎变成谁骂谁就是好的批评家，甚至有了"骂派批评"一说。就批评本身来说，到底什么样的批评才是好的批评，批评家的出发点是什么，他为什么要面对这个作品？一个批评家如果不是以欣赏的姿态，或者完全没有欣赏的态度，不能将提高创作作为切入点进入作家作品，那么批评的前提就不存在。你完全不欣赏这个作品，甚至认为它一文不值，到了不忍卒读的地步，那为什么还要评论？批评家要跟作家对话，指出作品的优点是什么、缺点是什么。批评家在阅读中不可能没有看到不足，不可能没有看到缺陷，这对批评家来说是一个考验。但是现在就变成两种情况，要么一味说好，要么说得毫无价值，有的批评家因为把作家作品说得一无是处，从而获得了或大或小的名声。

我们看中国现代文学史上的批评名家，值得今人学习的一点，就是他们大多以不失欣赏的姿态面对一个作家，但绝不是肉麻的吹捧和迎合，他要指出一个作家创作的优长，也要说出其存在的毛病、局限。这种既态度鲜明又小心谨慎的态度，让文章变得耐读。

鲁迅用"剜烂苹果"的比喻直指批评的要义，但"剜烂苹果"这一概念需要辨析。鲁迅强调的是剜掉坏的留下好的，而且在当时的情形下更强调的是要留下好的。好的苹果穷人买不起，穷人只能买烂苹果，剜掉坏的部分还可以吃。所以鲁迅认为翻译也罢，批评也罢，应该持这种态度，要把烂的剜掉，告诉人们剩下的还可以吃。目的是要留下好的，没有好的，较好的也可以。但是我们后来就变成了只是"剜烂"，认为作家作品就是一个不可取的"烂苹果"，采取的是近乎抛弃的态度，完全是批判的姿态。说真话，就是批评家要秉持好处说好、坏处说坏的原则；讲道理，就要求批评家要有科学的、专业的态度。说真话，讲道理，正是鲁迅所说的"剜烂苹果"的要义所在。

文学研讨会不应该成为作家作品的炒作和吹捧大会，而应成为对批评对象的"集体会诊"，对研讨会的报道也应坚持实事求是。研讨会上有各种意见，到了新闻报道里就只剩下说过的好话。被研讨的对象即作家，可以接受批评家在研讨会上说问题、指不足，但对在新闻报道里说缺点，就认为这会变成"负面新闻"，不能接受。所以，批评风气的改变，还需要批评家与批评对象共同努力，大家应当互相适应。要改变现状，难点很多，我们都有责任。我在《文艺报》做编辑工作的时候，翻看《文艺报》的合订本，看到新时期初期，有一次《文艺报》开了一个电影方面的会议。会议的报道非常真实，对作品哪些方面存在不足，有哪些问题，报道中都有记述。报道中还对《文艺报》自身在新闻报道和评论方面有哪些不足，都有坦诚记述。这样的文风不应该丢掉。面对文学批评未来的发展，我们还有很多任务要去完成，应当在总结经验的基础上，针对当下和未来文学批评的发展认真探讨。为实现这一目标，"批评的批评"应当成为批评家做批评时的题中应有之义。

《中国文化报》2019 年 4 月 19 日

赵树理的文学实践说明了什么

对作家而言，深入生活，是对现实生活的深入了解、深切体察、深刻理解，若非如此，便不可能将创作楔入作家所生活的时代与现实，作家的创作就很可能会错失对一个时代的真实表现，也会错失同时代和将来读者的认可。

今天重提赵树理，探讨深入生活与他文学创作之间的必然联系，仍然具有重要的启示价值。赵树理生长在中国北方农村，是响应毛泽东同志《在延安文艺座谈会上的讲话》走上文学创作道路，并在新中国成立后重新回到农村工作、生活、创作的作家，他对生活的了解配得上"深入"这个定语。赵树理的小说是对他所生活的农村社会的真实书写，这些书写中，深刻地烙印着中国农村在政策层面上发生的变革，在建设热潮中产生的巨变。中央和政府的农村政策如何落实到农村、农业、农民当中，如何影响和改变着农民的生活，他的小说可以说是对这段社会历史的真实记录。与此同时，我们还应看到，赵树理的"农村题材"小说，既有对新时代农村生活的热情歌颂，也有对农村现实中存在的腐朽势力、落后现象的批评，甚至包含了对具体政策在针对性上的偏差、有效性上的距离的表现。他的《在大连"农村题材短篇小说创作座谈会"上的发言》，所谈的除了小说外，还有对"浮夸风"的批评，反映了农民对于"统购"问题的困惑。这些担忧，不是出于对个人创作的考虑，而是出于对农民利益发自内心的关心。没有深入生活，就不可能掌握如此深刻的问题，没有对农民的深厚感情，也就不可能关心如此"非文学"的话题。

赵树理的小说是以大众化、通俗化为标识的，他用农民听得懂的语言写农民感兴趣的故事，讲农民关心的社会主题。他的小说艺术却绝不是"低端"的,他从来不用粗鄙的语言来显示"民间色彩",他从来不以高一等的、冷漠的姿态看待农民,他是用朴实的语言在写乡村的故事,热爱与批评、歌赞与担忧在小说里融合着。他的语言艺术,是他长期浸润于农村生活的结果,走马观花的创作者不可能学得到。正如他自己所说:"我的语言是被我的出身所决定的。"他在"说说唱唱"的民间艺术中向农民学习,在同农民的漫谈中感受那些俏皮话,吸收那种与土地息息相关的独特而丰富的表达。对他来说,农村绝不仅仅是创作素材的搜集地,而是如鱼得水的栖居地,也是他文学创作得以延续的"语言学校"。

当我读到太多用粗鄙的俚语装扮得"土得掉渣"的小说语言,看到太多被过滤得"符号化"的农民形象,读到太多以"底层"或时代落伍者为定位的农民形象、农民故事后,总会想到赵树理。今天重提他的创作与深入生活的关系,其实有很多地方已不可复制,时代和社会的变迁也决定了文学创作的丰富多彩。值得我们认真思考的,是一个创作者与生活的真正关系,表现生活时的态度与感情,朴素感情与朴实语言再生的可能性,勇敢地直面生活的勇气,热情讴歌时代发展,勇于面对生活中出现的矛盾、问题,发自骨子里的民间气息,以及对于烂熟于心的生活语言的运用。从这些层面上讲,经典作家作品不会过时,因为他们不是用来模仿和照搬的,而是能时时带给我们启示,同时启示我们用新的创作需求去调整、去借鉴、去创新。

《中国文化报》2019 年 4 月 12 日

新时代中国文学的盛景

党的十八大以来，中国特色社会主义进入了新时代，我国文学事业也一样取得了许多新成就、新收获。习近平总书记关于文艺工作的一系列重要论述在广大文艺工作者当中引起强烈反响。中国文学的创作实践和理论评论都取得了令人骄傲的成绩。主要体现在，为人民创作的导向更加鲜明，以人民为中心，最大限度满足人民群众日益增长的审美需求，正在成为广大作家的自觉追求。现实题材创作不断得到加强。表现改革开放伟大进程，展现新时代中国人民奋斗进程、美好生活和精神气象的作品越来越多。许多作品在社会上引起强烈反响。《平凡的世界》在最近十年内再次掀起阅读热潮，让很多作家认识到，只有为了人民、服务人民，真正能把人民生活和情感写好的作品，才有可能赢得读者，成为经典。长篇小说《人世间》获奖和改编成电视剧并引起社会热议即是例证。我以为，新时代以来的文学创作有一个集中的特点，即主题鲜明，书写历史的沧桑巨变，包括注重英雄主义、理想主义情怀的表达，成为作家创作的一种自觉。表现现实生活，尤其是普通人生活的作品一样引起广泛反响。与此同时，作家们在艺术上做了各自的探索。思想性、艺术性以及可读性相结合、相融合的作品越来越多。以长篇小说创作为例，出现了不少可圈可点的作品，值得总结的经验很多。通过表现普通人的生活反映一个时代的变迁，如陈彦的《主角》《喜剧》；充满烟火气和故乡感的带有自叙传色彩的叙写和描述，如迟子建的《烟火漫卷》、王尧的《民谣》；在虚构与非虚构之间表现某种特殊的人生或历史，如余华的《文城》、陈继明的《平安批》；在表现当代生活尤其是城市生活方面也有很多新收获，如东西的《回响》、滕肖澜的《心居》等。这些作品都给人留下深刻的印象。很多小说在艺术上所做的探索，体现出新时代文学创作在艺术上达到的高度。典型如李洱的《应物兄》、孙甘露的《千里江山图》，都给人耳目一新、激赏不止的感觉和印象。

十年来，文学作品改编为影视剧等其他艺术形式的例证也有很多，从《平凡的世界》《装台》《人世间》引起的热烈反响可见一斑。甚至出现了影视剧本改编为小说出版的例证，如龙平平的《觉醒年代》。十年来，中国文学创作的收获是多方面的。报告文学、散文、诗歌创作，都收获颇丰。理论评论在坚持说真话、讲道理方面有了明显改善，批评风气大为改观。

十年收获满满，未来更加可期。在鼓励现实题材创作，反映时代变迁，艺术风格提升方面，在组织引导、理论倡导以及作家个人自觉努力方面，都体现出一种合力而为的趋势。不断迈向高峰的中国文学，正在汇聚着强劲的力量。

用创新的艺术描绘创造的时代

新中国成立七十年来,发生了巨大变革,取得了伟大成就,这是中国历史上未有过的巨变,也是令当今世界瞩目的奇迹。当改革开放进入深水区,全社会对于经济创新、文化创新、科技创新的需求比以往更为迫切。可以说,我们正由制造时代进入一个创造的时代。创作者只有将镜头真正对准大时代,塑造典型人物,创作优质作品,才能对时代做出更有力的回应。

在我国发展的不同阶段,对于社会主要矛盾曾有过三次不同表述。不同阶段都出现了与之相呼应的文艺作品,它们代表了一个时代,也回应着社会主要矛盾。人们关注欣赏这些作品,有些甚至能引起争鸣热议,成为一种文化现象。

20世纪50年代,我国社会主要矛盾是人民对建立先进的工业国的要求同落后的农业国的现实之间的矛盾。同时期出现的小说《创业史》《三里湾》、电影《我们村里的年轻人》等都在表现中国农村的变化,特别是优秀回乡青年带领乡亲在土地上奋斗。创作者们将工业元素带入传统乡村,书写带有浓重乐观主义、理想主义色彩的人物和故事。

在社会主义改造基本完成后,改革开放初期,我国社会主要矛盾已变为人民日益增长的物质文化需求同落后的社会生产之间的矛盾。这个时期,路遥的小说《人生》和由此迅速改编的电影,以及之后出现的《渴望》《外来妹》《北京人在纽约》等大量影视作品,都在表现人们生活、事业、精神、情感方面发生的巨大变迁,展现其中的矛盾与复杂性。

如今,我国社会主要矛盾发生了新变化。党的十九大报告指出,我国社会主要矛盾已经转化为人民日益增长的美好生活需要和不平衡不充分的发展之间的矛盾。如何把握新时代的精神内涵，塑造新人物，文艺创作者面临机遇，也面临挑战。

党的十九大报告指出，要加强现实题材创作，这不仅指创作者的题材选择，更是对创作者的创作态度、价值选择、创作目的提出了明确要求。目前，影视创作者对现实生活的理解和表达，还存在着简单化、浅表化的问题。比如，有些影视作品为了强化个人或是地方的标识性，视野仅仅局限在一条小街道、小胡同，编构一些现实的故事，将地方风俗乡情作为表现对象。诚然，这些都有价值和意义。但文艺作品要在回应社会主要矛盾方面达到与社会现实同频共振，这些作品发挥的作用和影响还不够。希望创作者能用创新的艺术描绘一个创造的时代。创作者既要深入生活、扎根人民，更要加强学习，从古今中外的经典中吸收经验，从时刻变化的时代中汲取营养。若对社会热点不关心，对国家政策把握不到位，对时代精神掌握不透彻，对社会现实理解不深入，创作便会浮于表面。鲁迅之所以成为那个时代文化的引领者，正是因为他对国家、民族和社会的深度关切与深刻洞见。

创作者还应拓展学习领域，尤其要关注前沿科技领域与科学知识。当前，我国在科技领域不断涌现出世界领先的创新成果，创作者要"看到"并挖掘、展现出来。若仅将原来的创作手段和技巧"经验主义"式地转移，是行不通的。因为科幻文学以及科幻题材影视创作的突出特点，不仅是要展现这个领域的基本生活，还要涵养专业知识、科学常识，秉持着科学的精神和态度去探索人生和世界。这些特别能满足当代读者与受众的需求，所以科幻文学的崛起、科幻电影的兴起并非偶然。

在越来越信息化、国际化的时代，在全民文化素质、综合素质普遍提高的时代，在科技创新创造以及国际竞争越来越激烈复杂的时代，文艺作品如何做出有力回应、精彩表现，是创作者共同面对的重大命题，也是共同肩负的时代使命。

《人民日报》2019年1月10日

文学的期许

新中国成立七十多年了。这七十多年社会生活的多种个面,历史发展的跌宕起伏,人间世相的千姿百态,人们经历的喜怒哀乐,林林总总,都体现、呈现、表现在不同时期的文学作品当中。把一部作品融入一段历史当中,使之契合于国家、社会的发展进步与思潮涌动,展示一种家国情怀,提炼作品的社会价值,这些都是总结中国文学艺术的过程当中重要的主题和理论自觉。

放眼当今文坛,一种值得期待的文学前景正在向我们展开。作家在创作中更自觉地处理个人与时代的关系,展现个人命运与时代精神的关系,在思想上进一步向深处开掘,在故事性上拓宽延展,在艺术性上努力提升,引发社会广泛关注的文学作品的大量涌现将成为一种良好态势。

从美学追求上观察,现实主义与现代主义融合正在形成一种趋势,未来也必将成为作家创作的共同追求。

回顾新中国七十多年的文学发展历程,现实主义文学无疑具有最强劲的生命力。随着社会不断开放,文化交融不断增强,社会公众的审美水平不断提升,更因为传媒手段渠道的日新月异,人们的审美方式和艺术接受选择都发生了很大变化,现实主义的疆域不断拓展。在当代中国,现实主义的概念曾被加设过太多的限定,这些限定并非确定的文学概念,但它们表达了作家和批评家在创作与研究当中的最新思考以及对现实主义的重新认识。与此同时,现代主义作为一种世界性的创作潮流,与开放的中国文学产生了越来越多、越来越频繁密集的碰撞。探索、实验、新潮、先锋,曾经剧烈地、激昂地、鲜活地成为中国作家创作的新追求和新风貌,它们不但带来审美上的拓展,让人们感受到艺术探索的无限可能性,而且对于社会思潮、观念更新都具有强大的冲击力。可以说，先锋文学作为一种文学力量，在改革开放的中国社会产生过极强的影响与作用，文学也因此显现出感时代新变、领风气之先的生命力。

当然我们也应看到，长期以来，现实主义与现代主义似乎成为两种文学力量，甚至形成两种文学观念，维护着两类文学的接受者。情形正在改变，简而言之，现实主义与现代主义在忠实于生活和现代性表达，展现时代风貌与书写精神世界之间正在融合。从前的双峰并置，如今体现在一个作家身上、一部作品当中，这种融合，可以说是一种世界文学的潮流。中国作家的这种艺术自觉，也是开放时代中国文学发展的一种新的标志。

还有一点，即从前井水不犯河水的两种文学，以今天的站位回看，正在渐渐互相理解，且想要从对方那里寻找到被疏漏的艺术品质，也成为一种趋势。从前的先锋文学代表作家纷纷转向表现现实，又同时自觉保留着自己的先锋品质。一些人过去被认为是传统的现实主义作家，其作品的艺术品质被重新评说，得出新的结论。如对路遥小说艺术性的重估，对柳青《创业史》艺术品质的重新评价，以及对赵树理、孙犁等作家创作经典性价值的研究，等等。

就此而言，中国文学前景特别值得期许。网络文学活力巨大，成为向影视艺术提供原创作品的重要力量。作家创作的艺术自觉在思想性和艺术性、主题深度和生动表达方面的追求更高也更综合。因为现代性的文学理念、创作手法、艺术技巧的纯熟运用，更多具有艺术探索自觉追求的作品描绘、表现着我们正身处其中的时代生活，所以现实主义道路必将更加宽广。站在今天这样一个融合的时代，我们既要重新评价以往的现实主义优秀作品，同时还要记住先锋文学、探索小说、朦胧诗等为开掘中国文学道路做出的独特贡献，这种贡献不可替代。我们相信，无论面临怎样的时代变化，文学都应当也能够发挥先行者的作用，在文化生活、艺术传播、审美观念发生不断变化的过程中，仍然保持不变的从容风姿。

《学习时报》2020 年第 50 期

关 切

诗人与诗的断想

每当参加诗人们的活动,难免会遥想,古代的诗人雅集时会是什么情形。报国无门、怀才不遇几乎已成代代传承的写作主题,大家在一起喝酒倾诉,扪虱而谈。由于个人"风度"已成文坛"风尚",所以不管是不是抱有如此人生观,大家都得学做这种样子。鲁迅在《魏晋风度及文章与药及酒之关系》中即有生动描述。比如魏晋时诗人们流行吃一种叫"五石散"的药,吃完药以后非走路不可,谓之"行散",凡诗人都以"行散"二字入诗。古代中国的诗歌史,其实就暗含着这样的一代又一代的风尚。小诗人向大诗人致敬的方式,就是学习大诗人的风度和行为方式。鲁迅在同一篇演讲里说,"东晋以后,作假的人就很多,在街旁睡倒,说是'散发'以示阔气。就像清时尊读书,就有人以墨涂唇,表示他是刚才写了很多字的样子"。不才明主弃、无人信高洁几乎是古代诗人们自动铺垫好的感情基调。屈原本来是官位不高的政治家,失意后成了诗人,尽管其诗读之不易,但其决绝离世的态度却成千古佳话,屈原也成为大众皆知的诗人。初唐年轻的王勃,北宋年长的范仲淹,或忧国忧民或恨自己不被人认可,都怀着一种"小我"中有"大我"的情怀。中国古代诗歌的思想与艺术都是代代相传、有迹可循的。

现代中国以来,从《女神》到《死水》,从《再别康桥》到《雨巷》,从冯至到卞之琳,从臧克家到贺敬之,现代诗歌的脉络是清晰可辨、值得入史评说的。尽管从最初的《尝试集》开始,新诗在艺术创新上还有很长的路需要走,却一样留下许多经典名篇,中国新诗在现代文学史上发出了时代的先声。新时期以来,朦胧诗将中国新诗推向思想艺术的新高度,佳篇名诗不但传唱不衰,而且高度社会化,是同时代中国文学的制高点。此后呢？我更多看到的是变成小说家、编剧、散文家、书画家的诗人，是乱"体"流行的诗歌风尚。想起苏童的小说《肉联厂的春天》，写诗的青年冻死在肉联厂的冷冻室；余华的小说《战栗》，失落的诗人再也不能享受当年的风光。中国诗人集体性的对诗歌本身的失望是少见的。的确有一些优秀的诗人，但他们被淹没在庞杂的纷繁中，模糊了身影。诗人雷平阳把自己在一次诗会的发言定题为《有一条路，我打算一个人走下去》就颇有意味。诗人们行走在诗歌的道路上，却很难找到同行者，他们要么远离诗歌这条路，要么每个人都认为自己可以独自走出一条道路。这是网络时代无法逆转的趋势，也证明优秀的诗或诗人还没有组成一种强大的力量。诗人于是变成了一个个孤独的个体。在一定程度上讲，今天的诗人比以往任何时候都更加孤独，因此坚持创作诗歌就更加不易，更具艺术上的道义感。中国诗歌创作何时能汇聚成一种集体的力量，一种可以影响时代的诗的力量，这是需要继续观察和期待的。

《民族文学》 2016年第6期

王干著作《说不尽的现实主义》

吾友王干,一位活跃的评论家,一个真实的写作者。"真实的写作者"?我也不知道怎么冒出这么个词,但又觉得,用它来描述王干的写作,仿佛也能说明某些特点。写作,尤其是写学术性、评论类的论文,对于王干而言,的确没有评职称、弄项目,甚至写专著等诉求。他就是由不得自己要说话,说话的原因,一方面是自己有观点、有看法要表达,另一方面,也是经常不认可或不能完全认可自己读到的某些观点和看法。虽然不是明确的辩论,但也有一种不吐不快的急迫感。所以读他的文章,感觉与规范的学术论文有明显不同,表述未必缜密,但有内在逻辑。这使他的文章格外有生气,决不掉书袋,不正襟危坐,不引经据典,不用关键词,不硬写内容提要,不把活生生的文学弄成一潭死水。长期以来,王干的主业是编辑,他因为写文章而获得编辑资格,又因为做编辑增强了写评论文章的动力。我记得他曾经在聊天中讲过这样一个观点:有人是先有某个位置而后有文章,也有人是先有文章而后得到某个位置。相对而言,后者的文章更扎实、更可读些。我以为他说得有些道理。可以说他本人就是凭着文章走进文坛的。

因为是评论家,又是文学编辑,长期以来,王干总是在中国文学的创作现场紧张地张望着,生怕漏掉每一个具有前沿性的现象、群体,或一个重要的作家、一部值得评说的作品。他总是兴奋地宣布自己刚刚读到某篇新作,并急切地为这一作品找一个定位去做特别的标识。在对文学现场的介入上,王干的确保持了足够高的热情,坚持了足够长的时间。但有一点很重要,王干有理论上的充分准备,他努力把作品放到理论框架里去衡量,要么为作家作品定位,要么借以修正传统的理论概念。当他认为传统的理论概念实在无法规约自己最新读到的作品时,不惜自己去发明某个概念,用新概念推介新作品，或用新作品支撑新概念。王干对现实主义问题的讨论同样见出这一特点。集中阅读让我很感惊讶，王干居然关注、探讨现实主义理论和创作问题已有四十年之久。20世纪90年代，以他为主提出和倡导的"新写实"，颇有一点引人关注。"新写实"，应该就是因为他实在无法在传统概念里放置某些新的创作现象而提出的。

王干无意于创造一种新理论，他把最新的创作现象用人们容易理解的概念去解读，从而也让理论本身发生松动，带来许多活跃的元素，从而引发更多的人去讨论，并使这些理论与正在进行的文学创作发生联系。这是一件很有意义的事。正是在这个意义上，我以为，王干从自己四十年以来的文章中抽取出讨论现实主义问题的文章予以结集，定名为《说不尽的现实主义》，从中既能看出他本人的评论路径，又可见新时期文学发展进程中新鲜活泼的创作问题，这是一件有意义的工作。

收在这本文集中的几篇重要文章，如《说不尽的现实主义》《世纪末的风景》《现实主义的道路宽广而修远》《新写实：近期小说的后现实主义倾向》等，可以看作王干对现实主义问题在理论上的集中思考和表达。这些文章有的是对话，有的是理论文章，有的是对作家作品的解读，角度不一，笔法各异，但很能见出作者广泛的阅读、宽阔的视野，对当代文学最新作品和创作现象的"战地"式观察。同时，又能够和作家自己的理论思考相结合。说实话，一读以学院之名写下的文艺理论文章，看到那种高头讲章的威严和冷面孔，就发愁，就抵触。这种文章的内容往往跟当代正在进行的文学创作无关，即使举例，也是列个名单，讲个大概，做个归类，谈不上对作品本身的精读和欣赏。王干的评论在这种比较中显示出活力和价值。他可以跟王蒙这样的作家对谈现实主义，也可以向在读的中文系研究生讲解自己的观点，更从大量的当代文学作品中寻找实例。他讨论现实主义问题，不是想在理论的长河中再添一滴水，而是站在这条河流上观察那些正在翻腾着的文学浪花。也许他的某些及时评论未必精准，所用的概念也不都是理论词典里早已经有的，但这种新鲜生猛中自有抑制不住的激情和才华，这也使他的评论文章显出格外的活力与力量。

王干始终把现实主义与文学创作结合起来，同时又能够从中外文学经典和文学潮流中寻找佐证，这种结合和"穿越"是一种文学漫步，同时又带着指点江山的快意。他特别强调现实主义创作在不同历史时期发生的变化，"当我们来看待现实主义家族中那些分支时，就会发现它们都不是原初意义上的现实主义"。为了说明某种创作的新意，人们不得不在"现实主义"之前加上各种限定，用以指代某种新的现象。王干自己也提出了一个"后现实主义"概念。这个概念不可避免地引起过一些争议，迫使他必须使出浑身解数加以深入论证。客观地说，不独"后现实主义"，绝大多数加在现实主义概念前的限定词都很难得到全局性认可，区别只是看提出者是否可以自圆其说。略举一点，王干的"后现实主义"说里，"从情感的零度开始写作"最容易引发争议，但也可能最见他提出这一概念的必要性。他的"作家在写作时不带观念，尽量把生活赋予他的一切复现出来"的说法，以及大量作品的引证，应该说在特定的范围内还是有效的，至少可以启发人们增加对作家作品理解的维度。

正像王干自己所说的，现实主义概念之所以不断扩充、变异，但其根基却十分稳固，千年不变，是因为，在文学世界，"新鲜的观念是人们读出来、研究出来的，而生活本身永远大于观念"。"现实主义的超越性和象征感是隐藏在精彩的故事和人物背后的，浮在表层的超越和象征看似热闹，其实是缺少生命力的"。从这一论述可以看出，一直追求新异的王干，其实有他很确定、很守正的一面。

这部文集，肯定不是一本关于现实主义问题的教辅书，但坚持将理论与创作相结合进行探讨的精神，随处闪现的思考活力，兴致盎然的谈兴，以及灵动不拘的文笔，是这本书的特点，值得读者拿起来阅读。

《文学报》2021 年 11 月 27 日

舒晋瑜随笔集《风骨：当代学人的追忆与思索》

近几年来，舒晋瑜时有新书寄来，或交流中总会谈及正在准备出版的新书。我发自内心为她的成绩感到高兴。认识她逾二十年了，她始终做着同一份工作，坚守着同一个岗位：做一个专业的文学采访者。我对她始终不离一线的坚持感到钦佩，更觉得非常有价值。因为她从辛勤耕耘中不但尽到了一个报社编辑、记者的职责，而且也收获了不俗的成绩。

在长期的职业训练中，舒晋瑜不断取得进步。这种进步的阶梯也许别人看不见，舒晋瑜自己一定有深切的体会。一是她逐渐把自己的文学采访系列化。她出版的《深度对话茅奖作家》《深度对话鲁奖作家》，都是非常有意义、有价值的文学记录。这种意义一定会随着时间的推移而不断放大，书中有的内容甚至会成为珍贵的文学研究史料。二是她正在从文学采访向文学采写过渡。也就是说，一问一答式的文体已经不能满足她的要求，她要经过新的探索和尝试，使自己作为记者的所做作家采访变得更综合、更立体、更有自主性。她本身也是一位文学评论家，她有能力对作家的创作、成长的经历，文学思潮中的选择、文学成就的方位做出自己独立的判断。加之她与多位受访的作家、学者相熟，因以诚相待而获得对方充分信任，她也有更多机会走进这些人的生活当中，近距离观察，甚至走进他们的内心，捕捉书本之内无法获得的信息，领略对话当中无法得到的感受，这部《风骨：当代学人的追忆与思索》，就是她这种尝试和探索的最新成果。

可以说这是舒晋瑜的个人著作，因为她所做的不是采访而是采写。同时她又一如既往地以真诚的态度面对每一位受访者。在这部新书里，她以

"我"的口吻讲述自己与每一位作家、学者的交往史,包括每一次见面、过程中的多方面交流,最新的或最后的往来等。她以记者的职业敏感和女性特有的细腻,描摹着每一位人物。近三十位文学人物,大多是年长她很多的长者,从他们身上,可以看到一代人的成长历程、时代的变迁在他们身上留下的烙印,更可以看到他们难得的精神品格、严谨的学术态度、不懈的创作追求、令人感佩的人格风范。在一定程度上可以说,这也是一部致敬之书,向一个时代的文学高度致敬,也向某种精神风尚致敬。

舒晋瑜显然始终保持着这样一种自觉的追求,即不做一个人云亦云的知识和信息的重复贩卖者,而是通过自己的观察,用自己的语言和态度为对方画像,挖掘他们身上最突出、最可贵的那一面。举几个标题即可看出她的这种自觉意识:"马识途:我的生活字典里没有'投降'二字""冯其庸:真实严谨做学问""宗璞:即使像蚂蚁爬,也要写下去""林非:做学问要讲学术良心"。标题本身就是对一个人性格的某种概括。书中的文章,每一篇都有其可读之处。这种可读并不是源自作者以座上客的"老朋友"姿态去和对方谈天说地,纵论天下。她对每一位作家学者都秉持着尊敬的态度,作为一个文学人,她又每每要从他们身上去学习和感悟。她以真诚走近每一个人物,在有限的交往中认真投入地获取每一个有用的信息,尽可能准确地为读者画出一个个人物的素描。这素描不是单色调的、扁平的,而是立体的呈现,从中可以透视和感受到作者某种特立独行的性格。比如在关于宗璞的篇章中,既有《北归记》的创作经历,也有作家对父亲的回忆,还有个人成长经历中各种风云变幻对创作的影响等,既鲜活生动,又是一份难得的研究资料。在关于严家炎的描述中,她深入学理内部,展开了一场颇有学术深度的讨论,关于"五四"新文学,关于鲁迅,关于金庸和武侠小说的讨论,都有很高的阅读价值。读这些文章,仿佛也是打开一部文学史,甚至是一部领域更宽广的历史。

这种记叙性的文字,既有现场感,也有超越具体环境的深广度。我个人近年来有一种体会,从事现当代文学研究,尤其是作家研究,已有的庞大论述体系固然十分重要,是我们进行研究时必要的参照,但年轻时不大在意的人物印象记、个人回忆录,尽管看上去没有理论诉求,没有学术结论,但其中的一点信息、一个记述,很可能会帮助我们打开理解一个作家的窗口,看到一个丰富的人生世界,其中不少也完全可以用于学术研究。甚至有一段时期,我还设想过,是否可以编一本书,把同时代人在各种场合记录下来的鲁迅话语汇集起来,合成一部"著作之外的鲁迅言论",虽是"仅供参考",但也定有其价值。舒晋瑜此书多写当代作家和学者,我相信,这些文章会在时间的流逝中越来越显现出难得的价值。

总之,我认为舒晋瑜始终不渝的坚持已经获得了丰厚的回报,而且她依然会把这样的工作坚持下去,从而累积下更多的成果。

《光明日报》2022 年 8 月 4 日

龙平平长篇小说《觉醒年代》

2021年，电视剧《觉醒年代》引发了持续不断的关注与热议，"觉醒"成为贯穿全年的热词。百年前，一群觉醒了的中国人，成为为劳苦大众自由解放而激昂奋起的革命者，成为深刻思考国家前途、民族命运的先进知识分子；百年后，他们的作为广为传颂，使百年历史融为一个整体，完成了一种精神上的薪火相传。最近，编剧龙平平根据剧本创作的长篇历史小说《觉醒年代》再续热点，与读者见面了。

小说再现了历史巨变前夜的思想萌动。作者以全新的视野，回溯百年前中国社会的现代性变革，塑造了李大钊、陈独秀等为灾难深重的中国寻找出路而艰辛探索的人物形象，展现了蔡元培、鲁迅、胡适等觉醒者为唤醒民众觉悟所做的文化探索、学术研究以及文学创作上的努力，表现了这一群体在思想、文化和现实斗争中不懈奋斗和勇于牺牲的精神品格。作品引入新旧文化人物的对垒、争论、斗争及适度的理解、通融，叙述了他们在社会斗争中的壮怀激烈，以及个人命运上的曲折多变。作品深入人物灵魂，描写新旧文化间的冲突以及人物内心世界的矛盾、痛苦，叙写他们为国家、民族和大众付出的牺牲与代价。这种代价里有现实生活中的清贫辛苦、爱情婚姻上的隐忍服从，更不乏至亲之人生命的牺牲。作者敏锐、准确地抓住了历史转型期的关键词。翻开近代以来的中国历史，"觉醒"二字出现的频率很高。一代先贤或留学日本、欧美，在比较中感知东方大国的沉睡与沉沦，或身处灾难深重的中国，为国家蒙辱、人民蒙难、文明蒙尘的状况揪心、痛苦。最早的觉醒者追求的不是自救，不是以逃离的方式去寻求个人安逸，而是通过苦苦求学获得知识和真理，探求民族解放之路。他们是革命者，也是牺牲者，他们勇敢无畏，同时又不乏自我冲突和相互间的矛盾。龙平平依靠深厚的学养、精深的研究、精巧的构思，用"觉醒"这个关键词概括历史转型期人们思想的萌动，展开了新旧观念、中外文化在激烈碰撞中引发的社会巨变。

小说紧紧围绕影响历史的人物展开叙事，将政治风云、文化变迁、社会变革、军事斗争融为一体，站在新的时代方位回溯百年前的历史，既做整体观照，又为具体人物确定相应位置；既非简单按人物后来的政治地位定位，也决不跟风去做"民国范儿"的逸闻趣事表达。小说中的李大钊、陈独秀、蔡元培、鲁迅、胡适，观念互有差异，观点时有冲突，但他们都有一个共同目标，就是为黑暗中的旧中国寻找新路，都具有强烈的文化担当和炽热的家国情怀。即使是旧文化阵营的辜鸿铭、刘师培、黄侃等人，他们的顽固也一样被活化出一种"忘我"的固执。新旧两个阵营的斗争，同一阵营里的冲突，个人内心世界的矛盾，在小说里穿行交织，将"五四"新文化大潮中的中国文化阵痛描绘得淋漓尽致。

小说展开了一幅丰富立体的社会生活图景。将军阀之间的明争暗斗、割据混战，"五四"游行的鲜活情境，都表现得活色生香。尤其是对火烧赵家楼的充满戏剧性的场面描写，令人过目难忘。这种将纪实性、戏剧性、小说性融为一体的写法，源自作者对史实的熟悉、情感的投入和技巧的成熟。小说还在人间烟火中凸显时代风云。赵纫兰之于李大钊，高君曼之于陈独秀，江冬秀之于胡适，以及虚构的青年女性柳眉之于陈延年，无论她们的出身、年龄、文化程度、社会斗争参与度有多大的差异，无一不提供了在生活中观照时代的有效视角。此外，对陈延年、陈乔年兄弟性格的刻画，陈氏父子代际冲突的化解，对反派人物张丰载的塑造等，都强化了小说的故事性和动感强度。同时，小说努力还原真实历史场景，对饮食、服饰、书画、语言的精确把握，让一百多年前的社会图景更加丰富、立体。小说在宏阔的描写中彰显出鲜明的时代主题。《觉醒年代》产生广泛社会影响的根本原因，在于作品表现了中国共产党诞生的历史必然，以及在思想上、文化上、政治上的充分准备。人物的主次层级，故事的详略铺陈，戏剧化情节的开合收放，均在这一主题框架的统摄之下。各种主题变奏、故事插曲和大小情节的枝蔓丛生，并不影响读者获得一种整体观。从痛感国家落后到为唤醒民众觉悟而呐喊奔走，从《新青年》的创办到实现组织建党，涓涓细流汇聚成磅礴力量，使这部作品成为一部感受青春热情、感悟责任担当、接续奋斗精神的激情之作。

《人民日报·海外版》2022 年 2 月 24 日

崔正来长篇小说《傅作义》

崔正来先生是我未曾谋面的文友，两年前他赠我长篇小说《黄河滩》，方知他是一位年过花甲的新闻人。今受托阅读他新近完成的逾百万字的长篇纪实小说《傅作义》，更觉其创作上的勤奋，对文学创作的执着追求。而我没有想到的是，他一再要我作序，即使再三推辞仍难拒绝。崔正来先生的理由是"非文学"的，他是傅作义将军的同乡，都出生自山西荣河安昌村（今属山西临猗县）。用文学的形式塑造傅作义形象，是他作为同乡晚辈数十年的愿望，他又知我也是晋人，故执意认为我应该为这样一位传奇人物做一点什么。傅作义在中国现代革命史上产生过重要影响，是在中国现代战争史上创造和平伟业、可以彪炳史册的人物，对这样的人物进行塑造，做传记式的创作，崔正来付出了长期的辛劳和大量的心血。而以我之匆匆一览，更加之认知欠缺、认识不够，何以如作序者般居高点评？但情义难却，相信作者此时只想着这是一部小说，交流一下无妨。

在中国抗日战争史上，为了民族、国家英勇作战者甚多，傅作义的英雄行为无疑值得浓墨重彩地书写。但世人知其名字的特殊，还是因为他1949年年初为和平解放北平做出的贡献。他此前的勇猛，是为这一和平之举做铺垫；他此后的贡献，是这一壮举的余响与回报。率兵起义从抽象的意义上面临"背叛"的道德压力，和平解放也必然面对军人不战而降的"谴责"后果。然而，历史的潮流自有其不可阻挡的趋势，民族大义面前，个人的荣辱需要重新考量。以傅作义在国民党中的地位，以他当时镇守北平的特殊任务，以他作为军人必须牢记的律令，能够在最后的关头做到为了保护城市、保护人民而不动一兵一卒，绝非示弱之举，而是更大勇气的体现；绝非为了保全个人，而是对历史和人民的真正负责；绝非一时权宜之计，而是对历史潮流的顺应。《史记》以来的历史记述证明，战争的残酷与较量，将军的决断与结局，都会在未来的历史中得到公正评价。傅作义的抉择是中国战争史上为数不多的特例，这是比作战还能激起反响的事件，为其作传，将其塑造成文学人物，具有特殊的意义和价值。崔正来的写作看似出于乡情崇拜，事实上却并非乡贤文人为自己故乡的名人树碑立传，而是敏感地看到了这样一位人物的人格力量，看到了他的抉择在历史洪流中的作用，并挖掘出其行为背后更大的道义力量和勇气担当。

《傅作义》冠以小说之名，傅作义于是成了小说人物。但作者显然是努力忠实于史实的，就其创作的过程而言，所做的准备是为了更加"纪实"，所描写和表现的是人物曾经经历的真实。冠以小说之名的价值和目的，在于作者想借此让故事细节化，使故事环境情景化，使史实之筋骨融入饱满、丰富而富有质感的血肉，使历史的雕像变成有呼吸的生命。可以说，作者通过努力最大限度地实现了这一初衷。我一开始阅读作品的电子版时，并没有注意到作者写的"后记"，大半将其视作纪实文学，而且可以感受到他对这位杰出乡友前辈人生历程的熟稔，对其内心世界的了解把握。不过，对一部纪实作品而言，除去传主经历和故事的主干，更加细节化的内容，特别是他与周围人们交往过程中的对话，是很难处理的。没有细节，故事会显得枯燥，增加细节，还原现场，通过对话显示人物交锋交流的情景，描述其内心活动的起伏，又容易偏于妄测。如何表现是一个创作学上的难题，不只崔正来，即使文学大家也会遇到难以处理的考验。从其"后记"方知，作者创作的初衷是写一部小说，我想，这也是不得已而为之的选择，唯其如此，方可给自己的写作留下较大空间和自由度。崔正来基本上采用了这样的笔法：事件必须是真实的，不可妄加，不可失真，因为傅作义本质上不是小说角色而是历史人物，必须保证每一次叙述都是确凿可信的。因此他才遍访主人公的家人、亲友、下属，走访其足迹所到之处，爬梳历史资料以求真实。而在叙述过程中，他竭尽文学的才能，力图使故事有场景、有环境，有人物对话、有内心活动。对话都是直接引语，连内心活动有时也用引号加以强调。这就使他在克服了创作的天然难点之后，必然也要经受一种考验：人物是可以被如此描述的吗？在多大程度上我们可以相信人物是如此说、如此想的？其语言的个性和内心的细腻如何既保证了作品的丰满、生动,又不损伤历史故事的真实?即使连司马迁都会遭遇这样的难题吧。

因为是小说,我们就只应当在小说的意义上对待故事叙述;因为是纪实,我们又要求看到尽可能确凿的事实。崔正来努力这样做,也尽其可能达到了自己的目的。但我们所说的纪实与小说结合的难题,在他那里仍然是一个需要继续去探索的命题。《傅作义》的写作总体上是实在而不讨巧的,从傅作义出生那一天开始写起,用一百万字一直写到他离开这个世界。其间则是作为一位历史人物的成长经历、战斗过程、人生难题、重大抉择,以及他的内心波澜。对傅作义人生最艰难也是最辉煌的一次经历,即如何面对1949年的北平局势,作者的描写是成功的。他把多种因素融于一体,集于一个人身上,汇聚于一个人的内心。让一个复杂历史人物的内心世界、艰苦经历、最终抉择,都跃然纸上。关于这一历史事件,电视剧、话剧、传记文学都有表现和记述,而崔正来以"小说家言"再次重写这个故事,在铺垫了几十万字的"序曲"之后,以更饱满、更独特的方式加以表达,使这部百万字作品拥有了独立价值。

作者写作态度的虔诚是值得称道的,以严肃的态度投入,以真诚的心去面对,以新闻人的姿态辛苦奔走,以历史的眼光搜集整理,以文学的手法下笔。《傅作义》可以称得上一次冒险的写作旅程,也是一次艰苦的精神跋涉。写作的脚步仍然有不稳健的时候,创作的笔力仍然有够不到所思所想的地方,然而,任何创作都是"在路上"的行动。作者以数十年挥之不去的乡情,以矢志不移的梦想,以年复一年的积累,以对历史负责的精神,以尽可能生动的笔触,已经很好地走完了这样一次漫长的旅程。他没有辜负这样一个梦想,没有浪费这样一个题材,没有枉费自己的创作热情。我希望他在今后仍然能够在创作上走得更远,不图进入小说史,却可满足平生愿望。文学的功能不正在于此吗?

《人民政协报》2015年5月25日

陈仓长篇小说《后土寺》

故乡,这个传统的概念在今天其实已经变得模糊不清,摇摇欲坠。当代文学里的故乡书写,因此变得更有难度。然而,越是信息化、全球化,地域性、故乡感在文学里就越显得珍贵,这又是对一个作家情感态度的考验。

读陈仓的《后土寺》,又让我想到长期以来一直在观察和思考的一个问题:作家如何在作品里对待自己的故乡。

这在今天其实是个难题。我最怕从写故乡的作品中读出矫情,这种矫情甚至是不自觉的,因为有时候我们不但会出于感受,也会出于固化的认知而去处理某些写作对象。对于古代的中国人而言,故乡是生于斯长于斯,即使走得再远也要回来的地方,是唯一的归宿。故乡的一切都需以敬畏之心对待,不能也不会有半点杂念在其中。那时的人们无论是当兵远征还是外出谋生,大都带着"背井离乡"的伤感,即使是离乡做官,证明一个人真正成功的最大注脚,也是告老还乡,落叶归根,盖个大宅院安享天年。举凡中国古代关于故乡的主题诗词,几乎都在同一情感状态下表达着诗人对故乡的眷恋之情。

到了现代文学,故乡的概念开始松动,以鲁迅为例,《故乡》其实是一篇题目被正文悬置起来的作品。故乡,是一个回来也没办法倾情投入,身处其间不愿久留,最终更急欲离开的地方。现代作家关注更大的世界,要在作品中表达更复杂的情感,故乡也因此不再是单向度的。

当代中国,人们通过便捷的交通工具频繁流动,借助移动通信隔空"如见",生活的地域感被完全改变了。如果说从前的人们多是被迫背井离乡,故有强烈的"还乡"诉求,种种闭塞和阻隔带来"家书抵万金"的强烈感情,那当代人离开家乡大多是自主选择,是为了追求更大理想,获得更大生存空间。而且如果愿意,可以在一天之内回到家乡。这样的情形下,故乡即使在日常生活中也有被"悬置"的趋势。当代文学里的故乡书写,因此变得更有难度,包括情感是否单向度投入也成为一种对虚与实、真与伪的考验。

陈仓的新作长篇小说《后土寺》也是对故乡的书写。像很多成功的前辈作家一样,陈仓为自己的系列小说确定了一个地域"原点",那就是他的故乡塔尔坪。这是一个位于秦岭之南的小村,也是他反复书写的小说人物的故乡,这个人物在《后土寺》里叫陈元。陈元是个到最具象征性的现代化城市上海工作和生活的塔尔坪青年。整部《后土寺》都在叙述陈元如何在上海与塔尔坪之间奔走,进而牵出一大堆人物故事,更牵出百转千回的乡愁情绪。这种回乡青年式的叙述视角,在陈仓的同乡作家贾平凹那里已经被反复运用过了。陈仓能提供哪些独特的新意呢?

《后土寺》中基本上只有两个地域:上海和塔尔坪。这两个反差巨大的地方,在陈元内心却是不同的寄托,有着同样的分量。在这部明显具有自传色彩的小说里,陈仓把它们搅成一团,使其相互纠缠,让象征性的上海和符号化的塔尔坪同时具有了情感上的某种纠葛与难舍,"上海既是远方又是归宿,塔尔坪既是终点又是起点"。不过在叙事上,陈仓明显是有偏向的。上海是一种虚化的存在,作者基本上没有对上海进行细节化的描写,这当然是一种对"读者已知"的预设,但也与作者的叙事选择有很大关系。他真正书写的对象是塔尔坪,而上海是一个参照。整部小说在叙事上表现出来的特点,就是这种想尽一切办法回到塔尔坪的努力。这是一种策略,也是一种欲求,是一种机智,也是一种生趣。陈元回乡,即可将其亲历写下;陈元回到上海,叙述的也是"君自故乡来,应知故乡事"的转述。真正的叙事空间其实只有塔尔坪,上海只有在与塔尔坪有关系时才出现,它是抽象的。行走在上海的人主要是从塔尔坪来的父亲和"小渭南"等乡友,此外就是在上海接听故乡表姐打来的电话,收读女儿麦子从故乡寄来的信件。上海,这个让陈元拥有事业和爱情的都市,在小说里却是父亲眼中的上海。父亲到底来不来上海暂住,上海到底给父亲带来了哪些惊异和冲击,一个塔尔坪人眼里的上海究竟是怎样的,他如何评价这些见闻观感……《后土寺》里的都市与乡村两重世界,被这样一种眼光和态度观照,生发出别样的景致。

  小说没有刻意强化城与乡的差异,毕竟陈元欲娶上海妻子并在此工作,作为故乡的塔尔坪,已经是一个回不去的地方。这种回不去,不是古人式的归期难待,而是一种生存需求。这种回不去,本来无需梦魂牵绕,却又时时让人念念不忘。陈仓在叙事时没有表达对都市的抵触与反叛,都市反而大度地接纳了他笔下的人物;他对故乡也不是抱有田园式的幻想,而是因为亲情与乡情的确难以割舍。这不是截然的对立,而是一种在情感上无法真正融合的反差。这倒果真更接近今日中国在城乡之间游走的人们的真实状态。

  小说正是在都市与乡村的叠加中写出了当代人的生存选择,以及选择之后仍然不能完全释然的情感冲突与精神境遇。这种滋味不是悲苦也不是甜蜜,而是一种酸甜苦辣中的五味杂陈。可以说,《后土寺》是对当代人现实境遇的真实摹写。

《人民日报》2018年10月2日

陈仓长篇小说《止痛药》

陈仓的小说具有鲜明的自叙传色彩，这也让他的小说带给人某种天然的信任：故事的真实和情感的真挚。《止痛药》写的是一个以陕南农民身份进入上海的青年，却与这座城市产生了深刻的联系，从此无法离开。小说以章节交替的形式，让发生在上海和陕西丹凤大庙村两个地方的故事交错呈现。

小说里的陈小元闯入上海并非偶然，他不是为了谋生才来到这里。上海是陈小元在乡村土炕上就梦想过的地方，他是因为上海才出门打工。陈小元一睁眼就与这座城市的代表性人物相遇，他被一个事后才知道叫凤姐的人一脚踢醒。而这位凤姐，是个地道的上海人，本地大学毕业，外貌、气质、身份上，都有优越感。陈小元在与之懵懂的交流中，无意掉入了命运的漩涡，从此无力自拔。

陈小元这个在大庙村打棺材最多的木匠，与凤姐之间的差距无须分析。但陈小元最大的优势，就是他不怕别人嘲笑而能始终坚持自己的梦想，他因为差距太大而索性心底无私、坦坦荡荡。在上海与大庙村之间，陈仓搭建了一个极不稳定的平台，设置了一种极其危险的关系。我想起陈仓的丹凤同乡——他的文学前辈贾平凹——的长篇小说《秦腔》，小说中的引生深爱着"村花"白雪，然而这是一种对方不但没有响应，甚至浑然不知的单向苦恋。在残酷的现实面前，纯粹的爱情不可能是止痛药，反而是撒在伤口上的盐。白雪嫁给了在省城有公职身份的同乡夏风。即使与后者并无激情，但稳定性决定了匹配度。

《止痛药》里的人物关系其实走得更远。陈小元和凤姐完全不在同一片天空下。然而怕的就是一个人有了梦想而不顾一切去追逐，陈小元就是如此。梦想是一种意念，它不切实际却又使人异常执着，所以它也就不可能与时代同步变化，有时会显出概念化、"陈旧性"。比如在陈小元和凤姐之间，导致他们不能在一起的不是白天鹅鄙视穷小子，倒是凤姐的母亲——一个典型的上海老太太——横在他们中间，让他们永远无法走到一起。

凤姐的母亲显然是个概念化的人物，她只起一个作用，就是把凤姐推向一个"瑞士人"的火坑中，再把陈小元从凤姐的身边棒喝打走。这就注定了凤姐不可避免的悲剧，她不可能与那个"瑞士人"结婚，也不可能和陈小元走到一起。凤姐虽然看上去是个光鲜漂亮的知性女子，事实上却是个完全受母亲管制的不幸女性。这样的人物设置，如此直白的表达，因此造成的悲喜剧，在今天至少不那么典型了。很多因素发生了改变，观念也有了变化，一些难以言说的理念，可能已经内化在骨子里，人与人之间在外在行为上可能未必会大打出手。但这就是陈仓单纯可爱的地方，他依据的是从前的想象，表达的是早已萌生的梦想。他对这种梦想必然要破碎早有自己的判断，于是他就在描绘这美好梦想的同时，又极力地用自己的笔拆毁它。只有这样，才可能保持某种平衡。

这种平衡更集中地体现在陈小元的命运结局上。一方面他居然像中世纪的爱情追逐者一样，经历了仓皇跳窗而逃导致终身残疾的惨剧；另一方面，他又似真似假地成了凤姐女儿的父亲。他带着这种巨大的创伤和意外的"成果"重返大庙村。小说展开了一个极不平衡的双重世界。从中，我们读到了凤姐对陈小元缺乏依据却也因此更显纯粹的爱情，陈小元即使终身残疾也无怨无悔的执着，包括他对上海毫无怨言的眷恋。女儿凤妹不仅让他享受了亲情之爱，而且也让他和上海有了不可剥离的关系。他在痛苦中满足着。

读陈仓的小说，有时让人联想到"五四"时期的"问题小说"，也让人想到郁达夫、庐隐等人小说里塑造的"烦闷"的"零余者"形象，他们特别单纯，异常执着。但陈仓不陷于哀怨、愤懑之中，有一种精神上的超脱和乐观。在《止痛药》里，他始终把陈小元塑造成一个乐观面对痛苦，朝着梦想跋涉的有志青年。陈小元为自己获得的每一点进步而兴奋，不因为屡受挫折而迁怒于任何人。他相信爱的力量，相信人生的痛苦可以通过爱缓解甚至治愈。他仍然坚信，爱是最好的"止痛药"。这爱，既有陈小元与凤姐之间的爱情，也有陈小元对凤妹无私的亲情之爱，以及凤妹对他直到生命终点的付出与关爱。这是多么善良的愿望，而且"这理想之花就盛开在现实的土壤中"。

我曾经认为，贾平凹《秦腔》里败落的爱情，因为引生彻底的善良而得到弥补，这种以善作为爱情失败的补偿，也是很多中国小说家自觉不自觉的选择。在陈仓这里，我仍然读出了这一点，尽管陈仓为自己笔下人物开出的治愈痛苦的药方依然是爱。那是因为，他笔下那些带有自叙传色彩的人物所理解的爱，从一开始就包含着极其深厚的善的元素，爱与善本来就是融为一体，从未分开的。

《光明日报》2021 年 7 月 21 日

熊育群长篇小说《己卯年雨雪》

熊育群的长篇新作《己卯年雨雪》，历史背景设定在抗日战争时期，所以笔下的故乡就被放大为"国家"。抵御外来侵略的故事，使他写到的无论大小城市和乡村，都自动提升为"中国"，任何"地方性"描写都可能成为"民族化"描写，任何对普通乡亲的描写都可能是对"中国人"的塑造。熊育群似乎找到了一个颇具"天然优势"的主题高度。这当然可以是事实，如果作家处理得当、描写有力的话。但其实，他所面临的难度和挑战也同时增大。一是，抗战文学有一个恒定的主题，即鲜明、坚定的国家民族立场。中国作家不可能越出这一原则。二是，近年来，由于影视剧对抗战题材的热衷，这一题材领域在成为热点的过程中也出现了各自出招想办法吸引眼球的现象，一些"雷剧"、"雷人"情节成为舆论诟病的焦点。这么一个已经被表现得没有死角的题材领域，要想出新出奇变得非常困难。熊育群究竟在写作上表现出了怎样的风采，是否提供了足够新鲜的创作理念，是小说的重要看点，也是考验作家创作能力的地方。

这是一部非战争场面为主体的小说。一个日本女人来中国寻找丈夫，却被中国民间抗日英雄祝奕典俘获，寻夫之路变成了自救的过程。由此展开的，却是祝奕典复杂的爱情故事和抗战行动，重要的是作者如何在中日之间寻找叙述故事的平衡点。因为小说采取了中国人与日本人交叉推进的叙述视角，这一"平衡"包括故事容量、情感走向、战争与人性思考等，变得更加敏感。熊育群显然意识到了这一选择之难，他的叙述可谓小心翼翼。千鹤子来中国只是寻夫，并不参与战争。她虽然只冲着爱情而来，却也见证了战争的残酷，看到了中国百姓的愤怒，逐渐对日本发动战争的行径有了更独立的批判意识。在对祝奕典形象的塑造上，体现了熊育群守护民族立场的自觉。作为抗战英雄，祝奕典有着丰富的爱情经历。自己的妻子左坤苇、死去的女子王旻如，即使是自己俘虏的千鹤子，都对祝奕典有着或直接或暧昧的爱慕之情。小说故事在魅惑与决断的纠缠中推进着，充满了危险、悬念、变数，也让人充满了对结局的期待。

如果说小说作为抗战题材创作可以成立，重要之处就在于作者为故事注入了人性内涵和情感世界的复杂性，使整部作品呈现出饱满性。同时，作者又能够做到自觉站在国家、民族的立场上处理人物故事，始终保持着这种自觉性，保证了主题没有走向历史观、战争观、人性观偏颇混乱的地步。

这是一部不忘历史、铭记立场，表达人性、展现矛盾的作品，是融合了特定历史背景、特定地域风情，将所有这些描写自动提升到国家、民族、历史背景高度上的复杂表达。艺术上，是基于传统叙述与现代表达，将尽可能丰富的元素进行自觉整合的努力过程。作品的小说性由此得到适当体现，表露出作家创作初衷里所立下的强大的美学抱负，将小说引入一个复杂的情境当中，让看似"非主流"的人物故事，体现出必须坚守的主流价值观。由于作者要实现的叙述理想很多，个别情节，如千鹤子的丈夫武田修宏的死亡结局与主体故事在勾连上有匆忙之嫌，但与作家始终坚守的国家民族立场相比，与作家为了遵历史之命做出的主题表达相比，这些情节处理，既有可能是需要付出的必要代价，也是作家今后创作势必会去更具力量地表达之处的流露。

《光明日报》2017年1月4日

张平长篇小说《生死守护》

作为一位从事小说创作长达四十年之久的作家,张平近年来在创作上再掀高潮,继 2018 年出版《重新生活》之后,新近又推出了长篇小说新作《生死守护》。在四十年的创作历程中,张平已经形成鲜明的创作风格:热情表现现实,直面现实中的矛盾,展开这些矛盾冲突中的各种层面,最终彰显正义的力量。他塑造过多个好干部形象,而这些形象又都是在解决矛盾、面对冲突的过程中树立起来的。饱满的人物形象,鲜明的主题表达,让张平的小说常常在社会上、读者中引起热烈反响。

主题上的鲜明亮色,对现实生活的近距离触及,对基层政治生态的深入描写,让人们总结评价张平小说时既能找到方便的角度,又易形成固化的认识。张平在小说艺术上所做的努力以及鲜明的艺术风格,在人们的评价中似乎没有得到充分的总结与阐述。《生死守护》的出版应是一个契机,读者在领略其一以贯之的主题风格的同时,也可以感受和欣赏张平在艺术上的匠心与风格。

生动的故事,繁复的线索,构成一个立体的网络,这正是当代小说创作特别需要强化的"小说性"。《生死守护》有其集中的一面。小说以一条道路、一个人物切入,展开一个立体的社会空间,打开一个丰富复杂的现实世界。位于中国北方的龙兴市,要建造一条城市要道——龙飞大道。为了让这条位于市区核心地段的大道修建开通,一位被认为特别能战斗的干部辛一飞被委以全面负责的重任。消息传出,引起各方不同反应。省、市、县三级政治机构,各种社会阶层,各种利益集团,围绕一条尚未修建的大道,交织成一个复杂的、立体的社会生活空间。建造一条大道是城市发展的需要,也需要有效的组织。然而由于这条计划中的大道必须"穿越"

若干利益集团的区域,所以阻止修建的力量一样非常强。从辛一飞上任,到他试图进入指挥建设的现场,种种阻力扑面而来,矛盾冲突一波接着一波。紧张的故事和复杂的线索,让小说变得非常好看,引人入胜。这种组织架构故事的能力,其实正是张平一直以来在创作上的长项。

  故事的传奇色彩,不但让小说散发出某种特殊的意味,而且,在充满传奇色彩的故事中彰显正义的力量,可以见出张平在小说技法上的成熟老到。在阻止龙飞大道修建的各种势力中,既有在大道上疯狂占据各种商业场所的靳如海,也有崔铭化这样的文物大盗。靳如海想尽一切办法阻止辛一飞被任命为龙兴市副市长,而且也达到了目的,因为大道的建设将直接摧毁他的商业堡垒。如果说这还是利欲熏心者并不鲜见的举动的话,崔铭化的行动就足可称传奇了。原来,这个文物大盗正在龙兴市进行着一项匪夷所思的"工程",通过挖掘一条狭长的地下通道,朝着自己最大的盗窃目标迈进:有着数百年历史、珍宝无数的皇家佛地通天寺。崔氏父子要打通的这条暗道,恰恰也在龙飞大道的地面之下。而居住在其间的那位叫贾兴昆的小市民,也在悄悄地挖掘着,企图在地下增加一块私家空间,却又不小心撞上了崔氏父子的暗道。辛一飞的努力,靳如海的阻止,崔铭化的疯狂掘进,贾兴昆的占便宜行为,构成了表面上看似无事、平静,事实上却山雨欲来、暗流涌动的明暗之间的较量。这种较量随着故事的推进而逐渐明朗化、公开化,成为一场一触即发的殊死较量。戏剧性的情节,传奇化的故事,碰撞出的是正义与邪恶的较量。正是这种传奇色彩与道义力量的奇异结合,构成了《生死守护》突出的叙述策略,显示出张平一向高超的故事叙述能力。这种叙述方法,也特别符合长篇小说在结构上的基本要求,而且从中可以读出一点现代小说的荒诞色彩和夸张味道,讲述的却又是真真切切的现实。

  《生死守护》中关于政治文化的描写也颇具特色。由于张平曾经有过长期的亲身经历,他的小说里对省、市、县各级政治生活的描写十分准确且专业。程序、决议,规则、执行,秩序、流程,机构配置及功能定位,会议规则及议事要求,对于这些看似非文学元素的精准描写,大大增加了小说故事的真实性和主题的可信度。《生死守护》自觉而精细地处理着这些"俗事",让小说人物的行为和相互间的对话、对质变得更加扎实可信。

与此同时，张平特别注意小说语言的文学性。《生死守护》在语言上没有大话套话，也无机械式的长篇大论，倒是时有挥洒自如的表达，也不乏充满诗意的描写，读来生动可感，颇为动人。

《生死守护》是张平小说创作道路上的最新收获。通过这部作品，既可以看出他在小说创作上的新追求，又可以读出他一以贯之的艺术风格。在张平的创作历程中，《生死守护》的代表性、成熟度都值得探究。

《光明日报》2020 年 8 月 29 日

阿莹长篇小说《长安》

我在总结 2021 年的中国长篇小说创作时，特别强调当下小说家努力探索多种小说元素和小说写作手法的融合之径。这其中，强化小说的动感，突出小说的故事性成为集中的路径。特别是一些传统意义上的主流作家，一些很容易被看作严肃文学的创作，纷纷把流行小说的元素融入小说叙事中，在不影响主题表达的前提下，强化小说故事的可读性。不知道为什么，近期读到的一些小说总让我联想到这一趋势，仿佛在为我举例十分有限的某些判断作印证。放下阿莹的长篇小说《长安》，这一念头又成为我分析作品的切入点。我必须说，这种融合和努力讲好故事的要求几乎变成了一种作家创作时的艺术自觉。这种自觉意识既是传统与现代的某种合流的要求，也是图书市场让作家们不得不做出的选择。当然，如果处理好了，这种选择就不应该被视作一种妥协。

《长安》是一部主题十分鲜明的小说，它叙述了在特定时代、特定地域一个既重大又神秘的军工企业的建设过程。这似乎是一个小说意义上的冷门题材。它本身具有很强的纪实色彩，20 世纪 50 年代至 60 年代，在秦岭与西安这座城市之间出现了一批陌生人，他们来自天南地北，为了一个共同的目标——长安机械厂——而聚集到一起。这是为了为国防制造重型武器，神圣、神秘、庄严、紧张，作者怀着深厚的感情和绵密的记忆面对这一段特殊历史，写出了一代人为了一项伟大事业奉献青春甚至生命的历程，展现他们美好的心灵和奋斗的精神。就阿莹本人的创作准备来说，这几乎是一个提笔就可以讲述、抒情的题材。但正像作者在后记中所说的那样，他为这次创作做足了再度深入现场并翻阅大量资料的准备。对阿莹来说，最大的挑战不是可以把这段历史讲述清楚，如果那样的话，他完全可以直接以纪实文学的形式完成这一创作。

阿莹的创作体现出强烈的文体意识，他始终牢记自己创作的是一部长篇小说。且看小说的第一句："谁也没想到，忽大年居然在绝密工程竣工典礼前醒过来了。"作者并不满足于只是用包含不止一个悬念要素的开头逗引读者，这部长达五十万字的长篇小说，展开的是充满曲折的人生故事，打开的是起起伏伏的人生历程，叙述的是亲情纠缠、爱情纠葛、友情纠结以及它们相互碰撞而成的故事。阿莹善于营造充满矛盾冲突的氛围，也善于制造戏剧性情境，《长安》给了他充分发挥的空间。

作为一次饱含着充沛个人情感记忆的小说叙事，阿莹在《长安》里叙述的故事波澜起伏，故事的指向是人物在人间烟火中面对的各种矛盾的冲突与化解。忽大年，这个从胶东来到长安的主角，他在工作实践中成长为长安机械厂的带头人，在重大而神秘的军工事业中奉献出了自己毕生的精力和心力。但他的个人生活却在波澜不惊中经历着种种起伏。他曾经是逃婚出走的青年，黑妞儿这个胶东女子为他后来的人生命运做了潜在的铺垫。忽大年在长安与靳子结婚生子，黑妞儿却不远千里来寻夫。再加上妹妹忽小月在中间的各种"信息传输"，忽大年本来平静的人生很快上演了一场"三个女人"参与的一台"大戏"。忽大年与这三位女子之间亲情、爱情的纠缠，应当就是小说最重要的故事线索，其他的人物，黄老虎、连福，门改户、红向东等，他们的故事都围绕着这一中心情节展开。从故事层面上讲，军工厂必不可少的基础建设与西安古城文物保护之间的矛盾，生产炮弹过程中遇到的种种问题，似乎都是作为一种背景因素在展开。这是阿莹为自己找到的一种叙述策略。他要让人物鲜活，要让故事感人，总之，要让小说好看。为此，他应该在构思上下足了功夫，最终小说也具备了很好的阅读效果。

剩下的就是一个问题，这究竟是一部描写重大工业进程的作品，还是一部塑造忽大年个人形象，讲述其人生命运的小说。应该说，阿莹在处理主题表达与讲好故事之间，在表现国之重器的庄严与叙述个人命运的悲喜之间，努力寻找着某种平衡。在描写忽大年个人爱情婚姻上的曲折与表现他为了"长安"奉献一生的历程之间，小说实现了某种使二者融合为一体的效果。小说不乏戏剧性，戏剧性里又保证了对主题的表达。由于小说特殊的题材,"长安"更多的是指向企业的名称,地方性在小说里并非要格外凸显之处。不过,鲜明的纪实色彩和真实的地理方位,已经为小说制造了一种特殊的气氛。胶东的故乡记忆,战争岁月的烽火经历,这些"花絮"有的就是作为小说故事的一部分发生在"流程"之中,也有的以片段回忆的形式起到补充、完善人物人生经历的作用。

正是因为这样一种叙述策略,《长安》里的故事年代跨度长达四十年,却没有给人冗长的感觉,也很好地规避了有可能因题材的陌生而造成的沉闷感。小说里的人物故事有庄亦有谐,于悲喜交错中生发出别样的人生喟叹。小说的结尾处,晚年的忽大年面对与亲人的生离死别,看到自己毕生奋斗的事业终于为国所用,无尽的沧桑中又有某种令人动容的欣慰。

可以说,《长安》是阿莹个人创作历程中的重要收获,也为当下小说创作提供了有益启示。

《中国艺术报》2022 年 6 月 1 日

杨少衡长篇小说《新世界》

历史是由许多链条构成的，每一个链条又有许多扣、许多结；历史是一条大河，在它的汹涌面前，一条汇入其中的小溪，一朵飞溅起来的浪花，就只能是小小的陪衬而不可能具名。然而，在历史的皱褶里，总有一些尘埃，一些折痕，让人难以释怀。它们汇入历史的长河而无名，却总会因某些原因而被人提及，如若有幸被有心人书写，它们便因此被放大，展现出一段动人的故事，甚至有可能成为大历史中的耀眼者。在文学对历史的表现中，这样"以小博大"的例证我们已经见到了很多，不独因为宏大的、重要的历史事件与人物被前人反复书写，更是因为人们越来越认识到，还原真实的历史，记录历史的真实，从看似波澜不惊中同样甚至更能见出历史的风貌。从小人物、边缘角色的故事中读出与历史潮流同向的历史，也是小说发展到今天的一种趋向。杨少衡的长篇小说《新世界》又为我们提供了一份这样的佐证。

首先是小说的选材。小说描写了1949年9月以后不到一年时间里，在福建南部山区一座小县城上演的一段关于地方解放、剿匪斗争的历史。在新旧中国交替的特殊时间点上，在全国上下一片欢腾的时刻，在中国的很多地方，斗争仍在进行，战斗未有穷期。这样的选择，我们曾在《红岩》《永不消逝的电波》里读到过。江姐、李侠等英雄，也因为在新中国黎明时分的牺牲而更添悲壮，更让人增加崇敬之情。《新世界》以一名即使在县级政府里也不过是个民政科长的侯春生为主角，却展开了一场惊心动魄的斗争故事，这其中的爱恨情仇，既有凛然大义，也不乏个体之间难以言说的情感交流。其实，以侯春生的身份，以他从事的工作，要撑起"新世界"这个名称是很难的。因为既然铺就了新中国黎明时分这样的特殊时刻作为背景，大历史的洪流早已放在那里，像侯春生所在小县城里发生的斗争，可以说是边缘之边缘了。但这就是小说，小说人物的鲜明度，不是以其社会身份的高低，在历史当中发挥作用的大小来决定的。新旧世界的交替，新旧力量的斗争，人物之间错综复杂的关系，是这部小说的特殊选材。

其次是小说故事情节的纷繁跌宕。侯春生卷入大历史看似有点偶然，有点不经意，有点被动，但故事的推演环环相扣，让小说呈现出难得的张力。侯春生与连文正之间亦友亦仇，两人之间既有人与人的友情纠缠，更有正义与邪恶的殊死较量。侯春生与徐碧彩之间，既有为了大义而进行的或直接或迂回的对质，也有男女之间难以言说的暧昧情愫。加上侯春生与小猴子，与县长，与同事，与土匪之间的往来纠葛，小说故事形成一个个连环套，将故事不断推向复杂。杨少衡以老到的笔法，从容讲述着发生在一个小县城、一群小人物之间的故事，却紧紧扣着历史的、时代的重大主题。连文正曾经参加过抗日战争，后来加入了共产党，然而在新中国成立之际却又叛逃台湾，彻底成了"新世界"的敌人。侯春生这样一个普通的民政工作者，却要面对如此特殊的朋友或者说敌人。他在斗争中不断成长，显示了对党的忠诚，彰显了关键时刻的正义与责任。作为小说的中心人物，侯春生本身并没有太多的故事性，但因为有了与连文正、连文彪错综复杂的关系，有了对小猴子的追踪保护，有了与徐碧彩之间的"亲""疏"往来，小说在多重线索的缠绕下具备了不动声色的复杂和并不刻意却险象环生的起伏。这部小说充分展示了杨少衡出色的小说叙述能力和情节把控能力，值得玩味处颇多，意味深厚。

再者是杨少衡讲述历史的方法，这种叙事方法也正是近年来中国历史题材小说创作中的一种趋同性叙述策略。《新世界》讲述的是发生在七十年前的故事，人物也是由陌生到开始接触、碰撞而产生关系，生出故事。如何串接这些人与事，如何进入曾经的历史，需要在叙事上做出审慎选择。我们可以从近年来的历史题材小说中看到，那种以全知全能的视角直接回到历史现场进行叙述的做法在今天正在发生改变。为了突出当代视角，也为了让历史与今天发生直接关联，还为了叙事上的游刃有余，很多作家在叙事上采取了出入于昨天与今天的做法，让昨天的历史和今天的故事相互纠缠，由此使得小说中的历史并非铁板一块，而使其因为与今天的密切关联发生一定程度的松动。这种写法在我的印象里，较早的有麦家的《风声》，后来如刘醒龙的《蟠虺》，近年来有徐怀中的《牵风记》、徐则臣的《北上》，等等。它们都是让一个显在的叙述者介入故事，他们是外来者、观察者、调查者，"旁观"式地介入故事，回到历史当中。他们的出现不同于网络小说中的"穿越"，不荒诞，不离奇，不影响故事本身的走向，但比穿越更严谨、更合理、更有小说性。杨少衡的《新世界》也是如此。

  小说从"我"这样一个作家的调查入手，由尘封的历史档案引发好奇，生出怀疑，进而去往实地追踪、查找，并使故事层面一一展开，渐渐引人入胜。那些本来并没有直接关系的人物，那些看似黏合度不强的故事，在叙述者依据"档案资料"所进行的"揭秘"过程中，一步步形成一个整体，构成一个完整的小说世界。这样的小说叙述法正是当下历史叙事的新趋势，是作家在现实主义与现代主义拼贴、融合上的自觉努力。杨少衡在《新世界》里展现出了老道的叙述笔法和颇具现代意味的叙述格调，不温不火中却充满矛盾冲突，娓娓道来中又有一种悬疑式的紧张，在《新世界》这个大题目下却写出了一段如若不写就很可能被人遗忘的历史。所有这些都构成这部小说艺术上的独特价值。

《中国新闻出版广电报》2020 年 3 月 23 日

池莉长篇小说《大树小虫》

还是武汉，还是"烦恼人生"，无论走多远的路，池莉仍然会回到自己的"根据地"开始小说写作。《大树小虫》就是这样的人生画卷徐徐打开的新景观。但它更急促、更热烈，更迫不及待地蔓延在人生之中。漫长的来路，匆忙的人生，到最后，所要追求的似乎并没有如期实现，生活却一天天、一年年过去了。紧张，繁忙，若有所失，又很充实。这是普通人生活的写照，也映照着不同阶层的人们共同的生活境遇。

《大树小虫》在叙事上有一种奇异的效果。将近四十万字的容量，却只分为两章，而且第一章就占据了全部篇幅的五分之四。漫长的第一章，按照目录指引读下去，仿佛不过是对将要出场的人物的经历介绍和"档案"存照。熟悉"十七年"文学或时常会去现场观剧的人，一定会有似曾相识的阅读记忆——不少长篇小说的正文前，以及很多戏剧现场都会发的册页上，都会很明晰地把"人物关系表"列出来，以方便读者和观众快速了解。然而在《大树小虫》里，这一"技术性"提示却成了池莉的叙述策略。对于"女主角""男主角"，以及各式"配角"的"介绍"过程，其实早已构成了小说的主体叙事。你以为读的是序篇，是"绪论"，却原来就是小说本体。

篇幅与第一章不成比例的第二章，连用11个"没怀上"造成视觉上的强刺激，最后来了一个"真相大白"。叙述的速度非常之快，故事的讲述如狂风掠过荒原，直抵终点，到达"真相"。不知不觉中，小说故事讲述完毕。这是小说？这就是全部的故事？读完的确意犹未尽，却已感慨万端。画面感，动作性，戏剧性，池莉在叙事艺术上尽显老辣，展现圆熟。在汹涌澎湃的长篇小说浪潮中，《大树小虫》弄潮的姿态极具标志性，令人回味。

  《大树小虫》的动感还源自池莉塑造的人物。俞思语，当代都市里的青年女性，家境优裕，背景极佳，天生丽质，学历过硬。她又具有并非高冷的天真活泼和单纯可爱，而且还有天生的独立性格。钟鑫涛，这个与俞思语一见钟情的青年，条件与俞思语高度匹配，他们的结合可谓天衣无缝。然而，剧情的走向却并非按照既定的轨道前行，人物的烦恼接踵而至，纷至沓来。围绕着两个男女青年尽善尽美的结合，打开的却是一个个人生缺口，生活的水面四溢不定，命运的小船摇摆起伏。原来再完美的生活，也有诉说不尽、难以言说的苦恼，而且是平凡人生的烦恼累加。俞思语再清高也有生育的任务，而且有了一个千金还不行，还得为钟家生个孙子。在第一章里被渲染得血统高贵、见多识广、开明优越的钟鑫涛的父母，却原来一样也是凡夫俗子，一样渴求着普通愿望的满足。这正是池莉始终不变的文学主题，是她将人生平等对待的固执理念，她在这一点上极其坚持，也很无情，因此写作更具有逼人的真实和彻底的真切。

  《大树小虫》的第一章在叙事过程中看似采取了让人物逐一出场的方法，但并没有给人割裂的印象。这是因为，所有人物最后都成了"一家人"，命运的主题具有共通性。所以他们的故事相互重叠、相互交叉，形成叙事上互相拆解、补充的效果。这种叙事方法我们的确也曾见到过，不过在池莉这里，她并不刻意强调同一故事的不同讲述效果。她并不炫技，而是以一个基本主题让人物故事归拢，让他们相互关联并体现作品的小说性。她的创作追求，仍然是对人物自身人生轨迹的描述，以及表现命运的不可逃脱。世界是平的，人生也是平的，命运有时会在成色、状态上体现出平等和均衡。幸福的本源是幸福感的有无，是从烦恼人生中悟出生活的真谛，并以平和的姿态应对扑面而来的世相。大树可以遮阴也会招风，小虫各自有命但也自会求生。

《光明日报》2019 年 7 月 13 日

范小青长篇小说《灭籍记》

《灭籍记》在范小青的创作历程当中，是具有标志性的。这部小说无论是从哲学寓言或艺术追求上，还是在先锋小说的形式上，都将自觉的追求贯穿了始终。可以说，范小青写了一群很有烟火气的、非常普通的中国人，但她自己所要表达的主题却在更高的层面上——她在更深的主题意义上找到了自己所要表达的东西。

范小青写作至今已四十余年，见证了中国新时期文学的发展变化，但她始终是一个小说家。她创作时心无旁骛，这一点非常值得我们尊敬。她写的人物、叙述的故事，都跟她经历的种种人和事有密切的联系。但她有她的包袱。她写"小人物"，可小说里面的味道、要表达的东西绝不"小"。或者说，那些现实的人，一旦到了她的小说里，都变成了具有文学性的形象。

现在我们的文学太追求讲故事了，太讲表面上的现实主义，以至于我们的小说除了故事，除了可以被编为电影、电视剧的追求外，其他层面上的意义好像不多。而这是不是真正意义上现实主义，还值得讨论。

当下的中国小说发展到今天，有一种先锋意识，不是重新再回到20世纪80年代，而是作家背上了不满足于只写现实生活故事的美学包袱，这一点是非常值得肯定的。《灭籍记》没有放弃对现实主义精神的追求，但范小青对它有艺术上的保护，她有一种更加深邃、更加艺术的美学追求。

《灭籍记》最好的品质，就是它的创作基于生活的"实"。但是它以"虚"的方式呈现，就构成了小说的意味。"虚"与"实"碰撞产生的荒谬性，比故事本身更荒谬。一个人制造假证明，说我的房子是我的，我要捐给国家，这个故事单独看并不荒谬，20世纪50年代就有。今天一个人用什么手段弄个假证明，要把这个房子骗到自己手上，这样的故事也很多。

但是把两个故事放一块儿，变成一部小说，它们就像化学颜料一样，放在一起色彩就变了。

《灭籍记》光看故事足够很有意思。但是把从20世纪50年代到今天的几个故事拼合在一起，把半个多世纪拼接到一起产生的那种荒谬性，可能是小说最大的味道。《灭籍记》又真实，又荒诞，但是这种荒诞不来源于西方文学的那种抽象，而是源自生活本身。

范小青纪实文学《家在古城》

范小青是小说家,她的小说多以自己的家乡苏州为故事背景。我先入为主地将她的新著《家在古城》当成小说来读,作品的确也是从细节入手来写。叙述者"我"重访同德里6号,轻叩其门,打开的是一个熟悉的世界,见到的都是亲人、邻里亲切的面孔,勾起的都是童年的美好回忆。纪实性逐渐占据上风,让人很快知道这是一部纪实文学作品。她要对自己深爱的城市进行一次直接书写,写出她的历史沧桑,写出她的当代风貌。

古城保护是世界性难题。《家在古城》直面这一当代难题,写出了世代坚守的薪火相传。苏州是举世闻名的历史名城,今天的苏州早已成为经济社会发展迅速的大都市,城市发展与古城保护之间的矛盾变得十分突出。范小青紧扣这一主题,既写出了当代苏州人的清醒、自信,像爱护眼睛一样爱护自己的古城,又能够回溯并充分尊重历史,写出千百年来历代苏州人对家园的热爱、对古城的保护。从伍子胥到范仲淹,再到当代苏州人,这种保护古城的意识是一种自觉,一代代人的努力成为一种绵延不绝的文化传承,一种不断接续的情感投入。这正是范小青在写作中注入的文化情怀,她从丰富广博的历史资料中读出了深厚的情感积淀,一种历代苏州人对自己城市的热爱,以及在城市建设与保护方面的冷静判断。范小青通过眼力的发现,脑力的思考,心力的感受,笔力的表达,让自己的写作散发出一种淳厚、悠远、纯正的文化气息。

古城是所有苏州人共同的家园,这是《家在古城》的又一独特呈现。保护古城不是为了打造旅游热点,而是为了守护美好家园。作品当中每一个参与古城保护的人,无论是外来的专家学者,还是苏州本地的管理者、建设者,不管他们提出怎样的建议、方案,付出多少夜以继日的努力,都是怀着对苏州的热爱之情而奔走、呼告，都是为了让古城真正成为人们生于斯、长于斯、迁于斯的宜居之所。那些曾经的发小，青少年时期的亲友，曾经共事过的同事，都对这座古城充满了挚爱之情，都愿意为古城保护做出自己的贡献。由此，我也更加能够理解，范小青在作品当中写了那么多熟悉的、陌生的苏州人，写了那么多日常的场景和故事，不是出于小说家的写作惯性而刻意使用的技巧，而是她在如何更好地表达主题上深思熟虑的结果。她当然要把古城保护当作一项重要工作来写，她更要写出这是一种所有人都热情投入其中的事业。

让古城既保持传统风貌又充满现代活力，既让外来者啧啧赞叹，又让生活在其间的人们感受到生活的便利，既有面向未来的快速发展，又能够保护好亲切温暖的家园，这之间的平衡与协调，是没有终极答案的实践过程，是永远在路上的课题。《家在古城》写出了这一命题的开放性、实践性、延续性，严肃的思考和温暖的感情相结合，认真工作与人间烟火相交织，实践的成就与未来的愿景相融合，呈现出世代宜居的古城之美。范小青也通过自己的努力，为主题创作提供了有益启示。

谢华良儿童小说《陈土豆的红灯笼》

在谢华良的儿童题材长篇小说《陈土豆的红灯笼》里,"红灯笼"是故事最后才出现的意象,它是小说的"文眼",是整篇故事收束时闪现的亮点。"雪天红灯笼"是小说主题的形象浓缩,这也是作者谢华良创作上追求美好结局的"高潮"。整部小说的核心人物是陈土豆,显眼的意象却是"陈毛驴"。这头毛驴从头至尾在小说中"活动"着,它是串接小说故事的线索,也是让人物往来冲突并最终达到和谐状态的主要元素。小说以"红灯笼"而不是那头"陈毛驴"为题旨,正是作者创作意图的一种刻意表达。

这是一部以"善"为故事底色,以"善"为人物性格共同点,以"善"为题旨的小说。这样一种创作意图很单纯也很美好,但要通过有效的故事、可读的文字实现并非易事。小说这样展开了故事并逐步推进:乡村里的留守儿童陈土豆,看到本家长辈抽打一头毛驴,进而心生怜悯,又"意外"成了这头毛驴的"主人"。得到这头毛驴的"抚养权"之后,展示的却是一个接一个和陈土豆一样有着善良内心的人物形象,以及他们之间发生的种种故事。这些故事包含人与人之间的冲突,而这些冲突又通常因相互之间的误会产生,误会与冲突最终都能被消除,回归平和。小说写得如此美好,如此单纯,这也为小说故事的展开带来了巨大的难度——依靠人物一味的善良和情节单纯的美好,如何保持小说故事的起伏,如何打开人物事实上并非单色的心灵世界,如何保持小说情节的有效推进和阅读上的引人入胜。显然谢华良在构思上颇用心思。在总体上追求书写善良与美好的过程中,我们也读到了小说特别是长篇小说故事应当具有的复杂性。特别需要强调的是,这种复杂性并不只是为了保证小说故事的长度而设置的噱头。人性的复杂,时代的影子,都在这一过程中得以呈现。十五岁的陈土豆是一个留守少年,他的父母带着妹妹陈小鱼进城打工,陈土豆于是以较小的年龄扛起了名义上的"家"。陈土豆的母亲后来带着陈小鱼回到乡村,父亲却因为躲债而不得回家。本来是一个人过着艰苦生活的陈土豆,迎来的不是温馨,而是一拨又一拨来讨工钱的人,这些人还多是亲友和乡邻。平静的生活无法继续,陈土豆的母亲只身一人又回到城里去了,陈土豆和他的妹妹继续留守乡村。这样的设置不但让情节变得复杂,更让故事透出时代的生活影像。

小说的另外一条线索,围绕着少年陈土豆与本家的"三楞爷"、本乡的张豆腐之间的交往展开。如果说小小年纪的陈土豆与年长的陈三楞之间的冲突,还多是以误会的形式戏剧性地呈现,陈三楞与女婿张豆腐之间的争斗就多了几许真实的"火药味",他们大打出手甚至到了打官司的地步。这样的故事要拼接到一部以儿童生活为主的小说中并非易事,"陈毛驴"的贯穿就发挥了很重要的作用。小说借用一头毛驴归属权的不断转换,将互不搭界的人物黏连到一起,使之变成一个整体,展开了一幅具有真实性和立体感的当代乡村生活图景。小说中还穿插了另一条颇具温馨色彩的线索,即张豆腐的女儿春妮与陈土豆之间的特殊情谊,陈土豆与妹妹陈小鱼之间的真挚感情。又通过对陈小鱼学业成长的描写,在三者之间写出了一种亲切温暖的关系。小说在处理陈土豆与张春妮的关系时,既暗示了一种朦胧的爱意,又坚持不让其相处越过友情的"红线",分寸拿捏得可谓恰切。到最后,陈土豆的父母回到了乡村,一家人过上了难得的团圆生活。本来渐渐正常的生活,因父亲陈水库的病痛还将迎来不少艰难。然而,人性的善良,亲情、友情、乡情的浓郁,就在这样既纷繁又单纯的情节交织中得到充实表达。

作为一部儿童文学类长篇小说,《陈土豆的红灯笼》注重乡土气息的营造,从环境到意象,从人物名字到故事情节,小说中"六畜兴旺"的味道颇有谐趣。小说设置了适当的背景,以体现故事中的环境并非世外桃源,而是实实在在的当代生活。小说把兄妹情、同学情、母子情、邻里情作为主色调,也加入了生活并非处处如意的复杂性。作者的用意显而易见,且达到了创作的初衷。当然,如果作品在突出善即为美这一主题时,能够更加紧贴生活的土壤，表现出更具启示性的意义，能够把生活的复杂、人生的不易与善的主题在更深更广的境界中展现出来，那应该会使小说的力量更强。

《光明日报》2019 年 7 月 24 日

艾平散文集《隐于辽阔的时光》

作为一个作家，艾平当然愿意也可以书写更广泛、更多样的题材，但是可以说，经历几十年，她最执着、最集中也是成就最高的创作领域，依然是她对最熟悉的、自己的家乡呼伦贝尔的书写，这本身就是她作为一个作家责任感的体现，因为我相信对她来说，一定会有这样执着的想法，那就是呼伦贝尔之大、之美，是外面的很多人所不知道的，作为生长生活在呼伦贝尔的作家，她有责任把它写出来告诉世界。可以说，呼伦贝尔是她无尽的写作资源，这种资源不仅是题材上的，更是情感上的。

《隐于辽阔的时光》是艾平散文创作上的一次集中发力，也是一次重要的转型，有坚持也有新的变化。她仍然是写草原，仍然是以呼伦贝尔为主要描写对象，但是这一次的新意又是全方位的。

阅读之初就给我留下深刻印象的，一是艾平在散文语言上诗意化的自觉追求，而且这种诗意具有某种超越性意义，甚至是某种具有象征意味的哲理化表达。比如这样的句子："我看见月光跳进了老祖母的眼睛，把往事照亮。"有些句子很有草原的味道，仿佛是来自草原地区的谚语。比如，"你少说话，你做的鞍子会说话"。

二是在感情表达上更加深入，更有厚度和深度，同时又很注重知识性的贯穿。文中不乏对于草原上的森林、草木，对各种动物习性的描写，在细节化的描写中，又努力传递着大量普通读者不甚明了的科学知识。多篇散文中对草原上动物的描写，可以看出作者是下足了功夫。比如对雄鹰，对棕熊，对马，对丹顶鹤的描写，既是来源于精细的观察，同时也多来自科学知识。

三是在注重抒情性和知识性的同时又要进行有人物、有故事的叙述。而且在叙述过程中还突出了一个具有当代性的主题，那就是人必须保有的对大自然的敬畏，必要的环保意识和生态保护的自觉意识。这种对于生态文明的表达还不是出现在一篇两篇中，而是一种在绝大部分篇章里都贯穿着的自觉意识。她的多篇散文里有家人，有牧民，也有护林员、管理员、工程师，有草原上各种身份的人。呼伦贝尔不仅是原始的大自然，而且是正在现代化道路上不断发展进步的空间场域。

四是艾平常常能够在一篇散文当中把以上这些要素尽可能多地表达出来，使得作品更加立体，信息更丰富，情感更饱满。比如《你见过狳猁吗》这篇散文，既有对大自然环境的描写，又有对一种动物生命的变迁史、被人类驯化历史的叙述。同时还叙述了"我"的父母对"我"的养育之恩，以及他们的人生经历以及家庭亲情，这一切都互相交织，互相穿插，构成一幅丰富的、立体的，有长度、有深度，也有广度的图景。

《隐于辽阔的时光》里，很多描写非常逼真，颇有象征意味。比如对于草原上大雪景象的描写："大雪漫漫，天地浑然，没有四面八方，没有古往今来。"很有表现力。多篇散文中也有在草原上生活的人们的各种生活场景，比如锯羊角的额吉，比如做手把肉的女人，还包括抗疫的医生护士，等等。

艾平的创作，从来没有离开过呼伦贝尔草原，《隐于辽阔的时光》可以说是她最深情的一次表达，也是最深入的一次思考，同时还是她站在一个新的时代方位上，对于人与自然和谐相处的呼吁。她把对草原、草原上的万物，对草原上生活着的人们的热爱全部聚集起来，来了一次深情倾诉。《隐于辽阔的时光》是艾平个人散文创作上的一个重要收获，同时也是当下的散文创作中难得的佳作。

《文艺报》2022年5月6日

梁鸿纪实文学《出梁庄记》

凭借《中国在梁庄》以及新近出版的《出梁庄记》，作家梁鸿让很多读者记住了中原农村的一个小小村庄。"梁庄"，成了近年来突然出现在中国文坛的一个"意象"。这是梁鸿自己努力的结果，但我更愿意将其理解为万千中国乡村中的"一个"，因其普遍性而成为典型，因其相似性而被人感知，因其真实性而被看作"代表"。

《出梁庄记》真正书写了"中国"，因为书中的梁庄人几乎遍布中国大江南北，可以说，这也是观察中国的一个独特窗口。今日中国就像一个变化无穷的万花筒，我们可以从一百个方向看中国，每个人看到的都不一样，看完了都有描述、评价的冲动，所有的描述和评价对于同样看过这个万花筒的人来说，都是未曾见到却又似曾相识的。而且，每一个观看者的态度、歌赞、批判、兴奋、愤懑、美化、丑化，都有充分的理由，都给人可信的感觉。种种景象和情绪，它们相互矛盾甚至冲突，相互背反甚至分裂，质地完全不同，情状和面貌相差太远以至于难以拼合到一个版图上。然而，这却是今日中国必须面对的实情。

中国的发展迅猛异常，在这突飞猛进的过程中，也有很多掉队者、被甩下者、没有能力搭车前行者。巨变中的那些不变其实也一样发生着裂变，不过因为它们似乎不代表历史前行的方向和主流，所以很少为人关注。但或许若干年后，人们才会意识到，他们才是最广大、最普遍、最具历史影响力的大多数。就像鲁迅那样，在别人写革命、写进步的时候，他却在表现哀其不幸、怒其不争的农民以及处在历史夹缝中的灰色的小知识分子。他从沉默者和被淘汰的零余者身上，思考中国的历史、现在与未来。

从《出梁庄记》里，我们看到的一切足够触目惊心。由于中国社会阶层的分化，一个看上去跟时代的前行完全无关的中原村庄，却一样被裹挟在其中无法保持平静。来自同一个村庄的人，有失去土地的流浪者，有外出打工的求生者，以及无一技之长的远行者。他们中的大多数处境艰难，其实并不知道外面的世界究竟怎样，但为了自己和亲人，为了改变和不屈服，恍惚间踏上外出的道路。这就是真实中国的一部分，它可能无法入新闻人的镜头，不能被搬上舞台，也少有被文人雅士们夸赞"无忧无虑真是田家乐"的机会，但它们的真实性本身，就足以超越任何赞颂与批判。

我想到梁鸿写作的身份问题。其实，梁鸿本人也应当是"出梁庄"者中的一分子。当代中国农村青年的出路最具代表性的就是两种：一种是靠学习和智慧考上大学、改变命运的幸运者，一种是没有能力和机会获得那种幸运的更多数的青年。前者如梁鸿，可以"出梁庄"而入京城，成了博士、教授，而更多的梁庄青年，如她儿时最好的玩伴堂弟"小柱"，却只能东闯西撞地靠打工养活自己。梁鸿和小柱之间的差距，就是短短的二十多年里，同样背景、同样出身的中国人身上出现的巨大反差。中国社会的很多悲喜，很多戏剧性与荒诞感，都是这种迅速变化造成的。

通读全书可以发现，梁鸿尽量不去参与而只是聆听，内心没有距离，笔下尽力保持克制。她是同乡，所以与梁庄没有感情障碍；她又是"他者"，因为她已经抽离出来，不受梁庄人命运趋势的摆布。其实，至少在这本《出梁庄记》里，梁鸿还应当让自己融入其中，成为对话者、参与者。因为"出梁庄"本身是一个物理位移，命运交错是另一个话题。如果那样，本书的意味会更深长。至少，梁鸿和小柱之间的巨大反差，让我想起了鲁迅的《故乡》。"我"因闰土的一声"老爷"而心惊，于是提出"希望"——闰土的孩子和自己的孩子能不再隔膜。而鲁迅的理想，到梁庄这里还远未实现，在我们很多人的周围也没有完全成为现实。如果书中能把作者本人与村民们的对话也呈现出来，那不但更有现场感，而且更能阐释"中国"的分量。

《人民日报》2013年7月9日

聂还贵报告文学《中国，有一座古都叫大同》

天下文人，抱负各不相同，有人天生想走出去，胸怀天下，奔向更广阔的天地。有人执着于一处，努力开掘，把一个小小的世界翻遍，造出花样繁多的世界。这两种写作者并无高下之分，都能抵达创作的通途。中外文学史中不乏这样的例子，有的大作家甚至伟大作家，终生都在写自己巴掌大、邮票大的故乡。有的虽蜗居一处，却能借想象的翅膀飞向从未涉足的远方。

还有一种文人，他们有一种乡贤情结，永远只诉说自己的家乡。他是家乡的研究者、歌颂者，同时也是家乡的文化守护者和辩护者，他们有时候因为太过执着而把观点当作信念。"人说山西好风光""谁不说俺家乡好"，都是带有乡贤情结的艺术表达。聂还贵是一位既有文学志向又执着于自己家乡的作家，是一位眼光可以向外延伸、双脚却始终不离开自己家乡的作家。这么多年来，他一直是一位把大同当作自己写作对象的作家。《中国，有一座古都叫大同》是他在这方面创作的集大成者。洋洋两大卷，数十万言，将文化大同尽收其中。

这是一部文如其名的书。一位当代大同人，在数十万言里坚持只写作为古都的大同，延伸至文化、民俗意义上的大同。作为一个生活在当代的大同人，作者对大同的书写既包含历史的发展脉络，也含着当代人的眼光。但有一点值得特别指出，作者所写的是作为古都的大同，写她的形成，她的地位，她的疆域和影响，她的辉煌和兴盛。政治、军事、宗教、艺术，名胜和山水，名人和伟业，这些都是作者在书中详尽讲述的。作为北魏首都，大同曾经对整个中国产生过极其重要的影响，民族冲突与融合，战争烽火与平息，社会动荡与繁荣，加之宗教的力量，艺术的高峰，平城大同对中国历史的发展产生过深远的影响。作者一口气列数二十多种大同的历史文化荣耀，显示出作为都城的大同在历史上具有的特殊地位。而作者在三十多万字的叙述中，始终抓住古大同的主题，并没有在其中加入太多现当代大同历史的内容。应该说，这种集中主题的做法是本书创作上取得成功的重要因素之一。

这是一部试图以更大视野、更多支点来论述自己生于斯、长于斯的土地的著作。书中大量引用古今中外著名学者、作家和文化人士的言论，用于支持自己的观点，佐证自己的立论。同时也不时对一些著名人士的论述敢于提出挑战，予以"批驳"。作者是一位从事文学创作的作家，即使面对的是自己生长的乡土，但毕竟还要处理一段复杂纠缠的历史。为了佐证自己的论述，聂还贵在书中大量引用中外著名学者、作家的有关论说。从雨果到《红楼梦》，从《诗经》到唐诗，作者努力形成旁征博引之势，增强著作的说服力和理论色彩。作者也不是一味地标榜大家和完全服膺，书中对一些名家的相关论述提出疑问，甚至包括谭其骧这样的历史地理大家。可以看出作者写作时的自信心态，当然，这也是其"乡贤"写作的一种体现吧。

这是一部慷慨激昂，以热情讴歌，以激情辩护的"乡贤"之书。作者怀着满腔热情，向世人诉说自己为之骄傲的家乡历史。他像一个诗人一样忍不住抒发自己的豪情，书中多处引用和自创诗歌，以点燃热爱之情；他像一个散文家一样，不可遏止地叙述大同历史的亮点，大同文化的闪光处；也像一个演说家一样论述大同的骄傲及其在中国历史上不可替代的重要地位。对于一次文学创作的行动来说，这样一种感情投入是非常合理也是非常必要的。这样一种热情源自对书写对象的高度认可，如若不是生于斯、长于斯，这种投入和认可都是不可能的。这也是聂还贵的写作之所以可贵的一种证明。比他对北魏历史更有研究，相关文化知识更丰富的人或许还有不少，但能够像他这样把知识、学问、热情以及写作才能集于一身的，恐怕很难找出第二个。

关于大同，聂还贵在书中已经述说得足够充分，用不着我再来归纳和强调。我这里想说的是，在中国，像大同这样的历史文化名城还有很多，各个城市也屡次在文学作品中被直接、间接地书写过。有着悠久历史文明传统的中国有太多的故事需要去讲述,需要一种当代书写。从这个意义上说,并不是所有的城市,包括一些做过都城的城市,都有过这样的激情饱满、丰厚广博的书写。聂还贵有幸生长于大同,可以不停地阅读,不停地书写。他的写作已经对读者了解大同起到很好的作用。我相信,他本人对这座城市的认识也还在不断加深中,现代大同的兴衰,当代大同的巨变,同样需要他这样的本土作家去关注,去表现。

《光明日报》2013 年 5 月 7 日

黄传会报告文学
《仰望星空：共和国功勋孙家栋》

黄传会长篇报告文学《仰望星空：共和国功勋孙家栋》是一部气脉贯穿、气势磅礴、信息密集的纪实作品，这部以人物传记面目呈现给读者的作品，在多方面表现出难得的新意。

第一，作品以主人公孙家栋为中心，展开了一幅漫长而动人的时代画卷。这部长达三十万字的长篇报告文学，集中描写了孙家栋的人生故事，塑造了一个饱满的人物形象。在这一叙述过程中，作者同时描绘出了围绕在孙家栋周围的一个群体，很好地塑造了孙家栋这一形象，同时也勾勒了一个群体的形象。孙家栋是中国航天事业的全程参与者和见证者，通过讲述他的故事，新中国成立以来不同历史时期的风貌得以呈现。因为航天事业的贯通，不同历史阶段连结而成的"三十年"和"后三十年"历史紧密相连，构成一个整体。正是因为这项伟大事业，伟大的时代精神得以延续。从1949年到如今，中国经历了不同的历史阶段，经历过各种风云变幻。黄传会笔下的航天事业，让历史与时代发展形成完整的、贯通的时序。伟大事业和伟大时代之间的关联，给人留下深刻印象。

选择孙家栋为表现主体具有特殊的意义，黄传会很好地抓住了这一特殊之处，从而打开了一个广阔的世界。在中国航天事业的进程中，孙家栋可以说是一个承前启后、承上启下的角色。写好孙家栋一人，描述他的人生历程尤其是奋斗历程，就必须要描写围绕着他的一群人、围绕着这群人的航天事业的发展。为了中国航天事业前赴后继的几代人，因为孙家栋贯穿性的经历,都被写到了。孙家栋是"共和国勋章"获得者,同时也是上承钱学森,下传张荣桥等人的"全过程"见证者。正是由于孙家栋在整个航天事业中所处的特殊位置,所发挥的独特作用,塑造这一人物,能够很好地完成对这段历史、这项事业全过程的描写和叙述。从这一意义上讲,这是一部完成度很高的作品。

第二,作品通篇贯穿着强烈的爱国主义热情。以科学家为主人公的纪实作品,可以表现一个人多么聪明、智慧,年轻时好学、中年时发奋、老年时仍然发光,这些都有写不尽的话题和故事。黄传会对此确有充分表现。从主题意义上讲,读者更可以感受到一种贯穿其中的精神内核。这部作品中,无论是老人、年轻人,还是中年人,他们身上都有一个突出的共同点,那就是怀有强烈的爱国主义热情。无论是哪一代科学家和航天人,作者都特别注重从他们身上发现精神的闪光点。从钱学森的"我相信我能帮助我的祖国",到孙家栋的"国家需要,我就去做",再到更年轻一代的科学家们的奉献和付出,都体现了中国科学家和航天人一以贯之的爱国主义品格,这可以说是航天精神的精髓。

第三,作品在叙事上加入了多线索的推进,以一个人物为中心描写了一群人,并有一个贯穿始终的主题。主题叙事由多条人物故事线索展开。一是中国共产党领导人,尤其是从毛泽东、周恩来等到习近平总书记,高度重视中国航天事业,关心中国科学家的事业,亲自过问其工作的具体细节。二是中国科学家如何坚持不懈地共同追求和研究新技术。三是中国科学家一直以来是如何与国外同行,尤其是与美国同行,展开在尖端领域的竞争,如在北斗卫星系统、火星探测等技术领域。对这类竞争的描写在作品中占比较高,这不但使得报告文学作品的故事性增强,而且对主题的彰显起到了非常重要的作用。四是科学家、航天人的智慧和个人奉献事迹,如孙家栋及其妻儿的家庭故事,钱学森从美国回国的故事等,对于他们作为个体的人生历程是如何融入伟大事业中的,作者进行了精湛的描写。正是从这个意义上讲,《仰望星空:共和国功勋孙家栋》以一个人物为中心,实际上描写了一个群体,并且是多线索叙事,可读性很强。

第四,在涉及科学知识领域之处,尤其是航天科学方面,可以看出作家黄传会所下的功夫之深、所花的心力之大。可以说,这既是一部进行爱国主义教育的好书，也是一部充满了前沿知识的科学之书。作为一部科学家传记作品，相关的航天知识，一些与科学有关的观点、观念、思想、意识、精神，从读者的角度上来说，都讲述得非常到位。

新的时代发展，为包括报告文学在内的文学创作提出了更高要求，作家面临着更多挑战。通过创作实践回应挑战，以一部一部的作品交出答卷，是当代作家肩负的责任。黄传会在古稀之年不断寻找突破和创新之路，因此显得尤为珍贵。

《光明日报》2023 年 12 月 20 日

李春雷报告文学《县委书记》

李春雷的长篇报告文学《县委书记》，是他在孜孜以求的创作领域取得的最新收获。作品以"全国优秀县委书记""时代楷模"廖俊波为原型，以生动、凝练的笔触，刻画了廖俊波这样一位新时代党员干部的楷模形象。李春雷用自己的创作践行"为时代画像、为时代立传、为时代明德"，启示颇多。

塑造英雄是当代文艺创作者的职责，但如何通过艺术的手法突破旧有模式，实现创新，却并非易事。《县委书记》努力将思想性、真实性与艺术性有机地结合在一起，破除概念性陈列，在文本的结构、语言、留白及闲笔等方面颇具匠心，可称突破。

纪实性与文学性，是报告文学的两个基本属性，也是创作中的一个难题。如何文学化地叙事，便首先涉及结构问题。《县委书记》在这方面做了有益探索。

李春雷的创作有自觉的结构意识。《县委书记》融通了散文、小说和新闻的文本形式，形成了纵横混合立体式结构，即以廖俊波从政之路为"主经"，以空间变换或政绩细节为"主纬"，一经一纬，紧密交织，既纵横交错，又层次分明。同时，廖俊波家庭生活，以及与之相关的"红黑两支笔"与"金龙鱼"等几条辅线又穿插其间。主辅线交叉推进、板块式组合，各个章节既完整独立，又相互连接，环环相扣。这种多线索却圆融的叙事结构，可以见出作者创作过程中在艺术上的深入思考与技巧在写作中的成熟运用。

李春雷追求作品在语言上的独特性。《县委书记》体现出作者对艺术语言的把握能力，也体现出他对报告文学这种文体语言的把控能力。描写英模人物的报告文学作品，最忌也常见语言的非文学性，堆砌成果数字、评述经验做法、直写事迹材料。而李春雷的讲述却不乏语言上的妙趣。《县委书记》将纪实、论理、状物、抒情及趣味巧妙地结合在一起，成就了作品的"美味"。李春雷使用的字词并不生僻，朴实的文字如何能够活色生香，类似新闻报道的题材怎样写得润泽有趣，好看耐看，这方面作者确实花了不少心力。

《县委书记》在叙述上追求简洁，注重通过生动的细节刻画人物形象，让故事感人，情节饱满。作品在传情达意方面，表达准确，富于张力。比如，写廖俊波读大学时的南平市，"那时候的南平，和全国所有的城市一样，虽然还瘦弱，却正在发育。每一株树，每一朵花，每一片叶，都摇曳着自己的梦"。写廖俊波罹难前，出门和妻子告别时，"脸上的老人斑格外黑紫；脚步，似乎异常沉重；稀疏的白发，少见地有些凌乱"。运用个性化且有意味的语言营造一种浓郁的氛围，给读者以回味，并将之融入故事情节发展之中，这是一部文学作品特性使然。

李春雷还很注重运用文学创作中的"闲笔"，增强作品的可读性。在重墨浓彩书写廖俊波政绩的同时，选取了主人公的一些生活细节，这些看似"闲笔"的描写强化了主人公的性格。比如中学时期的叛逆，大学时期的恋爱，关于学生会主席人选、入党愿望的经历，机会敲门，校长推荐，希望他"选择一个更宽大的舞台，更适合的岗位"，乡政府同意调入，他却犹豫再三，等等。同时，辅之以"红心"牌家用电熨斗、"红黑两支笔"以及给妻子过生日、送鲜花等细节。这些小故事，宛若人体大动脉的毛细血管，亦如江河大川的支流小溪，让英模人物成为生活中真实可信的人，一个烟火气十足的人展现在读者面前。县委书记廖俊波身上的这些支线情节，这些"闲笔"细节，却并非游离于主题之外的"乱弹"，它们同样构成作品的有机组成部分。表面看起来似乎是多余的"闲笔"，实际上却能调节作品的叙述节奏，衬托情节气氛，增添作品的情趣和意趣。

《县委书记》就是作者"用现实主义精神和浪漫主义情怀观照现实生活"的结晶，作品冲破英模人物写作的传统思维定式与文本结构的重重藩篱，在文学的叙事中赋予作品思想性，从而体现了作者的精神向度和明德引领，为报告文学这种文体的创新发展做出了贡献。同时，将英模人物题材的报告文学创作推向了一个新高度。从这个意义上讲,《县委书记》是李春雷个人创作上的一次突破,对报告文学文体艺术表达的可能性,也提供了重要的启示价值。

《光明日报》2019 年 5 月 18 日

苏沧桑散文集《纸上》

苏沧桑是一位坚持在散文上用功的写作者,其新作《纸上》让人读到了用散文书写非物质文化遗产的别样精彩。《纸上》虽然是散文集,但各篇作品内容风格高度统一,是一部成规模、成体系的完整作品。这有赖于作者创作前的精心构思,她选择江南地区多个非物质文化遗产,对其文化内涵、价值意义以及创造者、传承者、保护者,进行了充满诗意的叙述和描写。初看上去,这好像是一次集中采写的成果。但细细阅读文本会发现,每篇散文所蕴含的知识量,绝非建立在一次浅尝辄止的观览基础上所能写出的。只有真正用情面对每一个写作对象,用心挖掘人物和故事,才能展现好如此厚重的主题。难能可贵的是,作者创造性地处理这些素材,巧妙发挥散文的文体优势,像一位知识丰富的导读者,艺术化、个性化地为读者讲述非遗故事。《与茶》一文按时间顺序切割故事片段,叙述上有缓有急、张弛有度,戏剧性很强;《春蚕记》专注于细节描写,放大镜下蚁蚕的一举一动,为读者打开了一个奇妙的微观世界。

从不同切入点讲述非遗传承人的故事,是这部散文集的特色。每篇散文的主角身怀绝技,是某一传统艺术或技艺的民间传承者。虽然他们的故事具有天然的生动性,但怎样讲出不同的精彩,非常考验作者笔力。作者往往从某一场景、某种情境引出人物和故事,以灵活的笔法描述人物技艺的独特性,逐渐展开生动的叙述。《牧蜂图》是讲养蜂人的,地域和时间跨度大,但作者用环环相扣的事件使文章形散而神不散。从"我"在杭州的街景所见写起,表达对养蜂人的好奇,再写一位既写诗又养蜂的老者,进而终于下定决心,带着这位诗人的诗集寻找养蜂人的足迹,跨越千山万水,为读者呈现出广阔的生活景象。《跟着戏班去流浪》用代入感极强的写作方法，以父亲对自己戏剧上的熏陶为出发点，逐一带出在民间顽强生存、乐在其中的戏剧人的经历，刻画了一个个栩栩如生的戏班人物。这种小说式的叙述方法，容纳了众多的人物和丰富的情节，令人回味悠长。《冬酿》则以回忆入题，讲述民间酿酒的意趣，融入屈原、李清照等文人墨客的历史典故，把技艺置于历史和人文背景之中，增添了散文的厚重感。作者对写作对象都做足了准备，下足了"诗外功夫"。要么深入戏班同吃同住，深刻体验；要么远涉西北，实地观察感受，体现出作者在创作上的气魄和抱负。也许用省时省力的平铺直叙式写法也能完成写作，但作者努力追求创新，用一种真诚、温婉的方式，实现了对非物质文化遗产背后历史文化的探寻。虽然在非遗项目的选择上，《纸上》还有进一步打磨的空间，但凭着拥抱生活、认真写作的态度，作者完成了自序中的心愿：为读者呈现一个文学视角下丰富的非遗文化世界——充盈着水汽和灵气，也潜藏着雄风和大气。

《人民日报》2021 年 11 月 16 日